NEW ROMANCE®

Phoenix B. Asher

HOTSHOT

Hugo Roman

Avant-propos

Quand on pense aux pompiers, on imagine des camions rouges fonçant toutes sirènes hurlantes dans les rues, des sauvetages impressionnants et des incendies dans des immeubles en pleine ville. Pourtant, il existe une autre catégorie de soldats du feu, moins connue : les **Hotshots**.

Ces équipes d'élite, spécialisées dans la lutte contre les feux de forêt, affrontent des brasiers gigantesques dans des conditions extrêmes. En pleine nature, coupés du monde, ils travaillent sans relâche pour contenir les flammes, armés de pelles, de tronçonneuses et de leur courage inébranlable. Leur mission : combattre le feu par le feu pour ralentir et maîtriser la progression des flammes.

Hotshot vous donnera un aperçu de cet univers où chaque instant compte et où l'endurance physique et mentale sont mises à rude épreuve. À travers l'histoire de Jericho et Salem, j'espère vous faire découvrir ces hommes au courage hors du commun.

Afin d'éviter de vous dévoiler des éléments de l'intrigue, la liste des *trigger warnings* est disponible à la fin de cet ouvrage.

PLAYLIST

Fire – Barns Courtney
Cut The Rope – Charlotte OC
My Body – Young the Giant
Arsonist's Lullabye – Hozier
War of Hearts – Ruelle
Another Love – Tom Odell
Arcade – Duncan Laurence
Crystal – Stevie Nicks
Running Up That Hill – Placebo (Cover)
Human – Rag'n'Bone Man
Beautiful Things – Benson Boone
In The Stars – Benson Boone
Hometown – Twenty One Pilots
You're Gonna Go Far – Noah Kahan
Welcome to the Fire – Willyecho

Cette playlist est disponible à l'écoute sur le compte Spotify de Phoenix B Asher.

1

Salem

Treize ans plus tôt

Appuyée contre le mur du bâtiment en brique rouge, je m'amuse à regarder les autres élèves. Je n'ai jamais aimé le jour de la rentrée, mais c'est encore pire aujourd'hui. Sûrement parce que c'est une nouvelle école primaire et que je ne connais personne.

Je n'avais pas vraiment d'amis à New York. Mon frère presque jumeau m'a toujours suffi. Et je suis quasiment sûre que ça ne changera pas à Roseborough. Je regarde un long moment les filles de ma classe qui se sont assises non loin de moi. Elles chuchotent entre elles – leurs robes de rentrée sont bien trop fragiles pour faire autre chose, de toute façon.

Hors de question de m'habiller un jour comme une poupée et de ne pas pouvoir jouer au basket avec Boston ou grimper dans les arbres.

Je tourne la tête dans tous les sens à la recherche de mon frère, qui n'est toujours pas en récréation, alors que la cloche a sonné depuis plus de dix minutes. Nous sommes nés la même année, mais nous ne sommes pas dans la même classe. C'est comme ça depuis l'école maternelle, les profs ont toujours préféré nous séparer. Je n'ai jamais compris pourquoi.

Je regarde impatiemment l'horloge en me demandant ce qu'il peut bien faire. Je sais qu'il n'a pas eu d'ennui. Boston est le plus calme et le plus studieux de nous deux. Jamais il ne ferait quelque chose pour être puni.

Je me détache du mur et m'élance vers sa salle de classe, malgré le doute qui me murmure que je n'en ai probablement pas le droit. À peine ai-je fait deux enjambées qu'un ballon de foot vient violemment s'écraser dans mon dos. Je trébuche de quelques pas avant de me retourner, les sourcils froncés. La balle est à mes pieds et je me penche pour la ramasser. Un type de ma classe trottine jusqu'à moi et tend la main pour que je la lui rende. Pas un mot ne sort de sa bouche. Ni « pardon » ni « s'il te plaît ». Apparemment, Grosse Brute, dont j'ai déjà oublié le prénom, n'a pas appris la politesse. Le ballon toujours entre les mains, je lève un sourcil sans rien dire.

– Tu vas me le rendre, oui ? grogne Grosse Brute.

Malpoli et grossier.

– Ta maman ne t'a pas appris qu'il fallait demander gentiment ? répliqué-je.

Grosse Brute s'avance, me toisant de toute sa hauteur. Il pense sûrement avoir l'air menaçant, mais franchement, ça ne m'impressionne pas beaucoup.

– Donne. Moi. La. Balle.

Impossible de me retenir de rire. Toutes les Grosses Brutes sont pareilles, que ce soit à New York ou dans l'Oregon. Je hausse les épaules et lance le ballon à un type qui jouait dans l'autre équipe. Grosse Brute n'est pas content et s'approche de moi en serrant les poings, comme s'il était à deux doigts de me frapper. Il ne me fait pas peur. Mon frère m'a appris à me défendre.

Je n'ai pas le temps de faire quoi que ce soit, et Grosse Brute non plus. Un type qui le dépasse d'une tête s'interpose entre nous et le repousse avec tellement de force que Grosse Brute trébuche en arrière, se rattrapant de justesse avant de tomber sur les fesses.

– T'es mort, McKenna, le menace Grosse Brute.

Son ton est bien moins percutant que lorsqu'il cherchait à m'intimider.

– Tu veux dire que tu vas *essayer* de me foutre une raclée comme la dernière fois, Jensen ?

Le nouveau venu a pris un ton moqueur et je distingue sans peine un accent que je reconnais. C'est le même que celui de mon grand-père. *Irlandais.*

Grosse Brute Jensen grommelle un truc en lançant un regard noir au grand, dont je ne vois toujours que le dos. Puis il se détourne pour reprendre le jeu qu'il avait abandonné. Ledit McKenna se retourne alors et observe ma position défensive avec un petit sourire. Il est plus grand que n'importe qui dans cette cour de récréation, il vient de faire fuir Grosse Brute en quelques mots et pourtant, j'ai immédiatement la sensation que je peux lui faire confiance. Peut-être à cause de son accent familier et de ses yeux brun-vert qui brillent au soleil de cette fin de mois d'août. Ou tout simplement parce qu'il vient de me tirer d'une situation délicate.

Il me tend la main brusquement.

– Jericho McKenna.

Jericho

La petite rousse regarde ma main comme si elle se demandait ce qu'elle devait en faire. Comme me l'a dit Boston : « Ma sœur, c'est une teigneuse ». Je ne peux pas dire que je n'ai pas été prévenu.

Comme elle ne bouge toujours pas, je saisis sa main droite et la pose dans la mienne toujours tendue. Je l'agite ensuite de haut en bas.

– C'est comme ça qu'on fait ici généralement, mais peut-être que ce n'est pas le cas à New York.

Ses sourcils sont toujours froncés, mais elle semble quand même moins sur la défensive que lorsque cet abruti de Jensen essayait de lui foutre la trouille.

– Je n'avais pas besoin d'aide, finit-elle par lâcher en dégageant sa main de la mienne.

Je hausse les épaules et m'appuie contre le mur à côté d'elle.

– Je sais. Mais ton frère m'a demandé de te passer un message et Jensen était sur mon chemin.

Elle ne me demande pas comment je connais Boston. Ça doit lui paraître évident. Pas à moi. Ça fait trois ans que je suis arrivé à Roseborough et je n'ai pas réussi à me faire un seul ami. Ma mère dit que je n'ai jamais vraiment essayé. Elle n'a pas tout à fait tort. La plupart des garçons de mon âge se moquent de mon accent irlandais et les filles me fuient parce que je suis plus grand que les autres.

Ce matin, le nouveau s'est retrouvé à côté de moi. Deux outsiders, c'était logique de nous coller ensemble. Je ne sais pas si c'est l'accent qui lui a rappelé ses origines ou si c'est le fait que lui aussi dépasse tout le monde d'une tête, mais avec

Boston, on s'est tout de suite bien entendus. Alors, quand il a été appelé par la conseillère pour organiser son emploi du temps chargé d'activités parascolaires en tout genre, il m'a demandé de prévenir sa sœur. Quand j'ai voulu savoir comment j'allais faire pour la reconnaître, il m'a dit en ricanant : « Facile, c'est celle qui aura sûrement des ennuis ». Avec ses indications, la repérer a été un jeu d'enfant. Je me suis dirigé vers la seule nouvelle à ne pas craindre de tenir tête au plus gros *bully* de l'école.

Tandis que je repense à ma rencontre avec son frangin, Salem croise à nouveau les bras et me regarde d'un air impatient.

– Et donc ?

– Et donc, quoi ?

Elle secoue la tête, mais je vois bien qu'elle se retient de sourire. C'est sûr, avec son caractère de dur à cuire, je vais bien m'entendre avec elle aussi.

– Mon frère. C'était quoi son message ?

Je fais semblant d'avoir vraiment oublié en me tapant le front avec la paume.

– Mme Rodgers voulait lui parler. Il avait piano et basket au même moment le mardi. C'est pour ça que je ne fais pas de piano.

Elle rit pour de bon cette fois et je vois un peu mieux la ressemblance avec son frère.

– Et tu fais du basket ?

– Seulement sur le vieux terrain derrière chez moi.

Ses yeux bleus s'écarquillent, comme si j'avais enfin dit un truc intéressant.

– Tu pourras me montrer où c'est ? On est nouveaux en ville et le coach pense que je suis trop petite pour jouer dans l'équipe.

– C'est un idiot. On ira après l'école, si tu veux. Pendant que ton frère sera au club d'échecs, ou de maths, ou je ne sais plus trop quoi.

Cette fois, nous éclatons de rire tous les deux au moment où la sonnerie retentit dans la cour. Ce n'est pas si difficile de se faire des amis, finalement.

2

Jericho

Dix ans plus tôt

Les yeux fixés sur l'écran de la télévision, je m'acharne sur la manette de Xbox que j'ai entre les mains. Je ne sais pas pourquoi, Salem me bat toujours à ce jeu. Comme à la plupart des jeux d'ailleurs. Elle dit souvent qu'elle est allée à bonne école avec Boston, mais on sait tous les deux qu'elle a dépassé son frère dans ce domaine depuis longtemps.

– Si tu ne te concentres pas, je vais encore t'éclater.

Assis à la table derrière nous, Boston ricane. Je lui jette un regard noir. Elle va m'éclater même si je me concentre, pas la peine de retourner le couteau dans la plaie.

– C'est parce que je te laisse gagner tout le temps, expliqué-je nonchalamment.

C'est complètement faux, Salem est bien meilleure que moi. Cela dit, même si je pouvais la battre, je ne le ferais pas. Elle et Boston sont devenus en trois ans la sœur et le frère que j'ai toujours rêvé d'avoir. Je suis reconnaissant que ces deux-là se soient retrouvés par hasard sur mon chemin. Je n'avais jamais vraiment eu d'amis avant, mais maintenant, j'ai trouvé une famille.

Je suis d'ailleurs souvent chez eux quand Maman enchaîne les gardes à l'hôpital où elle bosse comme infirmière. Les parents de Sally et Boston m'ont accueilli à bras ouverts, et c'est beaucoup mieux que de rester seul dans une maison vide à manger des plats surgelés.

Au début, j'ai envié mes amis d'avoir leurs deux parents. Mon paternel nous a fait déménager aux États-Unis sur un coup de tête quand j'avais sept ans. Il n'a pas tenu quinze jours avant de se barrer en Irlande à nouveau, nous laissant comme des cons avec ma mère. Heureusement, elle a grandi dans ce pays. Ça n'a pas été difficile pour elle de trouver un job. Joindre les deux bouts, en revanche, a été beaucoup plus compliqué. Alors, voir M. et Mme O'Connell toujours ensemble et comblés, ça a été un coup dur pendant quelques mois.

Avec le recul, j'aime la relation que j'ai avec ma mère. Elle sait que je serai toujours là pour elle, et inversement. On se serre les coudes dans les moments difficiles, qui sont plus fréquents qu'elle le souhaiterait. Mais on est heureux. C'est bien tout ce qui compte.

Aujourd'hui, j'ai juste l'impression d'avoir une seconde famille chez qui me réfugier quand j'en éprouve le besoin. Comme un oncle et une tante, même si Boston et Salem sont plus que des cousins. Ce que je préfère désormais, ce sont les moments où M. O'Connell nous raconte ses journées en tant que pompier. La première fois, je me suis laissé absorber par son récit. J'aurais pu l'écouter parler pendant des heures. Boston est tout aussi fasciné que moi. Il y a trois ans, j'ai trouvé une famille et une vocation que je partage avec mon meilleur ami.

Notre seizième anniversaire n'arrivera jamais assez vite. Même si nos mères ne sont pas très enthousiastes à l'idée que nous nous engagions en tant que jeunes pompiers volontaires, elles savent aussi que ça sera dur de nous faire changer d'avis.

À côté de moi, Salem explose de joie en brandissant sa manette. Elle saute sur les coussins du canapé et se dandine dans tous les sens. Je lève les yeux au ciel sans pouvoir m'empêcher de rire. C'est sa danse de la victoire, et on y a droit à chaque fois qu'elle nous bat. Souvent, donc.

Je me compose une attitude bougonne – je viens quand même de me faire battre par une fille – et jette ma manette sur le sofa en râlant.

– Encore une fois, je t'ai laissé gagner. Pas besoin d'être fière.

Elle interrompt sa danse et me lance un regard qui crie « tu te moques de moi », avant de se jeter sur moi. Sans me laisser la moindre chance de réagir, elle commence à me chatouiller les côtes. Je lui hurle de me lâcher, mais elle s'acharne, sachant parfaitement à quel point j'y suis sensible.

– Pas tant que tu n'auras pas reconnu que je suis meilleure que toi ! s'exclame-t-elle sans me laisser le temps de respirer.

Je me débats et nous finissons par tomber du canapé. Sa tête émet un bruit sourd en cognant contre un pied de la table, mais elle ne s'arrête pas pour autant.

– OK ! capitulé-je. C'est bon ! Tu es la meilleure, voilà. Contente ?

Elle me lâche immédiatement et s'assied en se frottant l'arrière du crâne.

– Très contente. Aïe.

Elle continue à masser l'endroit où elle s'est blessée. Je fronce les sourcils et je vois Boston relever la tête de ses devoirs. Sally peut être une emmerdeuse de première, mais on n'a évidemment pas envie ni l'un ni l'autre qu'il lui arrive du mal.

– Tu veux une poche de glace ? demandé-je.

Elle secoue la tête.

– Non. Je ne suis pas en sucre. On fait autre chose ? Je ne pense pas que ton ego supportera de perdre encore une fois.

Je regarde Boston sans pouvoir m'empêcher de rire. Il hausse les épaules, l'air de dire « je t'avais prévenu, il y a trois ans ». C'est vrai, il m'avait dit que Salem était une teigneuse. Ce qu'il ne m'avait pas dit, c'était que je m'attacherais autant à eux.

Salem

– Tu veux faire quoi ? me demande Jericho en reportant son attention sur moi.

Ma tête me lance, mais hors de question de le lui dire. Ça rendrait ma victoire beaucoup moins réjouissante. Tout en continuant à frotter la bosse qui est en train d'apparaître à l'arrière de mon crâne, je réfléchis à sa question.

– On va se baigner ?

Je porte sur lui mes grands yeux suppliants, je sais que ça le fera flancher. Une fois Jericho de mon côté, il ne faudra pas grand-chose pour que Boston soit d'accord pour venir aussi.

Face à moi, le garçon aux yeux brun-vert, que j'ai rencontré dans la cour de notre école primaire il y a trois ans, réfléchit. Moi qui pensais ne jamais me lier d'amitié avec quelqu'un, il est devenu mon meilleur ami. Il est venu compléter notre duo, comme s'il nous connaissait depuis toujours, Boston et moi.

Son regard se porte sur mon frère, et je sais que j'ai gagné.

– C'est vrai que c'est tentant. Il fait encore super chaud, on devrait en profiter avant que ça caille.

Mon frère reporte quelques secondes son attention sur ses livres devant lui et soupire.

– Vous êtes au courant qu'on a des devoirs à faire, quand même, questionne-t-il en essayant de paraître exaspéré.

Cette année, nous sommes tous les trois dans la même classe. Ce qui n'est jamais arrivé depuis que je connais Jericho. Quant à Boston, les profs ont déterminé que ce serait mieux si nous étions séparés depuis la maternelle. Je me demande tous les jours si Boston ne regrette pas cette époque, étant donné qu'il doit désormais nous botter régulièrement les fesses à tous les deux. Jay et moi, on n'a pas vraiment une bonne influence l'un sur l'autre.

– On est vendredi, expliqué-je d'un ton suppliant en regardant mon frère. On pourra faire nos devoirs demain. Et en plus, on n'est pas obligés d'aller jusqu'à Devil's Creek. On peut aller au parc, il ne doit pas y avoir grand monde sur la berge aujourd'hui.

Devil's Creek, c'est le petit coin de paradis qu'on a découvert cet été avec Jericho en crapahutant le long d'Umpqua River. C'est un peu dur pour arriver jusque-là, mais l'eau claire et le paysage alentour en valent largement la peine.

– Demain, pas de jeu vidéo, de match de basket ou de rando dans la nature, impose mon frère d'une voix qu'il essaie de faire paraître autoritaire.

Jay et moi secouons la tête en levant la main droite.

– Promis juré, déclamons-nous en chœur avant d'éclater de rire en nous regardant.

Je ne perds pas plus de temps et fonce dans ma chambre pour enfiler mon maillot de bain sous mes vêtements. Je ne culpabilise même pas d'avoir détourné mon frère de ses devoirs et de ses bouquins. Lui et moi savons très bien qu'on travaillera demain sans rechigner. C'est comme ça que fonctionne notre amitié. Jay et moi, on le pousse à sortir de sa zone de confort et à faire des trucs un peu dingues qu'il n'aurait jamais tentés de lui-même. En contrepartie, il nous assagit quand c'est nécessaire. Si on a notre bac un jour, Jericho et moi, on sait pertinemment que ça sera grâce à lui. Boston, quant à lui, peut nous remercier de l'empêcher de perdre son âme d'enfant avant l'âge.

C'est bras dessus, bras dessous que nous partons en direction du parc et de la rivière. J'ai le sourire aux lèvres. La douleur derrière ma tête, envolée. Je suis entourée des deux personnes qui, je le sais, feront toujours partie de ma vie.

3

Salem

Huit ans plus tôt

En soufflant, je glisse une mèche de cheveux échappée de ma queue-de-cheval derrière mon oreille. Il commence à faire vraiment chaud, et je me demande si on va réussir à arriver à Devil's Creek avant midi.

– Vous pensez que vous pourriez arrêter de jacasser comme des petites vieilles et avancer, jeté-je par-dessus mon épaule à Jericho et Boston qui marchent derrière moi.

C'est la première fois de l'été que nous randonnons jusqu'à cette partie de la rivière que personne d'autre ne connaît. J'ai hâte de retrouver la tranquillité de notre petit coin de paradis. C'est compter sans mon frangin et notre meilleur ami qui perdent un temps infini à discuter. En plus, le stage de premiers secours que nous venons d'achever nous a empêchés – à mon plus grand désespoir – de vaquer à nos activités estivales favorites. Je sais que je n'étais pas obligée d'y participer, étant donné que je n'ai aucune envie de devenir pompier volontaire comme eux, mais notre amitié fonctionne comme ça depuis des années. Nous faisons tout ensemble, et je ne vois pas comment je me serais occupée seule, de toute façon. Aller à Devil's Creek et faire du basket sans mes acolytes, ça n'a aucun intérêt. Et puis, savoir prodiguer les premiers secours me servira toujours.

– Tu aurais pu nous prévenir que tu comptais *courir* jusqu'à la crique, grogne Boston.

Je lève les yeux au ciel, même si je sais qu'ils ne peuvent pas me voir. Je ne vais pas m'abaisser à répondre. Ils savent très bien que ce sont eux qui traînent.

Portant mes doigts à ma bouche, je siffle un grand coup pour rappeler mon chiot qui s'est un peu trop éloigné de moi.

– Medford ! Au pied.

Mon ton est ferme, et le jeune malinois que mes parents m'ont offert à Noël revient sans aucune difficulté. Quand il marche de nouveau à mes côtés, je lui donne une friandise avant de le gratter derrière les oreilles.

Après des années à supplier mes parents d'acheter un chien, ils ont fini par céder à condition que je m'occupe de lui. Et non seulement je n'ai jamais failli à mes obligations, mais, en quelques mois, je me suis trouvé une passion pour l'éducation canine. Medford est sans doute le chiot le plus obéissant de Roseborough, et ça me remplit de fierté de le voir à mes côtés.

– Pourquoi t'es aussi pressée aujourd'hui, Sal ? me crie Jericho quand il voit que je ne ralentis pas l'allure. La crique ne va pas disparaître, hein !

Je me retourne, les mains sur les hanches, en leur jetant un regard noir. Medford s'assied à mes pieds sans même que j'aie besoin de lui en donner l'ordre.

– Ça fait deux semaines qu'on est en vacances, et c'est la première fois qu'on monte se baigner. On est restés enfermés pendant des jours à apprendre comment réanimer un mannequin ! J'ai juste envie de profiter avant qu'on se retrouve encore sur les bancs de l'école, c'est tout. Et il fait une chaleur à crever en plus.

Je me retourne sans attendre de réponse et souris quand je sens qu'ils suivent le rythme. Je n'ai pas menti, j'ai hâte de me plonger dans l'eau fraîche de la rivière. Mais la vérité, c'est que j'appréhende aussi de devoir me mettre en bikini.

La semaine dernière, Maman m'a emmenée faire les magasins pour remplacer mes maillots de bain qui étaient tous devenus trop petits… surtout au niveau de la poitrine. Depuis que mes règles ont commencé, elle n'a pas arrêté de prendre de l'ampleur. Même si j'arrive à la dissimuler sous des vêtements plutôt larges la plupart du temps, ça ne sera pas possible cette fois.

Je ne peux pas m'empêcher de me demander si Jericho me regardera différemment. J'ai toujours adoré dans notre amitié que pour lui, le fait que je sois une fille ne change rien. Je ne veux pas perdre la dynamique que nous avons tous les deux. Parce que, même si j'aimerais qu'il ne voit pas les changements qui se sont opérés sur mon corps, je ne me fais pas vraiment d'illusions. La puberté, ce n'est pas que pour les filles. Moi, j'ai bien remarqué que sa musculature s'était étoffée ces derniers mois.

Et ça, ça ne change rien pour toi, Sal, si ? Alors, pourquoi veux-tu que ça soit le cas pour lui ?

Je secoue la tête pour chasser toutes ces pensées envahissantes. De toute façon, il fait beaucoup trop chaud aujourd'hui pour que je renonce à me baigner. D'ailleurs, la crique est en vue. J'accélère encore le pas. Les mecs grognent, mais je ne les écoute pas.

Je pose mon sac à dos sur mon rocher préféré, en sors ma serviette de bain et commence à déboutonner mon short en jean. Je me débarrasse de mes baskets en même temps que je retire mon bas, puis fais passer mon débardeur par-dessus ma tête.

– Le dernier à l'eau est un loser, lancé-je en me retournant brièvement vers Jericho et Boston.

Medford est déjà en train de jouer au bord de la rive, et je cours le rejoindre. J'enjambe une pierre jusqu'à une des piscines naturelles qui constituent Devil's Creek. L'eau y est moins fraîche que dans le courant de la rivière, mais je frissonne quand même lorsqu'elle se referme autour de mes cuisses. Je prends une grande inspiration et me laisse glisser entièrement sous la surface.

Jericho

– Tu te rends compte que l'année prochaine, on sera à l'académie ? me demande Boston tandis que Salem s'élance devant nous vers la crique.

Je hoche la tête, pensif. Je rêve de ça depuis des années, mais me dire que je ne pourrai plus passer chaque minute de mon été avec ma meilleure amie assombrit un peu mon entrain. Je sais que le jeu en vaut la chandelle. Et puis, je serai quand même avec Boston.

– Franchement, non. Pas du tout.

Devant nous, Salem est en train d'installer sa serviette au bord de l'eau. Elle commence à se débarrasser de ses fringues, et je fronce les sourcils quand elle dévoile le mini bikini en dessous. Ce n'est tellement pas son genre, ça me surprend. Mme O'Connell l'a sans doute influencée, elle qui se lamente souvent d'avoir une fille garçon manqué.

Salem se retourne pour nous faire face, et j'ai l'impression que mes yeux vont sortir de leurs orbites. J'entends à peine ce qu'elle nous crie, le regard fixé sur sa poitrine, sans vraiment le vouloir. Je n'ai pas le temps de neutraliser mon expression qu'une claque s'abat à l'arrière de ma tête.

– Tu veux bien ne pas mater ma sœur comme un vieux pervers ! gronde Boston.

Le rouge me monte aux joues sans que je puisse l'empêcher, et je me détourne immédiatement de Salem, même si elle a déjà disparu dans l'eau.

– Désolé, lancé-je en direction de Boston sans oser le regarder.

Je n'ai jamais considéré Salem comme un garçon, même si elle et moi avons beaucoup de points communs. Elle est ma meilleure amie, et c'est tout. Je ne vais pas être hypocrite et dire que je ne l'ai jamais trouvée jolie, parce qu'il faudrait que je sois aveugle pour ça. Seulement, je n'ai jamais vraiment été intéressé par qui que ce soit, et Sally ne fait pas exception. Et puis, notre amitié sera toujours prioritaire.

Je finis tout de même par regarder mon meilleur ami d'un air contrit.

– Vraiment, je ne voulais pas la regarder comme ça. C'est juste que… euh… ça m'a surpris… tu sais… euh…

Ses yeux s'écarquillent.

– N'en parlons plus, OK ? lâche-t-il.

Je hoche la tête avec empressement.

– Mais bordel, vous comptez passer toute la journée sur la berge ? nous hèle Salem avec irritation.

Je ris de bon cœur, toujours un peu gêné. Je me déshabille finalement pendant que Boston m'imite. Alors que Medford nous aboie dessus, nous trottinons jusqu'au rocher qui surplombe la piscine dans laquelle barbote Sally et y sautons tous les deux en même temps.

Nous passons une bonne partie de l'après-midi à jouer dans l'eau. J'oublie un peu ce que j'ai ressenti en voyant les changements des courbes de Salem, même si je ne peux m'empêcher d'y penser en chahutant avec elle. Je veille à contrôler mes gestes, à éviter tout contact involontaire, mais l'appréhension ne me lâche pas. Celle de frôler son corps par mégarde et celle, plus sournoise, de ne pas parvenir à retrouver ma spontanéité habituelle avec elle. La puberté, c'est vraiment n'importe quoi, si vous voulez mon avis. Aujourd'hui, je donnerais cher pour revenir ne serait-ce qu'un an en arrière.

J'entends des voix au loin alors que je suis en train de lancer une balle à Medford. Sally s'est endormie à l'ombre du seul arbre qui borde la crique, et Boston est plongé dans un bouquin.

Ça arrive que des gens viennent jusqu'à Devil's Creek, mais c'est assez rare. Il faut plus d'une heure de marche pour atteindre l'endroit, et il y a des points de baignade bien plus proches de Roseborough.

Je fronce les sourcils quand le groupe approche. Je reconnais quelques membres de l'équipe de basket avec qui j'ai joué l'année dernière. Ils ont tous un ou deux ans de plus que nous.

– Hé, McKenna ! C'est par là le trou d'eau où Gordon a l'habitude d'aller ? me demande Michaels.

Je secoue la tête.

– Vous êtes allés trop loin. Revenez sur vos pas pendant une quinzaine de minutes et tournez sur le petit chemin en direction de la rivière. Tu ne peux vraiment pas le louper.

Michaels hausse les épaules.

– On a peut-être bu une bière de trop, ricane-t-il. Allez les mecs, demi-tour.

Jones penche la tête pour regarder derrière moi, et son regard tombe sur Salem.

– C'est ta frangine, O'Connell ? demande-t-il avant de se tourner vers ses potes. On va peut-être rester là, finalement.

Une chose est sûre : si je culpabilise d'avoir lorgné une seconde de trop sur la poitrine de Salem, les autres mecs n'ont pas ce genre de scrupule. Tous des porcs.

Je croise les bras sur ma cage thoracique et avance d'un pas en direction du groupe, Boston déjà à mes côtés. Si ces types sont plus âgés que nous, on n'a rien à leur envier niveau taille et musculature. Merci au programme intensif du père de Boston, qui nous entraîne plusieurs fois par semaine depuis un an.

Michaels est le plus cool d'entre eux et surtout le plus réfléchi. Son sourire se fane un peu. Il tape sur le torse nu de son pote.

– Demi-tour. Gordon nous attend. Jones, tu te demandes encore pourquoi tu te fais jeter par toutes les nanas du lycée ?

Je les regarde partir en rigolant, puis prends une grande inspiration pour essayer de calmer cet instinct protecteur qui m'a envahi. Je sais très bien que Salem n'a absolument pas besoin qu'on la défende, mais je n'ai pas pu empêcher cette rage de grandir en moi. Et j'ai beau me dire que c'est parce que c'est ma meilleure amie, je comprends aussi que les choses risquent bien de changer, quoi que je fasse.

4

Jericho

Sept ans plus tôt

Assis dans le canapé devant une émission dont je ne comprends même pas le sujet, je regarde une nouvelle fois l'horloge. Il est 19 heures, et Maman ne devrait plus trop tarder, si elle ne finit pas son service en retard à l'hôpital.

Je ne passe pas la soirée avec Salem et Boston, comme c'est souvent le cas le vendredi. D'habitude, c'est cheeseburgers bien gras du Burger Shack et film. C'est devenu notre rituel depuis que nos parents nous ont jugés assez responsables pour sortir un peu seuls. Enfin, surtout depuis que Boston a eu le permis et que ses parents lui ont acheté une voiture.

Hier, Maman s'est plainte qu'elle ne me voyait jamais ces derniers temps entre le lycée, les amis et l'académie pour devenir jeune pompier volontaire. Elle n'a pas tort. C'est vrai qu'au mieux, on ne fait que se croiser en coup de vent, en ce moment. Surtout quand elle enchaîne les gardes au travail. Elle m'a demandé si on pouvait se faire une soirée pizza tous les deux comme au bon vieux temps, et je n'ai pas eu le cœur de refuser.

Je suis en train de me demander ce que font Boston et Salem, quand mon portable sonne sur le canapé à côté de moi. Je sais que ce n'est pas mon meilleur ami qui m'écrit, ce n'est pas son truc. Je ricane en voyant le nom de sa sœur s'afficher sur l'écran.

Sal : Ton pote est nul.
Sal : Il ne veut même pas faire une seule partie avec moi.
Sal : Ni m'emmener au Burger Shack.

Laisse-moi deviner... Match demain ?

Sal : Il est nul, je te dis.

Je ris en lisant ses messages. Salem n'a aucune patience et elle a la bougeotte. Je suis un des rares à réussir à faire sortir Boston de ses bouquins, et elle n'a pas toujours autant de chance que moi.

Ce n'est pas en le traitant de nul qu'il va t'emmener manger un burger.

Les trois petits points s'affichent et s'effacent plusieurs fois. Je regarde à nouveau l'horloge et fronce les sourcils en constatant que Maman est en retard. Un patient a sans doute eu un souci juste avant la fin de sa garde, ça ne serait pas la première fois. Quand je porte mon regard sur mon téléphone, je vois que Salem m'a répondu.

Sal : Je ne le lui ai pas dit en face 🙄
Sal : Tu me manques, Jay. C'est pas pareil les vendredis sans toi.

Une boule se forme dans ma gorge et mes doigts tremblent sur l'écran tactile. Salem sera toujours ma meilleure amie, mais depuis quelques mois, mes sentiments à son égard sont devenus conflictuels. Avec l'affaire du bikini à Devil's Creek l'été dernier, je ne suis malheureusement pas le seul à avoir remarqué les changements de son corps. Depuis la rentrée, la moitié des mecs du lycée la matent comme de vieux pervers, et ça me rend absolument dingue. Je ne peux pas – ne *veux* pas – l'imaginer avec un de ces porcs. Et j'ai aussi conscience que ce n'est pas vraiment une réaction de « meilleur ami ». C'est juste quelque chose que je ne peux pas contrôler.

Je refuse que les choses changent entre nous. Je sais mieux que personne que la plupart des couples finissent par se séparer, mais je ne peux pas imaginer ma vie sans elle. Encore moins la déception qui se lirait sur le visage de Boston si jamais il découvrait que je ne vois plus sa sœur de la même façon que quand on avait dix ans.

J'ai toujours la gorge nouée, mais je me force à répondre à son message.

Tu me manques aussi, Sally. Mais je pense que ma mère commençait à penser que ta famille m'avait adopté

Je n'ai pas le temps d'attendre sa réponse parce que la voiture de ma mère remonte l'allée de notre maison. Je me précipite à la cuisine pour allumer le four, afin de réchauffer un peu les pizzas qui sont arrivées il y a un moment. La table est déjà mise, et je n'hésite pas à verser à Maman un verre de son vin rouge favori. Elle entre dans la salle à manger alors que je pose les pizzas sur la table. Son sourire me fait chaud au cœur. Elle m'ébouriffe les cheveux comme quand j'étais petit et s'installe à sa place habituelle.

– Je suis contente de te voir, mon grand. Merci d'avoir pris du temps pour ta mère malgré ton emploi du temps de ministre.

Je lui tire la langue, bien que je sache qu'elle me charrie, et nous entamons notre pizza en silence. Je dévore mon Hawaïenne comme si je n'avais pas mangé depuis quinze jours, et souris en imaginant la tête de Salem si elle voyait les morceaux d'ananas au milieu de tout ce fromage. C'est notre petite guerre, et aucun de nous deux ne reviendra jamais sur ses positions.

Maman ne mange pas grand-chose, et je fronce les sourcils. Elle doit sans doute être crevée de son job. Je devrais être plus souvent à la maison.

– Comment c'était à l'hôpital aujourd'hui ? demandé-je pour essayer de me rattraper.

Elle s'essuie la bouche et pose sa serviette à côté de son assiette. Elle m'offre un sourire triste. Mon estomac se contracte bizarrement.

– Je n'étais pas à l'hôpital pour le travail aujourd'hui, explique-t-elle.

Mes sourcils se froncent davantage. Je ne comprends pas ce qu'elle veut dire.

– Tu es allé rendre visite à quelqu'un ? essayé-je.

Elle secoue la tête.

– Non. C'était pour moi.

Elle entreprend alors de m'expliquer que le médecin a trouvé une masse dans son sein droit à son examen annuel et que les résultats de la biopsie ne sont pas bons.

« Pas bons » ? Comment ça, « pas bons » ? Elle a l'air en pleine forme. C'est sûrement une erreur, ça arrive tout le temps.

– Aujourd'hui, j'ai eu rendez-vous avec un oncologue pour définir un plan de traitement.

Je secoue la tête de gauche à droite, incrédule.

– Ils n'ont pas pu se tromper ?

C'est à son tour de secouer la tête, et il m'est impossible de ne pas remarquer ses yeux pleins de larmes. Elle me donne alors les détails sur le traitement à venir. Sur les conséquences de celui-ci. Aucun de nous ne prononce ce mot qui pourtant plane au-dessus de la table de la salle à manger, tel un nuage sombre. *Cancer.*

Je vois tout de suite que notre conversation l'a fatiguée. Ses larmes ont cessé de couler, mais ses yeux n'arrêtent pas de se fermer. Je dois tenir le coup pour elle, lui montrer que je suis capable de gérer jusqu'à ce qu'elle soit guérie. Quand elle part enfin se coucher, je m'empresse de remplir le lave-vaisselle avec nos assiettes.

Une fois que j'ai fini, je vais chez la seule personne qui pourra m'apporter un peu de réconfort.

Salem

Ça fait longtemps que je ne me suis pas autant ennuyée un vendredi soir. Mon barbant de frère est couché depuis longtemps, et je n'arrive pas à choisir une activité pour m'occuper.

Il n'y a rien qui m'attire sur Netflix. Je n'ai pas envie de jouer aux jeux vidéo toute seule. Quand j'essaie de lire, les mots se confondent et je ne comprends rien des quelques phrases que je réussis à parcourir.

Allongée sur mon lit, les yeux fixés au plafond, je pousse un profond soupir. Ma main tombe sur mon portable à côté de moi, et je le soulève pour la énième fois de la soirée. Jericho n'a toujours pas répondu à mon dernier message.

Non merci, je n'ai pas besoin d'un deuxième frère.

Idiote. Et s'il avait pris ça de travers ?

Parfois – souvent, en ce moment –, je regrette l'époque où on avait tous dix ans. Les choses étaient bien plus simples. Ces derniers temps, me dépatouiller avec ce que je ressens pour mon meilleur ami est devenu un vrai casse-tête. Tout a changé depuis quelques mois. Je n'arrive plus à le voir comme un frère. Mon cœur s'emballe à chaque fois qu'il me prend dans ses bras, un geste qu'il considère sûrement comme purement amical. Les papillons dans mon ventre dansent la sarabande quand il s'interpose entre les autres mecs du lycée et moi, et son absence, lorsqu'il est à l'académie, me pèse plus que je ne veux bien l'admettre. Pire encore, je ne peux m'empêcher de ressentir une pointe de jalousie envers mon propre frère, qui, lui, passe tout son temps avec Jericho.

Il est toujours mon meilleur ami, celui qui me comprend mieux que personne, celui qui est toujours là pour moi. Et je ne suis pas sûre de vouloir que ça change.

Mon cœur fait un bond dans ma poitrine quand mon téléphone vibre.

Les choses ont déjà changé, idiote.

Je secoue la tête et déverrouille mon écran pour pouvoir lire son message.

Jay : Ouvre ta fenêtre.

Je fronce les sourcils en me levant de mon lit. Ça fait des mois qu'il n'est pas entré ainsi dans ma chambre. Je me précipite jusqu'au battant, que je soulève. Rien n'aurait pu me préparer à l'image de mon meilleur ami accroupi sur le toit en dessous de ma fenêtre, les yeux remplis de larmes contenues.

– Ma mère est malade, lâche-t-il d'une voix que je reconnais à peine.

Je lui tends la main sans poser de question. S'il est dans cet état, ce n'est probablement pas parce qu'elle a la grippe. Une fois dans ma chambre, il ne prononce pas un mot et retire ses chaussures, puis son hoodie, avant de se faufiler dans mon lit.

En silence, je le rejoins et rabats la couette sur nous. Je lui fais face et pose ma main sur sa joue. Mon cœur se brise un peu quand ses larmes se mettent à couler. Alors, je n'hésite pas une seconde et l'attire dans mes bras. Parce que c'est ce qu'on est avant tout : deux âmes qui se retrouveront toujours dans le tourment de la tempête.

5

Salem

Six ans plus tôt

– On va dans le jardin ? proposé-je en débarrassant la table, une fois notre repas terminé.

Boston et Jericho hochent la tête en cœur.

– Je remplis un seau avec des glaçons, on pourra y mettre les bières, ajoute mon frère.

Jay reste silencieux, comme il l'a été depuis que nous l'avons rejoint chez lui en fin de journée. Aujourd'hui, j'ai dix-sept ans. Chez nous, mon anniversaire ne se fête pas forcément le jour même. Ça paraît logique, quand on a eu l'audace de naître un 11 septembre 2001.

Mon père était pompier à New York quand les tours sont tombées. Il a perdu plus de collègues et d'amis dans cette tragédie qu'il ne peut en compter. Alors, comme tous les ans, il commémore leur perte. Il les honore à sa façon. Et je ne lui en ai jamais voulu pour ça. Les attentats ont pesé sur notre famille pendant des années. Ma mère a accouché six semaines plus tôt que prévu, sans savoir où était mon père ni même s'il était encore en vie. Je suis née dans le chaos, et je crois que ça me correspond plutôt bien.

– Tu devrais laisser tout ça, Sally, finit par lâcher Jericho, alors que je range. C'est ton anniv, après tout.

Je secoue la tête. J'ai terminé, de toute façon. Vu son état depuis l'hospitalisation de sa mère, je ne pense pas qu'il aura le courage de nettoyer la cuisine.

Après avoir lancé le lave-vaisselle, j'attrape la main de Jericho et l'entraîne dans le jardin pour rejoindre Boston, qui est en train d'installer une grande couverture au sol, et Medford, qui croit que c'est pour lui.

Je m'assieds en tailleur sur un côté de la couverture. Boston me tend une bière avant de s'installer à l'opposé. Jay se laisse tomber entre nous, sa propre bouteille à la main. On a tous les trois cours demain, et je sais déjà que le réveil va être compliqué, mais ça importe peu. Mon frère et moi, on n'est pas là pour fêter mon anniversaire, mais pour soutenir notre meilleur ami qui en a grandement besoin, en ce moment.

Nous buvons un instant en silence. C'est agréable. Nous n'avons jamais eu besoin de mots entre nous. Le soleil s'est couché quelques minutes avant que nous sortions dans le jardin, et, quand le ciel est suffisamment sombre, je me laisse tomber à la renverse pour admirer les étoiles. Roseborough n'est pas une grosse ville et elle est suffisamment éloignée des grosses métropoles pour que la pollution lumineuse n'entache pas le plaisir d'observer le ciel nocturne.

À mes côtés, Jericho et Boston m'imitent. On a toujours adoré faire ça tous les trois, même s'il a souvent fallu que nous fassions taire Boston pour qu'il ne nous assomme pas avec ses connaissances en astronomie. Medford, qui courait encore dans le jardin, s'allonge entre Jay et moi, la tête posée sur la cuisse de mon meilleur ami. Nous ne sommes pas les seuls à essayer d'absorber sa détresse.

J'attrape la main de Jericho dans la mienne et la serre avec force. Je veux qu'il sache que je suis là pour lui, que je serai *toujours* là pour lui.

– Elle va s'en sortir, affirmé-je.

Ses doigts se crispent sur les miens, presque imperceptiblement.

– Mais tu ne peux pas me promettre ça, si ?

Si seulement j'en avais la possibilité. Jericho ignore à quel point je ferais n'importe quoi pour le voir sourire.

– Elle est forte, ajoute Boston en venant à mon secours. Ce traitement, il est toujours difficile à supporter, mais c'est sûr que ça a marché.

Notre meilleur ami pousse un profond soupir sans pour autant répondre. Nous savons tous les trois que ces paroles ne sont que le reflet de nos souhaits peut-être un peu illusoires. Ça ne m'empêche pas de penser tous les soirs à Madame McKenna en essayant de lui envoyer ma force. Il faut qu'elle guérisse, je ne sais pas si Jericho s'en remettra, sinon.

Nous nous absorbons un moment dans la contemplation du ciel scintillant. Quand je vérifie que Jay ne s'est pas endormi, je remarque que sa main gauche est emprisonnée dans celle de mon frère. Impossible de déchiffrer le pincement au cœur que je ressens face à cette image. Je sais que Jericho cherche du réconfort auprès de nous deux, mais ça n'empêche pas une vague de jalousie, suivie d'une de culpabilité, de me submerger.

Depuis le début de l'année, Boston ne cache plus qu'il préfère les hommes, même si c'est quelque chose dont je me doutais. Je suis *presque* sa jumelle, après tout. Toutefois, je n'ai encore jamais eu l'occasion – ou peut-être le courage – de lui demander s'il éprouve quelque chose pour Jericho.

J'adore mon frère, mais nous sommes parfois tellement différents l'un de l'autre qu'il m'arrive de me demander si Jay ne serait pas la glue qui unit notre petit groupe. C'est d'ailleurs pour ça que je ne lui ai jamais avoué mes sentiments, et que je ne le ferai sans doute pas. Je ne suis pas prête à renoncer à lui.

Perdue dans mes pensées, je sursaute quand la voix de mon meilleur ami résonne dans le silence nocturne.

– Et si on allait au *homecoming* ensemble, tous les trois ?

Jericho

Après un dernier coup d'œil dans le miroir de ma chambre, je descends avec ma cravate vert foncé à la main. Impossible d'arriver à la nouer, même après tous les cours que Salem m'a donnés et tous les tutos vidéo que j'ai regardés ces derniers jours.

Quand j'entre dans le salon, Maman est assise sur le canapé, les jambes sur le repose-pied, avec un plaid pour la couvrir. La voir si maigre, si pâle, et le crâne recouvert d'un foulard de couleur me fait l'effet d'un coup de poignard en plein dans l'estomac. Mais, comme depuis le jour où elle m'a annoncé son cancer, je prends une grande inspiration silencieuse et me compose une expression de façade. Je me suis promis de tenir le coup jusqu'à ce qu'elle soit guérie, et ce n'est pas encore le cas.

Quand elle me voit, un immense sourire étire son visage fatigué et elle se lève pour venir à ma rencontre.

– Oh, tu es si beau…

Elle plaque la main sur sa bouche et retient ses larmes. Ce n'est que le bal du *homecoming*. Je ne suis pas sur le point d'avoir mon diplôme ou de quitter le nid, mais je sais qu'elle compte les événements qu'elle a la chance de vivre avec moi.

– C'est grâce à Salem, expliqué-je. Cette fille n'a jamais enfilé une robe de sa vie, mais ça ne l'a pas empêchée de nous traîner dans tous les magasins de Roseborough.

Elle rit doucement. La voir heureuse, ne serait-ce que pour quelques minutes, panse un instant les blessures de mon âme.

– Ça ne m'étonne pas d'elle. Et la connaissant, elle a sûrement fait ça pour vous enrager.

– Ouais. C'est Salem tout craché, ricané-je. Tu pourrais me mettre ma cravate ?

Elle hoche la tête en prenant le morceau de tissu.

– Sa robe est verte ? demande-t-elle.

J'acquiesce en silence pendant qu'elle noue la cravate autour de mon cou. Quand elle a terminé, elle lisse les plis inexistants de mon costume noir et pose ensuite ses mains sur mes épaules. Je dépose un baiser léger sur sa joue. Je craque finalement, des larmes roulant sur mes joues en apercevant celles qui naissent dans ses yeux. Je m'éclipse rapidement sans rien ajouter.

Je me glisse derrière le volant de ma Dodge Charger de 1970. Cette voiture, c'est la seule bonne chose que mon père m'a laissée. Il a mis toutes ses économies dedans pour en fait repartir au bout de quelques semaines. *Merci, Papa.*

J'ai mis un moment à payer les pièces manquantes pour que le garage la rénove, mais je sais que c'était un bon investissement quand je me gare devant la maison des O'Connell. La Charger est rutilante, ce soir. Rien n'est trop beau pour mes meilleurs amis.

Même si je ne sais toujours pas pourquoi j'ai proposé qu'on aille au bal tous les trois. Enfin, si je dois être honnête, c'est surtout que je ne sais pas laquelle des raisons l'emporte. Est-ce parce que Boston se remet tout juste d'une rupture difficile, et que je savais qu'il n'irait pas seul ? Ou alors est-ce parce que je ne conçois absolument pas de voir Salem au bras d'un type de notre lycée ? Je ne peux pas choisir ce qui a vraiment motivé ma proposition. Parfois, ça me rend dingue.

Je m'extirpe de ma voiture, avant de sortir mon téléphone de ma poche pour envoyer un rapide message à Sally.

Je suis là.

Je navigue ensuite pendant quelques minutes d'un réseau social à l'autre en ricanant devant les photos ridicules de nos camarades de classe. Certains ont dû perdre un pari, ce n'est pas possible autrement.

Je relève la tête au moment où j'entends la porte d'entrée s'ouvrir, et j'ai l'impression de recevoir un coup de batte derrière la tête. Mes meilleurs amis ont l'air de sortir d'une couverture de magazine. Je ne sais vraiment pas sur qui porter mon regard.

Sally porte une robe vert sapin qui met absolument toutes ses formes en valeur. Elle est perchée sur des escarpins vertigineux – *des escarpins, bordel !* – qui subliment ses jambes. Ses cheveux roux bouclés retombent librement dans son dos, et j'ai immédiatement envie de passer mes doigts dans ses mèches douces.

Boston est dans un costume identique au mien. Il moule ses muscles saillants, tandis que sa cravate verte fait ressortir ses yeux émeraude. Si mon meilleur ami a clairement exprimé qu'il préférait la gent masculine, je n'ai, quant à moi, jamais su faire de distinction. Quand j'admire la beauté de quelqu'un, mon esprit ne s'arrête pas du tout à son genre. Ça se confirme ce soir, même si j'aimerais ne pas regarder mes deux meilleurs amis comme ça. Ils sont mes piliers, surtout avec ce que je traverse. Je ne peux en aucun cas les perdre.

Devant moi, Sally et Boston me regardent avec amusement. Je ne peux pas m'empêcher de rougir.

– Ouais, bon, ça me choque de vous voir tout pimpants, c'est tout !

Ils éclatent tous les deux de rire, et j'en profite pour reprendre ma place derrière le volant. Salem se glisse sur la banquette arrière, tandis que son frère s'installe à côté de moi.

Une fois au lycée, je me gare non loin du gymnase comme on nous l'a demandé, et aide Sally à descendre, gênée par sa robe moulante.

Quand nous entrons dans la salle où la fête bat déjà son plein, tous les regards se braquent sur notre trio. Apparemment, nous voir tous les trois ensemble surprend tout le monde. Ou peut-être que ce sont mes doigts entrelacés à ceux de Sal qui les choquent. Ou encore, le bras de Boston nonchalamment posé sur mes épaules.

Peu importe. J'assume pleinement que mes deux meilleurs amis sont dignes d'un magazine de mode. Et, surtout, que mes sentiments pour eux ne sont plus aussi clairs qu'avant.

6

Jericho

Cinq ans auparavant

Je laisse aller ma tête contre le dossier du fauteuil inconfortable et ferme les yeux. Je ne supporte plus l'image de ces murs blancs et des machines reliées à ma mère. Elle somnole devant un documentaire. Elle ne fait presque plus que ça, depuis quelque temps. J'ai l'impression qu'elle m'échappe, que le temps avec elle me glisse entre les doigts. La demande de son oncologue de nous voir ensemble en fin de journée n'a fait qu'accentuer cette impression. Ça me donne envie de hurler mais, comme d'habitude, je garde tout pour moi. Pour elle.

L'année scolaire touche à sa fin. J'ai eu dix-huit ans le mois dernier, mais cette année, qui aurait dû être la meilleure de ma vie, aura été la pire. Je l'ai passée dans une sorte de brouillard étouffant constitué de visites à l'hôpital, de traitements et de conversations médicales dont je ne comprends qu'un mot sur deux. Seuls mon job de jeune pompier volontaire et mes deux meilleurs amis m'aident à garder la tête hors de l'eau.

J'ai dû m'assoupir moi aussi quelques instants, parce qu'une main sur mon épaule et la douce voix de ma mère me réveillent. J'ouvre les yeux et me redresse brusquement en reconnaissant le Dr Sutterfield. Elle me sourit gentiment, puis va se chercher une chaise pour s'asseoir entre ma mère et moi. Maman a l'air tout aussi fatiguée qu'avant sa sieste, mais elle redresse le dossier de son lit, manifestement prête à entendre ce que l'oncologue a à nous dire. Je ne le suis pas. *Pas du tout.* Je rêve de m'enfuir d'ici, de ne plus jamais y revenir, mais je ne suis pas un lâche. Alors, je serre les dents et attends sans broncher que le couperet tombe. Pour elle.

– Je ne suis pas vraiment porteuse de bonnes nouvelles, Erin, commence-t-elle en s'adressant principalement à ma mère.

Cette dernière déglutit et hoche la tête, comme pour lui dire de continuer.

– Les traitements fonctionnaient bien au départ… Je pensais vraiment qu'on était sur la bonne voie. Malheureusement, ce n'est plus le cas. Non seulement votre corps supporte de moins en moins la chimiothérapie, mais cette dernière n'a plus l'effet escompté sur les cellules cancéreuses. Le cancer s'est métastasé, ce qui explique la douleur dans votre dos.

Je fronce les sourcils en regardant ma mère qui continue de hocher la tête. Elle ne m'avait pas parlé de ça, mais je ne peux pas vraiment lui en vouloir. Son corps est en train de la lâcher, un organe après l'autre. Je me tourne vers l'oncologue qui a posé sa main sur celle de Maman.

– Alors, quelle est la prochaine étape ? Quel autre traitement peut-elle essayer ? Un essai clinique, peut-être ?

Ça marche toujours dans Grey's Anatomy, *les essais cliniques.*

Malheureusement, ma vie n'a rien d'une série télé. Je le sais et je vois dans le regard du Dr Sutterfield qu'elle est sur le point de me le rappeler.

– L'hôpital a un bon programme de soins palliatifs dont vous pourrez bénéficier depuis votre domicile. Je vais…

Je la coupe sans me soucier de savoir si j'ai l'air impoli.

– « Palliatifs » ? Comment ça, « palliatifs » ?

L'oncologue lâche la main de Maman pour attraper la mienne, mais je me recule vivement dans mon fauteuil. Je ne veux pas de sa pitié. Je veux juste qu'elle m'explique pourquoi elle décide de laisser tomber ma mère comme ça.

– Jericho… Il n'y a plus rien à faire. Plus de traitement possible. On peut juste faire en sorte qu'Erin soit le plus à l'aise possible.

Le plus à l'aise possible *pour mourir*. Elle ne le précise pas, elle n'en a pas besoin.

Je me lève d'un bond, le fauteuil grince derrière moi.

– *Vous* ne savez plus quoi faire d'autre, craché-je. Ça ne veut pas dire qu'un autre médecin ne saura pas. Je vais te prendre rendez-vous chez un autre médecin, Maman, OK ? Je suis sûr qu'on trouvera une alternative.

Ma carapace est en train de s'effriter en million de petits morceaux, mais je ne suis plus vraiment capable de réfléchir. J'attrape le sac de Maman et commence à ranger ses affaires dedans. Une main attrape mon poignet pour m'arrêter, et je baisse les yeux sur des doigts frêles et un bras amaigri. Je les relève sur ma mère qui me scrute, le regard suppliant, plein de larmes.

– Je suis fatiguée, Jericho. Fatiguée de me battre, de la douleur, d'être dans cette chambre d'hôpital. Je veux retrouver ma maison, profiter des moments avec toi. C'est la fin, mon chéri, je le sais et je suis sûre qu'au fond de toi, tu le sais aussi. Je ne veux pas vivre mes derniers jours branchée à une machine.

Je me laisse retomber sur le fauteuil que je viens de quitter. Je suis désespéré, mais je viens de me souvenir de la promesse que je me suis faite à moi-même. Pour elle.

Je me retourne donc à nouveau vers le Dr Sutterfield et lui demande :

– Comment ça va se passer ?

Je ne sais pas si je retiens chacun des mots qu'elle utilise pour m'expliquer le procédé. Je sais juste que Maman restera encore deux jours ici, le temps que tout se mette en place. Mon cœur est en charpie. Elle n'ira pas mieux. Son état va se détériorer, et je lui dois de lui offrir cette paix qu'elle mérite.

✦ ✦ ✦

La fin de la journée approche quand je quitte l'hôpital. Maman s'est de nouveau endormie, et les visites étaient sur le point de se terminer. Je n'avais plus rien à faire là. Je ne peux pas l'aider, de toute façon. Je suis à peu près aussi inutile que la ribambelle de médecins qui gravitent autour d'elle à longueur de journée.

Bravo pour vos dizaines d'années d'études qui ne servent à rien.

Le ciel est couvert et le vent est en train de se lever. Je laisse ma voiture sur le parking de l'hôpital et préfère marcher. Je ne suis pas sûr que ça m'apaisera, mais je ne sais pas quoi faire d'autre. Je ne veux pas rentrer chez moi. Impossible de supporter cette maison vide ce soir, d'imaginer que Maman y sera à nouveau dans deux jours, pour m'abandonner pour toujours dans quelques semaines. « Un mois, tout au plus », a dit l'oncologue.

Je sors mon téléphone de ma poche arrière et appelle la seule personne dont j'ai mis le numéro en raccourci.

Salem ne répond pas, et comme ce n'est pas son habitude, je sais qu'elle doit vraiment être occupée. Pour elle, le monde ne s'est pas brutalement arrêté de tourner.

Le besoin de voir ma meilleure amie, de me réfugier dans l'étreinte de ses bras me submerge avec une force qui me surprend à chaque fois. C'est peut-être plus sage qu'elle ne soit pas là, finalement. Mon âme est si abîmée en cet instant que je ne pourrais pas cacher les sentiments que j'éprouve pour elle et qui n'ont fait que s'accentuer ces derniers mois. Sally mérite mieux qu'un mec comme moi, elle mérite mieux que d'avoir à me tenir à bout de bras quand Maman ne sera plus là. Dans quelques semaines, je ne serai plus que l'ombre de moi-même et je risque de tout gâcher.

Je ne sens même pas les premières gouttes de pluie qui rebondissent sur ma peau. Je continue à marcher sans vraiment me soucier de ce qui se passe autour de moi, sans voir les rues que j'arpente, ni le temps qui défile, ou le ciel qui se fait de plus en plus sombre. Mes vêtements collent à ma peau, mes cheveux dégoulinent sur mon visage. Je ne pleure pas. Je n'ai plus de larmes depuis le soir où j'ai passé des heures à les verser dans les bras de Salem.

Je suis sur le point de traverser la rue quand une voiture me klaxonne. Je n'arrive même plus à regarder avant de quitter le trottoir. Je relève la tête et adresse un vague geste d'excuse à la conductrice, qui me regarde bizarrement.

J'ai marché jusque chez les O'Connell sans m'en apercevoir.

La voiture de Boston est dans la cour. Je me rappelle brusquement que ses parents sont partis en week-end prolongé hier soir. Pas de trace de la Jeep de Salem, mais elle pourrait être dans le garage, comme les O'Connell ne sont pas là. Je secoue la tête et me dirige vers la porte d'entrée.

Je ne sais peut-être pas où j'en suis, mais tout vaut mieux que retourner seul dans cette maison vide et silencieuse.

Je frappe avant de tourner la poignée et de me glisser à l'intérieur.

– Salem ? crie Boston.

Je n'ai pas le temps de répondre qu'il apparaît en haut de l'escalier, un pantalon de jogging bas sur ses hanches et une serviette à la main, en train de sécher ses cheveux mouillés.

– Hé, mec ! lance-t-il en descendant tranquillement les marches en ébouriffant ses mèches auburn humides.

Je vois qu'il ne s'est encore pas rendu compte que je dégouline sur le tapis de l'entrée.

– Salem est là ? demandé-je d'une voix que je reconnais à peine.

La réponse à ma question est évidente puisqu'il croyait que c'était elle qui rentrait. Je ne sais pas vraiment pourquoi je la pose. Boston, lui, est figé sur l'avant-dernière marche. Il secoue la tête.

– Jay… Est-ce que ta…

Il s'interrompt sans oser me demander si Maman est encore parmi nous. Est-ce que tout le monde avait deviné avant moi que ma mère n'allait pas s'en sortir ?

– Elle n'en a plus que pour quelques semaines. Elle rentre à la maison en soins palliatifs dans deux jours.

J'ai à peine fini ma phrase que son corps musclé me percute et que ses bras m'enserrent à m'étouffer.

– Je suis désolé, Jericho. Putain, t'es trempé… T'es venu à pied ?

Je hoche la tête. Je n'ose pas lui rendre son étreinte, mais je me rends compte que je ne veux pas qu'il s'éloigne. Je suis bien là, presque en paix, chez moi. Je ne comprends pas pourquoi c'est à ce point le bordel dans mon cerveau. Parfois, je regrette l'époque bénie où je ne les voyais que comme mes meilleurs amis, Salem et lui. J'aimerais dire que la maladie de Maman me pousse à chercher du réconfort n'importe où, mais je sais que ce n'est pas le cas. Que mes sentiments sont nés avant ça.

Boston finit par reculer d'un pas en déglutissant. Ses joues sont rouges, et il détourne rapidement le regard.

– Allez, viens. Faut que tu te sèches, tu peux pas rester comme ça, t'es gelé.

Je ne sens pas le froid dont il parle, ou alors c'est parce que je suis anesthésié. Mais si c'était le cas, est-ce que mon cœur battrait la chamade comme il le fait maintenant ?

Je ne pose pas de question et retire mes chaussures avant de le suivre dans l'escalier. Je me débarrasse de mes chaussettes quand je remarque que je laisse des traces mouillées derrière moi. J'entre dans la chambre de Boston derrière lui, tandis qu'il disparaît dans la salle de bains. Quand il en ressort avec une serviette, il me regarde en fronçant les sourcils.

– Tu devrais te déshabiller, tu dégoulines de partout.

Je baisse les yeux et vois qu'une flaque a commencé à s'étaler à mes pieds.

– Merde. Désolé.

– Je vais te filer des fringues.

Je hoche la tête en silence et commence à retirer mon t-shirt et mon bermuda, tandis que Boston fouille dans son armoire. Quand il se retourne avec une pile de vêtements, je suis sur le point de retirer mon boxer. Il pose les fringues avec précipitation sur son lit et se retourne brusquement.

– Pardon.

Je hausse les sourcils. Depuis quand est-ce que Boston se détourne quand je suis nu ? C'est mon meilleur ami, on n'a jamais fait attention à ça, avant.

Avant, Jay, tu n'as jamais fait attention non plus à la façon dont la courbe de ses fesses ressortait sous son pantalon de jogging.

Je pousse un soupir de frustration et enfile à la hâte le boxer sec qu'il m'a prêté, avant de me laisser tomber au bord de son lit. Les coudes sur les genoux, je laisse tomber ma tête dans mes mains. Je tire sur les racines de mes cheveux et accueille la douleur avec soulagement.

Je ne vois pas Boston se retourner pour revenir vers moi. Quand je sens le lit s'affaisser à côté de moi, je prends conscience d'à quel point j'ai besoin de lui aussi. Mes sentiments envers lui sont tout aussi flous, mais ce n'est pas pareil qu'avec Salem. On est si différents, et pourtant, des points communs nous lient. Je sais qu'il sera toujours mon ami, quoi qu'il arrive. Sally, elle, c'est mon âme sœur. Je ne pourrais pas vivre sans elle, j'en suis intimement persuadé.

Alors c'est ça, Jay ? Tu choisis celui que tu peux te permettre de perdre ? Quel ami de merde tu fais !

Je voudrais nier. Me dire que ce n'est pas le cas. Et pourtant, c'est un peu ce qui se passe dans ma tête. Ce n'est pas que je préfère perdre Boston plutôt que Salem, c'est que je sais qu'il ne me lâchera pas, quoi qu'il se passe entre nous. Ce qu'il y a entre Sally et moi, cette amitié à la vie, à la mort, ces sentiments qui ne me quittent plus, c'est bien trop intense. Quand je ne pourrai plus être celui qu'elle veut, celui dont elle a besoin, ce *nous* n'y survivra pas.

Quand Boston pose une main sur le haut de mon dos et commence à y dessiner des cercles, je m'arrête presque de respirer. Je ne veux pas qu'il s'arrête, et en même temps, j'ai besoin de beaucoup plus. De ses bras autour de moi comme tout à l'heure sur le palier. De ses mots justes. De me sentir bien, même quelques minutes, quelques secondes.

Sans vraiment m'en rendre compte, je me suis redressé pour poser la tête sur son épaule. Quand je la relève, le bout de mon nez glisse le long de sa mâchoire et je viens appuyer mon front contre le sien. Nos respirations sont synchronisées. Je sais ce que j'ai envie de faire. J'ai la certitude que ce n'est pas une bonne idée, mais je sais aussi que je ne vais pas pouvoir m'en empêcher. La couleur sur les joues de Boston me fait comprendre qu'il en a autant envie que moi.

Lorsque je pose ma bouche sur la sienne, j'ai la sensation que mon cœur va exploser. Son regard est toujours ancré au mien et je vois ses pupilles se dilater. Il ferme les paupières en poussant un doux gémissement contre ma bouche. Je le repousse sur son lit et me coule dans l'étreinte de ses bras qui se referment sur moi. Pour la première fois aujourd'hui, je me sens enfin entier, vivant. Vibrant. Son corps contre le mien, ses lèvres contre les miennes, nos langues qui se caressent, me donnent le souffle de vie qui m'a tant manqué dans cette chambre d'hôpital morose.

7

Salem

Assise contre un énorme tronc d'arbre dans l'enclos de Red, je gratte le cou de cette dernière qui couine de plaisir. J'étais là le jour où M. White a sauvé cette petite renarde de devenir un manteau de fourrure. Un lien s'est créé entre nous pendant ces huit mois à travailler au sanctuaire.

– Il faut que j'y aille, ma belle. J'essaierai de revenir te voir demain, ajouté-je en me relevant.

– Tu ne travailles pas demain, me sermonne une voix à l'extérieur de l'enclos.

Je souris à John White, qui m'a pris sous son aile comme si je faisais partie de sa propre famille le jour où je suis venue le supplier de me laisser travailler pour lui. Il m'a donné un formulaire à remplir et m'a dit de l'appeler John.

Je me faufile hors de l'enclos de Red en prenant soin de le refermer derrière moi. Je hausse les épaules avant de répondre.

– Je passerai juste une tête pour lui dire bonjour et voir comment s'adapte Drake.

Drake est le dernier rescapé. Un louveteau dont la maman a été tuée par des braconniers. John l'élève au biberon. Quand il sera plus grand, il essaiera de l'intégrer à la meute déjà présente au sanctuaire, même si ce n'est jamais chose facile.

– Ce n'est pas mon job ? grogne-t-il.

Une fois de plus, je hausse les épaules en ricanant. John aime bien se plaindre que je passe plus de temps ici que chez moi. C'est simple, si jamais ma mère me cherche, elle sait que je suis soit au sanctuaire, soit chez Jericho. Enfin, à l'école aussi, de temps en temps.

Je siffle Medford, qui dort sous le porche de la maison de John, puis prends la direction de ma Jeep. John me suit et reste silencieux pendant un moment. Je le connais, s'il a quelque chose à dire, il finira par le faire.

J'ouvre mon coffre et caresse Medford une fois qu'il s'y est installé.

– Alors ? Quelle université l'année prochaine ? demande enfin John.

Je secoue la tête.

– Aucune. Je prends une année, le temps de savoir ce que j'ai vraiment envie de faire de ma vie. Vous n'allez pas vous débarrasser de moi si facilement.

Il hoche la tête, pensif, comme si ma décision ne le surprenait pas. Je n'ai jamais caché que l'école, ce n'était pas mon truc.

– Je ne me fais plus tout jeune, poursuit-il.

Je lève les yeux au ciel.

– C'est quoi « plus tout jeune » ? le charrié-je.

Je sais pertinemment qu'il ne me dira jamais son âge, ce n'est pas faute d'avoir déjà demandé.

– C'est l'âge auquel on ne peut plus continuer de s'occuper d'un sanctuaire de réhabilitation animalière.

Je fronce les sourcils. Il n'a jamais eu ce genre de discours. Avant de travailler ici, je venais régulièrement au sanctuaire pour voir les animaux. Mais je dois reconnaître que John semble avoir plus de mal à nourrir tout son petit monde ces derniers mois.

– Oui, mais c'est dans longtemps, non ?

Il éclate d'un rire grave.

– Je ne vais pas mourir demain gamine, si c'est ce que tu veux savoir. J'aimerais juste prendre ma retraite. Ne plus avoir à me lever quatre fois par nuit pour nourrir un louveteau.

Je pousse un soupir de soulagement discret.

– Quel rapport entre votre retraite et mes études ?

– Je ne vois personne d'autre que toi pour s'occuper de mes animaux, me fait-il remarquer. L'Animal Behavior College donne des cours à distance, tu pourrais continuer de travailler ici pour valider tes diplômes.

J'ouvre de grands yeux ronds. S'il a toujours été entendu que Boston ferait de grandes études, ça n'a jamais été mon cas. Et pourtant, je n'ai jamais ne serait-ce que rêvé de faire carrière dans cette branche qui me passionne depuis toujours. Je ne sais pas vraiment pourquoi. Peut-être de peur de décevoir mes parents ? Ou mon frère ? Personne n'est du genre élitiste dans la famille. Quand bien même, mon premier réflexe est de me demander ce qu'ils pourraient en penser.

Enfin, non. Si je dois être honnête avec moi-même, ma première pensée est tournée vers Jay. Et même s'il n'a pas l'esprit à ça ces derniers temps, je n'ai qu'une hâte : lui en parler.

C'est avec la promesse faite à John de réfléchir ce week-end que je reprends la route en direction de Roseborough et de la maison. Pendant le trajet, j'essaie d'appeler Jericho, mais son téléphone sonne dans le vide. Je me demande s'il est encore à l'hôpital avec Erin. Une boule se forme dans mon ventre à l'idée qu'il ait pu se passer quelque chose, et je roule sans doute un peu plus vite que je ne le devrais. Peut-être que Boston sait quelque chose.

Une fois garée derrière la voiture de mon frère, je fais descendre Medford et trottine jusqu'à la porte d'entrée. La pluie qui avait cessé pendant ma visite à Red a repris de plus belle. Je passe la porte d'entrée et grogne quand mon malinois se secoue juste à côté de moi.

En essayant d'évaluer les dégâts dans le hall d'entrée, mon regard se pose sur une paire de converses que je reconnaîtrais entre mille : celle de Jericho. Je fronce les sourcils avant de jeter un coup d'œil par la fenêtre sur le côté de la porte pour savoir si j'ai loupé sa voiture dans la rue, mais je ne la vois pas.

– Reste, ordonné-je à Medford en retirant mes baskets avant de grimper les marches menant à l'étage et à la chambre de mon frère.

Des murmures parviennent à mes oreilles, et ma confusion grandit. Elle s'accompagne d'un malaise que je n'arrive pas à saisir. La chambre de Boston est au bout du couloir. La porte en est entrouverte, et je ne m'explique pas les sons qui s'en échappent. Ou plutôt, je ne veux pas les comprendre.

La boule dans ma gorge m'étouffe quand j'arrive devant la porte. Une petite voix me dit de retourner d'où je viens, de ne pas regarder par l'interstice, mais elle est trop faible. Je ne l'écoute pas.

Je me fige devant l'image que j'ai sous les yeux. Celle des corps enchevêtrés, nus, de mon frère et de mon meilleur ami. Ils sont en train de s'embrasser comme si demain n'existait pas. Comme si *moi*, je n'existais pas.

Leurs gémissements me filent la nausée, et je plaque ma main sur la bouche pour la contenir. Le mouvement me fait lâcher mon téléphone qui tombe au sol dans un bruit sourd qui semble résonner dans toute la maison. Les bruits émanant de la chambre de Boston s'arrêtent immédiatement, avant qu'un « merde » sonore rompe le silence à nouveau.

Je n'attends pas. Je dévale les escaliers sans m'arrêter, sans réfléchir, sans prendre mon souffle. Je ne me retourne même pas quand j'entends Jericho crier mon nom. J'ouvre la porte d'entrée brusquement et la claque dernière moi.

Je tourne à gauche à la fin de notre allée, je ne sais pas où je vais et ça n'a pas vraiment d'importance. Je suis pieds nus, la pluie battante me fouette le visage, trempe mes vêtements, mais ça aussi, je m'en fous. Ce que je ne veux surtout pas, c'est me confronter à mon frère ou à Jay. Je marche d'un pas rapide sans regarder derrière moi et, pendant un moment, je pense qu'ils ne m'ont pas suivie, qu'ils ont dû finir ce qu'ils avaient commencé.

– Salem !

Une main s'abat sur mon épaule et me force à faire volte-face.

Jericho se tient devant moi. Il a mis un t-shirt de mon frère et un de ses pantalons de survêtement.

Ils partagent leurs vêtements... À quel point j'ai été idiote de ne pas voir ce qui se passait ?

Pendant quelques minutes qui me paraissent une éternité, nous nous dévisageons. Je le regarde comme si je ne le connaissais pas, et lui me fixe du regard avec une douleur dans les yeux qui me tirerait des larmes si je n'étais pas si énervée.

Seulement, c'est bien ça le problème. Nous ne sommes *rien*. Je ne suis pas censée être en colère, et il n'a aucune raison de s'être lancé à ma poursuite. Pourtant, nous sommes là tous les deux, sous la pluie.

– Je suis désolé, finit-il par lâcher.

Sa voix est cassée, comme s'il avait pleuré pendant des heures. Je ne veux pas me préoccuper de sa culpabilité. J'ai déjà assez à faire avec ma peine.

– De quoi ? Tu fais ce que tu veux. Boston aussi.

Il secoue la tête.

– Arrête. Entre toi et moi, Sally, c'est bien plus qu'une simple histoire d'amitié. Depuis longtemps. Je n'ai pas voulu le reconnaître, mais c'était une erreur.

Je croise les bras sur ma poitrine.

– C'est pour ça que tu as décidé de me briser le cœur en fourrant ta langue dans la bouche de mon frère ?

Il recule légèrement comme si je l'avais giflé.

– Je n'ai pas réfléchi. J'étais si… détruit.

Je fronce les sourcils.

Ne flanche pas. Ne baisse pas tes barrières. Moi aussi, je suis en miettes, Jericho.

– De mieux en mieux. Donc, tu t'es servi de Boston pour te faire du bien ? C'est tellement égoïste !

Il secoue la tête. La pluie est de plus en plus violente, mais je peux clairement voir les larmes couler sur ses joues.

– Maman va mourir, Sally. Dans quelques semaines. Les traitements n'ont pas marché. C'est fini.

Sa voix tremble et, malgré mon désir de rester forte, de me protéger dans ma propre souffrance, la sienne fracasse un peu plus mon cœur. Alors, j'attrape son t-shirt et le tire dans mes bras. Parce que, même si je lui en veux, je ne peux quand même pas le laisser comme ça.

– Je suis tellement désolé, pleure-t-il contre mon épaule.

Je le serre un peu plus. Je voudrais pouvoir oublier ce que j'ai vu dans cette chambre, mais ce n'est pas possible.

– Je suis là, Jericho. Je serai toujours là pour toi. Mais je ne sais pas si je pourrai te pardonner un jour.

8

Salem

Personne n'aurait pu imaginer qu'Erin McKenna assisterait à la remise des diplômes de Jericho. Et pourtant, elle était là, et je sais que ça comptait énormément pour elle comme pour Jay. Ce sont mes parents qui se sont organisés pour aller la chercher, et qui se sont chargés de faire en sorte qu'elle soit installée le plus confortablement possible.

Je pense que c'est la dernière fois que nous avons tous pu la voir sourire. Quand elle a aperçu son fils sur l'estrade, son visage s'est éclairé, et ses joues ont même pris un peu de couleur. Je le sais, parce que mes parents ont pris des photos de cet instant. Pour que Jay puisse avoir un souvenir.

Aujourd'hui, on devrait être au bal de promo. On devrait danser, rire et profiter d'un de nos derniers vrais moments d'insouciance. Mais ces moments là ont pris fin depuis longtemps pour Jericho, et c'est pour le soutenir que nous sommes assis sur le canapé de la maison qu'il a toujours partagée avec sa mère.

Le lit médicalisé a pris la place de la table dans la salle à manger quand elle est rentrée de l'hôpital. Sa chambre se trouvant à l'étage, c'était la solution la plus adéquate. Jericho est assis dans un gros fauteuil près d'elle, sa main dans la sienne. Parfois, il revient vers nous et se laisse tomber sur la place vide entre Boston et moi, comme si c'était trop dur pour lui. Je ne peux que le comprendre. Erin n'est plus que l'ombre de celle que j'ai connue, cette infirmière force de la nature qui s'est retrouvée seule avec son fils de sept ans du jour au lendemain.

L'après-midi est déjà bien entamé quand Jay quitte le chevet de sa mère. Je le vois disparaître dans la cuisine, puis entends la porte qui donne sur le jardin claquer. Je replonge le nez dans le livre que j'ai commencé à lire pour m'avancer sur le programme de science du comportement animalier que je vais suivre l'année prochaine. Du coin de l'œil, je vois que mon frère me fixe du regard. Je sais ce qu'il cherche à me dire en silence, mais je ne vais pas lui faire le plaisir de lui faciliter les choses.

Quand je l'ai surpris avec Jericho, je lui en ai voulu, au début. Ça n'a toutefois pas duré longtemps. Je me suis rapidement rendu compte qu'il avait été aveugle à l'intensité des liens entre Jay et moi. Comment aurait-il pu le voir ? Entre mon job au sanctuaire, leur job de pompier volontaire et nos derniers examens, on a passé peu de temps ensemble tous les trois, cette année.

Toujours est-il que, parfois, l'image de mon frère et de Jericho au lit me percute de plein fouet et me force à serrer les dents pour ne pas hurler. Si Boston a quelque chose à me dire, il n'a qu'à le faire. Il ne se gêne d'ailleurs pas après quelques minutes à me dévisager sans succès.

– Tu devrais peut-être atténuer ta rancœur, aujourd'hui, chuchote-t-il en jetant un regard appuyé sur Erin.

Je déglutis pour chasser la boule qui obstrue ma gorge. Je ne suis pas égoïste. Je sais que Jay ne se sentait pas bien et que ce qui s'est passé ne voulait rien dire ni pour l'un ni pour l'autre – du moins, c'est ce qu'ils ne cessent de me répéter tous les deux. Bien sûr que je finirai par lui pardonner, mais il me faudra un peu de temps. Je suis tout de même là, je ne lui fais pas de reproches ouvertement. J'ai juste beaucoup plus de mal à me montrer affectueuse avec lui.

– Je suis là pour lui, Boston. Il le sait. Et je le connais sans doute mieux que toi, je sais qu'il a besoin d'être seul.

Il lève les yeux au ciel et quitte le canapé pour rejoindre Jericho dans le jardin. Moi, je reste là comme une idiote, avec mes doutes et mes incertitudes. Et pourtant, je sais qu'il a besoin de moi. Je ne sais pas comment faire pour que tout redevienne comme avant.

J'envie Jay et Boston. Pour eux, rien n'a changé. Ils sont toujours aussi soudés, toujours aussi amis, et moi, ça me manque de ne plus faire partie de la vie de Jericho de cette façon.

À toi de faire en sorte que ce soit de nouveau le cas, Salem.

Mon regard se porte sur Erin, qui ne se réveille que très peu désormais.

Tout ne redeviendra pas normal du jour au lendemain, mais je ne peux pas laisser des années d'amitié se terminer ainsi. Mes sentiments pour Jericho sont confus, mais je préfère l'avoir dans ma vie comme simple ami que pas du tout.

Quand j'entends Jay et Boston entrer de nouveau dans la maison, je pose mon livre – dont je n'ai pas pu lire une seule ligne de toute façon – et me dirige vers la cuisine. Les yeux rougis et les joues humides de Jericho me brisent le cœur. Ma culpabilité atteint des sommets. Aujourd'hui, je dois tout mettre de côté. Ce que je ressens ne compte pas à côté de ce que lui est en train de vivre.

– Je vais préparer un peu à manger, proposé-je doucement en remarquant que l'horloge du micro-ondes affiche déjà 18 heures.

Boston hoche la tête en me souriant.

– Tu as besoin d'aide ? demande-t-il.

Je fais un signe de négation et pose la main sur l'épaule de Jay en me dirigeant vers le placard à épicerie. Ses yeux hagards se perdent sur mes doigts, comme s'il ne comprenait pas ce qui se passait. Mes paroles semblent lui parvenir avec retardement.

– Je n'ai pas faim, lâche-t-il avant de retourner s'asseoir dans le fauteuil près d'Erin.

Boston hausse les épaules devant mon air défait.

– Prépare quand même quelques sandwichs. On ne sait jamais.

Il retourne vers le salon et je m'attelle à la tâche en poussant un profond soupir. Je prépare une assiette pour Boston, une pour Jericho, et range le reste des sandwichs dans le frigo. Il y a encore quelques semaines, j'en aurais préparé pour Erin, mais elle ne se nourrit presque plus depuis plusieurs jours. Je donne son repas à mon frère et pose l'autre assiette non loin de Jay. Il ne la regarde pas, je ne suis même pas sûre qu'il soit encore conscient de notre présence.

La soirée passe lentement. Régulièrement, j'échange par messages avec nos parents pour leur donner des nouvelles. Ils aimeraient être là, mais je sais que Jericho ne serait pas à l'aise de les avoir ici.

Alors que le soleil commence à se coucher, je m'assoupis quelques minutes, recroquevillée sur le canapé. C'est la voix affolée de mon meilleur ami qui me réveille brusquement.

– Maman ? Maman !

Je me redresse, mon cœur battant à tout rompre.

Jericho est debout, penché sur sa mère, il la secoue en l'appelant, de plus en plus paniqué.

Il se tourne vers moi et j'ai l'impression de prendre un coup dans la cage thoracique en voyant l'expression horrifiée de son visage.

– Sally ! Appelle les secours ! me lance-t-il. Elle ne respire plus.

La boule dans ma gorge est douloureuse. Je me lève et Boston m'imite, l'air perdu lui aussi. Soudain, je me demande si je n'aurais pas dû insister auprès de mon meilleur ami pour que mes parents soient là. Je me sens bien trop jeune tout à coup pour gérer ce qui est en train de se passer. Malgré tout, je m'avance lentement, pose ma paume sur la joue de Jericho.

– Tu sais que ce n'est pas ce qu'elle voulait, lui rappelé-je doucement. Elle ne voulait plus souffrir, partir paisiblement…

Sa respiration est erratique. Je ne sais pas s'il m'entend ou même s'il veut m'écouter. Erin a tout prévu. Elle a signé les papiers nécessaires pour ne pas être réanimée quand ça serait la fin. Si j'appelle les secours, ils se déplaceront, mais ils n'interviendront pas.

Jay reporte son attention sur elle un instant. Sa main toujours sur son épaule la secoue à nouveau, mais avec beaucoup moins d'énergie. Puis il la lâche et recule vivement. Il se laisse tomber sur le canapé qui fait face au lit en plaquant une main sur sa bouche.

Je m'attends à ce qu'il explose, qu'il se mette à pleurer, à hurler, mais il n'en fait rien. Il me regarde, l'air résigné.

– Il faut que j'aille appeler les…

– Je vais le faire, le coupé-je. Ça ne me gêne pas.

Il hoche la tête et je retourne dans la cuisine, jusqu'au petit bureau où Erin laissait toujours son ordinateur portable. Je m'empare de la pochette qu'elle avait constituée avec l'aide de l'équipe de soins palliatifs. Le téléphone dans une main, je compose le numéro des pompes funèbres avec lesquelles Erin a déjà tout organisé. Ils n'attendent que notre coup de fil pour venir confirmer son décès... Pour venir la chercher.

Les larmes me montent aux yeux, et je serre les dents pour ne pas me mettre à pleurer au téléphone. Mon meilleur ami vient de perdre sa maman et, soudain, toutes mes autres préoccupations n'ont plus aucune importance. Ma colère me semble insignifiante. Ma jalousie, ridicule.

Une fois les pompes funèbres averties, je retourne dans le salon pour attendre avec Jericho et Boston.

Mon meilleur ami reste immobile, le regard rivé sur celle qui était tout pour lui. La voir ainsi, en cet instant, me fait prendre conscience que la femme pleine de vie que j'ai rencontrée en même temps que son fils n'est plus là. Elle ne souffre plus, et pourtant, cela ne rend pas les choses moins douloureuses.

Quand les pompes funèbres arrivent, nous entraînons Jericho dans le jardin sans même nous consulter. Il se laisse tomber dans l'herbe, à l'endroit exact où il nous a demandé de venir avec lui au *homecoming*. Je n'arrive pas à croire que moins d'un an est passé depuis. Nous ne sommes plus les mêmes que ce soir-là, bien qu'au fond de nous, nous sommes toujours ces trois enfants qui se sont rencontrés sur les bancs de l'école il y a presque huit ans.

Quand les employés des pompes funèbres nous font signe qu'ils sont prêts à repartir, Boston les rejoint dans la maison. Je suis sur le point de l'imiter lorsqu'une main attrape mon poignet. Jericho est toujours assis. Ses yeux humides me donnent envie de hurler que le monde est injuste. Seulement, ça ne servirait à rien, alors je me laisse retomber à côté de lui.

C'est à ce moment-là, dans la pénombre de son jardin, qu'il craque. Les larmes qu'il n'a pas versées depuis des mois se mettent à couler sur ses joues, ses épaules tressautent tandis qu'il est pris de violents sanglots.

Je l'attire contre moi sans réfléchir, et il pose sa tête sur mes cuisses. Inlassablement, je caresse ses cheveux pendant qu'il pleure toutes les larmes de son corps. Ses bras enserrent mes cuisses comme s'il craignait que je parte moi aussi, que je l'abandonne. Je serai toujours là pour lui, comme je sais que lui sera toujours là pour moi. Entre nous, c'est à la vie, à la mort, c'est comme ça depuis longtemps. Et je comprends aujourd'hui que rien d'autre n'a d'importance.

9

Jericho

Face à son pupitre, le prêtre parle de Maman, mais je ne l'entends pas. Le son de ses mots me parvient vaguement, comme si ma tête était dans du coton, et je n'arrive pas à forcer ma concentration pour saisir ce qu'il dit. Ce n'est pas très important, elle n'est plus là pour l'entendre. Elle n'est plus là, tout simplement.

Comme les mots de l'homme d'Église, qui se tient debout devant le cercueil de Maman, les journées depuis qu'elle est partie ne sont qu'un grand flou dans ma tête. Je ne sais pas vraiment comment j'ai réussi à effectuer les différentes tâches à accomplir jusqu'à aujourd'hui.

La seule chose qui m'apparaît clairement : la présence de mes deux meilleurs amis qui ne m'ont pas quitté depuis sa mort. Surtout Sally, qui a passé toutes ses journées et ses nuits avec moi dans la petite maison de Maman. Je ne saurais jamais assez la remercier. Sans elle, je serais sans doute devenu dingue dans le silence. Ou ivre mort.

Aujourd'hui encore, ils sont assis à mes côtés sur les bancs de la famille. Ma mère n'avait de toute façon plus personne, et mon égoïste de paternel ne s'est évidemment pas déplacé. Je n'ai pas besoin de lui. Je n'ai jamais eu besoin de lui.

Au cimetière, quand le cercueil descend en terre, je suis incapable de retenir les larmes qui roulent sur mes joues. Pourtant, je devrais être à sec. Je n'ai jamais autant pleuré que depuis qu'elle s'est éteinte et que je me suis effondré dans les bras de Sally. Cette dernière attrape d'ailleurs ma main, entrelace nos doigts pour les serrer et me donner la force qui me manque.

Je ne la mérite pas. Je ne mérite pas les sentiments qu'elle me porte. Comme promis, elle a été présente pour moi dans les derniers moments de ma mère, et encore plus depuis son décès. Et même si elle m'a dit sous la pluie devant sa maison qu'elle ne savait pas si elle pourrait me pardonner, je sais qu'elle est déjà en train de le faire.

Moi, je n'arrive pas du tout à me pardonner. Je m'en veux d'avoir cédé à un désir exacerbé par le désespoir de la situation. Je m'en veux d'avoir mis cette douleur dans les yeux de Salem. Je n'arrive pas à l'oublier.

Et je suis mort de trouille qu'ils ne soient à mes côtés que par empathie et qu'ils s'éloignent, le jour où celle-ci s'atténuera. Salem se souviendra que je l'ai fait souffrir, et Boston ne tournera pas le dos à sa sœur. Sal ne pourra plus me regarder en face. Elle ne pourra plus prendre ma main comme elle le fait à cet instant, ou me prendre dans ses bras. Je me retrouverai tout seul, sans Maman, sans personne. Une idée commence à germer dans ma tête.

La maison dans laquelle j'ai vécu seul avec ma mère depuis l'âge de sept ans est remplie de monde. La réception funéraire a été organisée par les parents de Salem et Boston. Je ne sais pas comment j'aurais fait sans eux. Je suis tellement dépassé par le fait qu'on puisse avoir envie de bouffer et de picoler après des funérailles que c'était vraiment la dernière chose que je souhaitais organiser.

Pourtant, je ne devrais pas critiquer les gens. Je viens de finir ma troisième bouteille de bière et je suis sur le point de quitter ma place sur les marches qui mènent au jardin pour aller en chercher une autre. Ou peut-être quelque chose de plus fort.

J'ai bien vu quelques regards désapprobateurs se poser sur moi – sans doute parce que je n'ai pas l'âge de boire – mais personne n'a encore eu le cran de me dire quoi que ce soit. Apparemment, être le fils de la défunte a ses avantages.

Cela dit, je devrais probablement lever le pied, mais j'ai envie d'anesthésier cette douleur intolérable qui ne m'a pas quitté depuis que le cercueil de Maman a atteint le fond de sa tombe. Pour l'éternité.

Quand je ne supporte plus de serrer des mains d'inconnus et d'écouter leurs « condoléances », je grimpe les marches jusqu'à l'étage et titube jusqu'à ma chambre.

Au cimetière, ma main dans celle de Sally, j'ai pris une décision qui va sans doute changer le cours de ma vie. Et je sais que, si je ne mets pas tout ça très vite en œuvre, je risque de réfléchir et de faire machine arrière.

Alors, je me laisse tomber derrière mon bureau et allume mon ordinateur. Je pianote pendant de longues minutes et finis par acheter un aller simple pour l'Irlande. Je ne prends pas la peine de prévenir mon père. S'il ne veut pas de moi chez lui, je me débrouillerai, ce n'est pas comme si je n'avais pas l'habitude.

J'ouvre ensuite ma boîte mail. C'est lâche de partir comme ça, je ne peux quand même pas le faire sans rien leur expliquer.

Boston,

Tu ne seras pas surpris de savoir que je ne trouve pas vraiment les mots pour exprimer ce que je ressens.

Je regrette d'avoir terni notre amitié, même si ce souvenir ne fera jamais partie des choses que je considère comme négatives. J'ai fait souffrir Sally et ça, je ne peux pas me le pardonner. Je sais que tu ne t'étais sans doute pas rendu compte de l'intensité du lien qui m'unit à elle, mais ce n'était pas mon cas. Je t'ai embrassé en connaissance de cause, et, même si je me sentais mal à ce moment-là, ce n'est pas une excuse.

J'ose croire que tu ne m'en veux pas. Tu es le mec le plus génial que j'ai jamais rencontré, et ces huit ans d'amitié ont compté plus que je ne pourrai jamais te l'exprimer.

Seulement, voilà. Je ne peux pas rester là. Je vais sans doute encore la faire souffrir plus que je ne l'ai déjà fait et je ne peux pas voir cette peine dans ses yeux à nouveau. Je sais que, si je t'annonçais ça en face-à-face, tu me dirais de me battre, mais je crois que j'ai perdu la force de le faire avec Maman.

Je reviendrai sans doute un jour. Je ne me vois pas passer toute ma vie loin de vous deux. Mais je le ferai quand j'aurai repris mes esprits et que de l'eau aura coulé sous les ponts.

Je sais que je n'ai pas besoin de te dire de prendre soin d'elle. Tu l'as toujours fait.

Prends soin de toi,

Jay

Je programme mon e-mail pour qu'il parte quand je serai dans l'avion demain et en ouvre un second. Je garde les doigts un long moment au-dessus du clavier, sans savoir comment commencer.

Ma Sally,

Je suis désolé.

De ne pas avoir cru en nous un peu plus fort.

D'avoir pensé que je pourrais te perdre un jour et d'avoir fait exactement ce qu'il fallait pour que ça arrive.

D'avoir refusé d'ouvrir les yeux pendant si longtemps.

Je veux que tu sois heureuse. Et je sais que je ferai tout foirer. Je ne veux pas que tu m'en veuilles à vie, alors je pars avant que ce soit le cas.

L'autre soir, tu t'es endormie devant *Les Ensorceleuses*, et j'ai enfin compris pourquoi c'est ton film préféré. Un jour, je sais que tu vivras dans une maison comme celle de Sally Owens et qu'elle sera remplie de joie, de vie et d'animaux. Malheureusement, je n'ai pas un œil vert et un œil bleu, Sal. Et je ne sais pas monter à cheval, encore moins à l'envers.

Mais je te promets que je penserai toujours à toi en regardant les étoiles.

Je t'aime plus que je ne pourrai jamais te le dire,

Jericho

Je ravale la boule qui obstrue ma gorge et programme cet e-mail comme je l'ai fait pour le premier.

Rapidement, je prépare un sac avec quelques affaires, juste l'essentiel, et cache le tout dans ma penderie. J'y ajoute l'enveloppe remplie de photos de notre remise de diplôme. Des clichés de Maman, pris par les O'Connell, que je n'ai pas encore eu le courage de regarder. Je suis en train de refermer la porte du placard quand Sally pousse celle de ma chambre. Elle la referme derrière elle et s'y appuie, son regard balayant les larmes séchées sur mes joues et mes cheveux ébouriffés d'avoir trop passé les mains dedans.

– Tout le monde est parti, finit-elle par expliquer.

Je hausse les épaules, ne me sentant pas le moins du monde coupable de n'avoir pas passé plus de temps avec les invités.

– Je ne connaissais pas un quart de ces gens, commenté-je.

Salem ne répond rien. Elle n'en a pas besoin. Maman n'avait pas une vie sociale très développée, mais, en tant qu'infirmière, elle était très appréciée.

– Tu veux que j'aille te chercher quelque chose à manger ? demande-t-elle.

Je secoue la tête, incapable d'avaler quoi que ce soit.

– Tu restes ? supplié-je d'une petite voix.

Je ne la mérite peut-être pas, mais, ce soir, je ne peux pas la laisser partir. Pas alors que c'est la dernière fois que je peux la tenir dans mes bras.

Une fois que nous sommes allongés dans mon lit, je la serre contre moi plus fort que jamais. Elle se retourne dans mon étreinte pour se mouler contre la forme de mon corps. Je passe une main sous le t-shirt que je lui ai prêté pour venir poser ma paume sur son ventre nu. Elle soupire, et j'ai bien conscience que c'est la première fois que nous dormons dans une position aussi intime. Je veux juste m'imprégner de sa chaleur une dernière fois. Lui faire comprendre en silence que j'ai partagé tous ses sentiments, et que j'ai juste bien trop peur de la perdre complètement pour m'y laisser aller.

10

De : jaythefirefighter@gmail.com
7 juin 2019
Objet : Je ne cesserai jamais de te demander pardon

Sally,

Je pense que tout est dans le titre. Jamais tu ne pourras imaginer à quel point je suis désolé de t'avoir fait souffrir. Je suis chez mon père à Galway, mais tu me manques tellement que je me demande souvent comment je fais pour me lever le matin. J'espère que tu me pardonneras un jour, et j'espère que, ce jour-là, je serai digne de toi et que ça sera moins le merdier dans ma tête.

PS : J'ai laissé les clés de la Charger dans un tiroir de mon bureau avec les papiers. Je vais faire le nécessaire pour qu'ils soient mis à ton nom.

Jericho

De : jaythefirefighter@gmail.com
7 juin 2019
Objet : Est-ce que toi aussi tu m'en veux ?

Boston,

Je sais que je me suis comporté comme un lâche en partant, mais je ne pensais pas que tu m'en voudrais… Tu sais que ce n'est pas contre toi, ou à cause de ce qui s'est passé entre nous… Depuis que Maman…

J'espère que tu me répondras.

Jay
PS : Comment va Sal ?

De : bostonthefirefighter@gmail.com
8 juin 2019
Objet : Comment je pourrais t'en vouloir ?

Jay,

Bien sûr que non, je ne t'en veux pas. Je voulais juste te laisser un peu de temps pour que tu reprennes tes esprits. Et je reconnais que j'espérais aussi que tu serais déjà rentré.

Je ne suis pas surpris que tu sois parti. Je suis juste un peu triste et je culpabilise aussi de n'avoir pas su te convaincre de rester, même si tu ne m'en as pas vraiment laissé l'occasion non plus. Je pense que tu sais déjà que fuir ne t'aidera pas à aller mieux, mais si tu penses que c'est ce dont tu avais besoin, alors je n'essaierai pas de te convaincre de rentrer avant que tu en parles de toi-même.

Salem va bien, j'imagine, mais elle ne m'a pas vraiment parlé depuis que tu es parti. Ça lui passera. Je dois partir à UPenn dans deux mois et je crois que je n'ai jamais autant regretté ma décision de viser une université de l'Ivy League et de partir si loin de Roseborough...

Comment ça se passe avec ton père ? Tu comptes faire quoi en Irlande ?

Boston

De : jaythefirefighter@gmail.com
21 juin 2019
Objet : Nouveau numéro

Boston,

Mon père est un abruti et je crois que je ne lui pardonnerai jamais d'avoir abandonné Maman, mais c'est temporaire. Je suis inscrit à l'académie des pompiers pour repasser les quelques modules qui me manquent pour être pompier pro. Quand je commencerai à toucher un salaire, je prendrai un appart.

Je te donne mon numéro de portable : +353 18 430 1738. J'espère que tu t'en serviras. C'est un peu plus pratique que les mails. Est-ce que tu peux le donner à Salem aussi ? Même si je sais qu'elle ne m'enverra probablement pas de message.

Jay

Boston : Numéro enregistré.
Bien sûr que je vais m'en servir.
T'es toujours mon meilleur pote, Jay.

Alors, mec, bientôt le départ pour UPenn ?

Boston : Changement de plan…

Hein ?

Boston : Je ne vais plus à UPenn.
Le capitaine de la caserne 2 m'a appelé
pour me dire qu'un poste s'était libéré.

Bordel, c'est génial, mec ! C'était notre rêve !

Boston : Ouais et j'ai un peu les boules
qu'on le vive chacun de notre côté…
Mais je ne perds pas espoir
que tu retrouves tes esprits
et que tu rentres à la maison.

Un jour… Tes parents ont dit quoi ?

Boston : Ma mère a gueulé.
Mon père a fait semblant
d'être d'accord avec elle.

De : jaythefirefighter@gmail.com
17 mai 2020
Objet : Un an…

Sally,

Ça fait un an que je suis parti, et tu ne m'as jamais autant manqué que ces derniers jours. J'ai emménagé dans mon appartement hier et j'aurais tellement voulu fêter ça avec toi.

De tout ce qu'on n'a pas pu fêter ensemble, je crois que c'est le plus dur… Et je sais que c'est ma faute. Je suis désolé, Sal.

Jericho

Boston : Alors, cet appart, mec ?

Trop silencieux. Mais bon, je n'ai plus besoin de supporter le paternel au moins. Ça va à la caserne ?

Boston : La saison est terrible. J'ai tellement hâte de pouvoir bosser avec les Hotshots, mais Cap pense que je ne suis pas encore prêt

Tu y arriveras. Je crois en toi. Tu crois que tu pourrais dire à Salem de me répondre ?

Boston : Je peux le lui dire, mais je ne peux pas te garantir qu'elle va m'écouter…

Joyeux Noël, mon pote.

Boston : Joyeux Noël. Mes parents se joignent à moi.

Juste tes parents ?

Boston : Désolé.

Je suis le seul fautif, ne t'excuse pas. Souhaite-leur un joyeux Noël.

Boston : Quoi de prévu ?

Rien. Je vais sûrement me noyer dans une bouteille de whisky. Vous me manquez.

De : jaythefirefighter@gmail.com
17 mai 2021
Objet : Deux ans…

Sally,

Boston m'a dit que tu avais deux nouveaux chiens ? Un autre malinois et un chien-loup ? C'est pas dangereux, ça ?

Je sais. Ça me regarde pas. Tu as toujours fait ce que tu voulais, et je suis content que tu t'épanouisses dans ton job.

Je suis désolé, Sal. Est-ce que tu me pardonneras un jour ?

Jericho

PS : N'en veux pas à Boston de me raconter un peu ce qui se passe dans ta vie. Ça me manque trop de ne pas en faire partie.

Boston : Désolé de ne pas avoir répondu à tes derniers SMS. J'ai été bien occupé.

T'inquiète. Je comprends. Quoi de neuf ?

Boston : J'ai rencontré quelqu'un. Je crois que je l'aime bien.

C'est génial, mec. Je suis content pour toi.

Boston : Merci. Et toi ? Personne ?

Rien de sérieux. C'est pas pour moi, je crois.

Boston : Tu n'as juste pas rencontré la bonne personne.

Mouais. Rends-moi un service.

Boston : Tout ce que tu veux.

Si Sal rencontre quelqu'un, je ne veux pas le savoir.

Boston : Je suis pris !

Hotshot ?

Boston : Hotshot !

Putain, mec, c'est tellement mérité ! Bon, je suis un peu jaloux aussi.

Boston : Alors, reviens et intègre l'équipe avec moi !

Et comment le prend Nate de savoir que tu ne vas pas être dispo pour lui d'avril à octobre ?

Boston : D'une, tu exagères, j'ai quand même des jours de congé. De deux, il savait à quoi s'attendre.

Fais gaffe à toi.

De : jaythefirefighter@gmail.com
17 mai 2022
Objet : Trois ans...

Sally,

J'espère que tu vas bien. Je sais que tu dois stresser de savoir Boston dans une équipe Hotshot. Si tu veux parler, je pense que tu as toujours mon numéro.

Ton frère m'a dit que tu étais en train de retaper une maison avec l'aide de ton père. Propriétaire à même pas vingt-et-un ans, ça ne m'étonne pas de toi !

Je suis désolé.

Jericho

Alors, cette première saison des feux ?

Boston : Truc de dingue. Je suis mort.
Je vais prendre un peu de congés avant
de reprendre des gardes à la caserne.

Tu m'étonnes...

Boston : Et toi, quoi de neuf ?

Tu te rappelles le frère de mon père ?

Boston : Celui qui a un ranch en
Australie ?

Il a besoin d'un coup de main. Je vais
aller passer quelques mois là-bas.
Boston ?

Boston : J'ai l'impression que tu
t'éloignes un peu plus.

Avec mon visa, je ne pourrai pas rester
plus de deux ans, de toute façon.

Boston : Après tu rentres ?

Je ne sais pas. Je voudrais bien que Sal
me pardonne, déjà.

Boston : Alors, mec ? C'est comment
l'Australie ?

Boston : Jay ?

Désolé. Le ranch de mon oncle a failli
cramer complètement. Je n'ai pas dormi
depuis deux jours.

Boston : Merde. Le feu est maîtrisé ?

Oui. Je pensais que ça me manquerait de
ne plus bosser dans une caserne,
mais, vu comme c'est sec ici,
c'est sûrement pas le dernier feu.

Boston : Sois prudent.

De : jaythefirefighter@gmail.com
17 mai 2023
Objet : Quatre ans...

Sally,

N'en veux pas à Boston. Il m'a envoyé des photos de ta maison. Et de tes chiens aussi. Il paraît que tu vas en prendre un autre ? C'est quoi ça, un *Irish wolfhound*[1] ? Pourquoi ça ne me surprend pas que ça soit un Irlandais ? Tu as toujours eu un don pour les dresser...

Tu me manques Sal. Je suis désolé.

Jericho

Boston : T'es assis, mec ?

Tu sais ce qu'on fait dans un ranch ?
Je ne m'assieds jamais.
Crache le morceau.

---

1. Lévrier irlandais en français

Boston : Nate m'a demandé de l'épouser !
Boston : Il faut que tu rentres.
Pas le choix. J'ai besoin de mon témoin.
Boston : Jay ?

Désolé, mon oncle avait besoin d'un truc.
Je suis tellement content pour toi.
C'est quand ?

Boston : Après la saison des feux.
Probablement novembre. On n'a pas
encore déterminé une date, mais tu le
sauras bientôt. Tu seras là, hein ?

Ouais. Évidemment. Ta sœur sait que tu
veux que je sois ton témoin ?

Boston : Euh... pas vraiment. Mais comment
ça pourrait être quelqu'un d'autre ?

Je lui avais promis d'attendre qu'elle me
pardonne avant de rentrer.

Boston : Eh bien, apparemment,
vous allez devoir vous parler au lieu
de faire tous les deux l'autruche.

De : jaythefirefighter@gmail.com
17 mai 2024
Objet : Cinq ans

Sally,

Je sais que tu ne me pardonneras pas comme ça. Je vais bientôt rentrer. J'espère qu'on arrivera à parler quand ça sera le cas.

Je suis désolé.

Jericho

De : bostonthefirefighter@gmail.com
21 juin 2024
Objet : Vous êtes invités

Si j'étais une date, je serais le 16 novembre 2024.
Si j'étais une histoire, je serais une romance.
Aujourd'hui, je ne suis qu'une invitation à partager
une cascade d'émotions et de bulles.
Boston et Nathaniel vous convient à célébrer leur union
à Roseborough Vineyard.

11

Jericho

Le trajet qui relie le ranch de mon oncle à l'aéroport se déroule principalement en silence. Mon oncle est un homme de peu de mots qui ne parle que quand il a vraiment quelque chose à dire. Il ressemble beaucoup à son frère sur cet aspect. La seule différence est que, quand il s'exprime, j'ai tendance à l'écouter, contrairement à mon paternel. En même temps, ce dernier a rarement quelque chose de pertinent à dire.

Je ne pensais pas que Niall m'emmènerait prendre mon avion. Le travail au ranch ne s'arrête jamais, et les nombreuses heures de route empiètent grandement sur son emploi du temps. Il ne s'imagine pas à quel point ça compte pour moi qu'il le fasse. En comparaison, son frère m'a abandonné avec ma mère quand j'avais sept ans, ne s'est pas déplacé pour son enterrement, et ne m'a pas aidé à emménager dans mon appartement quand j'en ai eu besoin. Aussi leur ressemblance s'arrête-t-elle à leur attitude taciturne.

– Je suis surpris que tu n'aies pas profité du trajet pour essayer de me convaincre de rester, commenté-je, alors que nous approchons de l'aéroport.

Il hausse les épaules sans arrêter de se concentrer sur la route.

– Je savais que, puisque les premières tentatives n'ont pas fonctionné, j'userais sans aucun doute ma salive pour rien. Et tu sais très bien que je n'aime pas faire ça.

Je ricane. Même lui le reconnaît.

Je me tourne vers lui dans l'habitacle en reprenant mon sérieux.

– Merci pour ces presque deux années, Niall. Je crois que c'est vraiment ce dont j'avais besoin. Quand j'ai quitté les États-Unis, j'étais paumé. J'ai aimé retourner en Irlande et acquérir de l'expérience en tant que pompier, mais travailler avec toi m'a fait comprendre que j'avais fui pour les mauvaises raisons. Tu m'as aidé à grandir et je ne t'en serai jamais assez reconnaissant.

Il hausse les épaules de nouveau, comme s'il n'avait pas fait grand-chose. Alors que je crois qu'il ne va pas me répondre, il ouvre finalement la bouche en arrêtant son pick-up le long du trottoir du dépose-minute.

– Je suis désolé que tu ne puisses pas continuer ton job ici. Mais pour t'avoir vu protéger le ranch et les animaux des incendies à plusieurs reprises, je sais que c'est ta véritable vocation. Cela dit, tu vas me manquer, fiston. Et j'espère que tu reviendras un de ces quatre.

Je hoche la tête, la gorge serrée.

– Évidemment.

Sans un mot de plus, il descend de la voiture, et je l'imite. Il sort ma valise de la benne de son pick-up et la dépose à mes pieds, tandis que je passe mes bras dans les bretelles de mon sac à dos.

Lui aussi va me manquer. Et même si j'ai songé un instant à rester plus longtemps ici, j'ai vu dans le mariage de Boston le signe qu'il était temps de rentrer à la maison. Je ne sais pas vraiment ce qui m'y attend à part la cérémonie, qui aura lieu dans environ trois semaines. Cet événement me fait osciller entre la joie et la jalousie à chaque fois que j'y pense. J'ai parfois l'impression que Nate a pris ma place dans la vie de Boston. Est-ce qu'il a encore besoin de son meilleur ami maintenant qu'il a rencontré celui avec qui il va passer le restant de ses jours ?

– J'espère qu'elle en vaut la peine, fait remarquer Niall, me sortant de mes réflexions confuses.

Je fronce les sourcils.

– Qui ?

– La fille pour laquelle tu rentres, lâche-t-il avec nonchalance.

Je baisse la tête quelques secondes, faisant semblant de m'intéresser à la poignée de ma valise.

– Je rentre pour le mariage de mon meilleur ami. Je suis son témoin, précisé-je.

Il lève une seconde les yeux au ciel et c'est tellement rare chez lui de voir ce genre de manifestation d'agacement que ça me prend par surprise.

– Ce n'est pas parce que je suis célibataire depuis de longues années que je suis né de la dernière pluie.

Les coins de ma bouche se recourbent. Si je m'entends si bien avec Niall, c'est aussi parce que c'est le plus jeune frère de mon père, et que la différence d'âge entre nous deux n'est pas si importante.

– Célibataire, mon cul, rétorqué-je. Tu crois que je ne voyais pas Cameron sortir en douce de ta chambre certains matins ?

Cameron s'occupe de la paperasse et de la compta au ranch depuis trois ans. La première fois que je l'ai vue quitter la chambre de Niall au petit matin pour regagner le logement qu'elle occupe sur la propriété, un bonheur simple m'a envahi. Niall a perdu sa femme il y a six ans, moins d'un an après leur mariage. S'il y a quelqu'un qui mérite sa tranche de bonheur dans cette vie, c'est bien lui.

– Cam et moi, on a un arrangement, me répond-il en se raclant la gorge.

Je me retiens de ricaner. Après tout, ça ne me regarde absolument pas.

– OK, commenté-je simplement.

– Chez les McKenna, on a quelque chose en commun, Jericho. C'est notre difficulté à gérer le deuil.

Ses mots et son regard compatissant me nouent la gorge. En silence, je l'enlace et lui tape dans le dos avant de m'éloigner. J'ai l'impression de fuir à nouveau, mais ce n'est pas le cas. Je dois me le rappeler : je ne fais que rentrer chez moi.

Le trajet jusqu'à Roseborough est interminable. Je prends un premier vol en direction de Perth, puis un second pour Melbourne où j'ai une escale de six heures. Je suis parti depuis presque vingt-quatre heures et je n'ai pourtant pas quitté le sol australien.

Mon troisième avion m'emmène jusqu'à Los Angeles où je choppe un dernier vol pour Portland. Quand j'arrive au comptoir de location de voiture après trente-cinq heures de voyage, je suis exténué et en plein décalage horaire. Ma tête me fait mal rien qu'en essayant de calculer l'heure qu'il est en Australie. Je laisse tomber et envoie un simple message à mon oncle pour lui dire que je suis enfin arrivé à destination. Ou presque, en tout cas.

Il est 16 heures quand je prends la direction de Roseborough au volant du Range Rover que je viens de louer. Reprendre cette route en sens inverse, plus de cinq ans après, éveille en moi des émotions que je peine à nommer. J'ai un nœud au creux de l'estomac et je ne sais pas si c'est de la nervosité ou de l'excitation.

J'ai entré l'adresse que Boston m'a envoyée par SMS dans le GPS. J'espère pouvoir être là-bas un peu avant 19 heures. La fatigue est écrasante, et je suis obligé de faire une pause à mi-parcours pour fermer les yeux quelques minutes.

Alors que je suis sur le point de repartir, j'envoie un nouveau message à Boston.

Sur la route. Je viens de faire une pause.
Je serai là vers 19 heures.

Sans attendre de réponse, j'entame la grosse heure de trajet qu'il me reste. Une boule me serre la gorge quand j'entre dans la ville de Roseborough, et je me surprends à prier pour que le GPS ne me fasse pas passer par la rue dans laquelle j'habitais avec Maman.

Après avoir fait un arrêt rapide pour acheter une bouteille de vin, je constate avec soulagement que Boston habite dans un nouveau quartier, au demeurant assez chic. Ça me surprend. Je sais que les saisons chez les Hotshots paient un peu mieux que dans une caserne traditionnelle, mais pas de là à pouvoir s'offrir une maison dans un quartier de ce standing.

Il m'a vaguement dit que Nate travaillait dans le milieu de la santé, mais je dois reconnaître que je n'ai pas cherché plus loin que ça. En me stationnant devant chez eux, je me sens coupable de ne pas m'être plus intéressé au fiancé de mon meilleur ami.

Ma valise dans une main, la bouteille dans l'autre, je remonte le chemin pavé qui sillonne jusqu'à la porte d'entrée. Mon cœur bat la chamade. Je ne sais pas à quoi m'attendre. Avant que je ne l'atteigne, la porte s'ouvre sur Boston.

Nous restons figés là pendant quelques secondes. Cinq ans de distance, de mails et de SMS, de conversations virtuelles. Cinq ans, et pendant ces quelques secondes, c'est comme si ces années n'avaient jamais existé. Comme si je n'étais jamais parti.

Je me réfugie dans ses bras, et l'émotion me serre la gorge. C'est si bon de le retrouver que j'en pleurerais presque. Il n'a que peu changé, même si le programme d'entraînement des Hotshots l'a rendu plus musclé que jamais. Mais je viens de passer deux ans à travailler comme un acharné dans un ranch. Je sais que j'ai changé aussi.

Il se recule en me tenant à bout de bras.

– Je rêve ou t'es bronzé, l'Irlandais ? fait-il remarquer en éclatant de rire.

Je l'imite avant de lui répondre.

– Après avoir pris des coups de soleil pendant les six premiers mois, ma peau a rendu les armes, et j'ai fini par avoir un vrai bronzage. Enfin, quelque chose qui ressemble à un hâle, en tout cas.

Il pose un bras sur mes épaules en me faisant entrer.

– J'imagine qu'on s'est bien foutu de toi là-bas, non ?

– Je te rappelle que Niall n'est pas né en Australie non plus. Et puis, tu peux parler avec ta peau de roux !

Nous continuons de nous chamailler comme si on ne s'était jamais quittés. Mes inquiétudes me paraissent ridicules, même si ce n'est pas pour Boston que je me fais le plus de souci.

Nous arrivons dans la salle à manger où Nate est en train de mettre la table. Un grand brun à la peau hâlée et aux yeux sombres. Il interrompt sa tâche pour me tendre la main avec un immense sourire.

– Tu dois être Jericho. Je suis Nate.

Je hoche la tête en lui rendant sa poignée de main.

– Enchanté de te rencontrer. J'ai beaucoup entendu parler de toi.

– Moi aussi, répond-il en jetant un coup d'œil à Boston.

Je ne peux pas m'empêcher de me demander ce que Boston a bien pu lui raconter.

– Tout est faux, protesté-je, faussement sur la défensive.

Mon meilleur ami ricane à mes côtés. Je tends à Nate la bouteille que je tiens toujours dans les mains.

– En tout cas, merci pour l'invitation.

– Merci pour la bouteille, répond-il du tac au tac. Je vais aller mettre ça en carafe.

Alors qu'il s'éclipse, mon regard tombe sur la table qu'il était en train de dresser. Quatre assiettes y sont posées. Je fronce les sourcils avant de me tourner vers Boston.

– Vous attendez quelqu'un d'autre ? J'aurais pu aller à l'hôtel. Je ne veux pas m'imposer.

Les joues de Boston se teintent de rouge.

– Déjà, non, hors de question que tu ailles à l'hôtel. Tu es mon témoin. Et, oui. On attend quelqu'un d'autre pour dîner. Je voulais t'en parler plus tôt, mais…

Il est interrompu par la sonnette d'entrée, et je le vois se décomposer légèrement.

– S'il te plaît. Ne m'en veux pas, demande-t-il avant de se diriger vers la porte.

– Bordel, il t'en a fallu du temps pour ouvrir ! Je sais que tu as une grande maison maintenant, mais quand même…

Cette voix. Cinq ans que je ne l'ai pas entendue. Cinq ans qui me semblent brusquement être une éternité. Évidemment, je savais que j'allais revoir Salem en venant assister au mariage de son frère. Seulement, je pensais avoir un peu plus de temps pour me préparer.

– Sal… commence Boston.

Il essayait sans doute de la prévenir, mais c'est trop tard. Elle est dans la salle à manger et je suis planté là, incapable de dire quoi que ce soit. Son regard vert s'assombrit en me voyant.

– Non. Hors de question, lâche-t-elle avec rage avant de faire demi-tour.

La porte claque, ébréchant un peu plus mon âme qui, au fond, ne l'avait jamais vraiment laissée partir.

12

Salem

La porte claque derrière moi et je m'arrête un instant sur le porche, le souffle court. Le regret d'avoir agi si impulsivement est immédiat. Je ne vois pas pourquoi je fuis. Je n'ai rien fait de mal, et s'il y a quelqu'un qui devrait quitter cette maison, ce n'est pas moi. Après tout, Jericho est habitué à prendre la tangente, ce n'est pas ce soir qu'il va changer.

Je songe pendant un moment à revenir à l'intérieur, mais je ne veux pas passer pour une personne instable qui ne sait pas ce qu'elle veut. Je n'ai plus quinze ans et je crois qu'il est temps de le prouver à Boston.

Je pousse un profond soupir et me dirige vers ma voiture garée un peu plus loin. En passant, je jette un regard noir au Range Rover garé dans l'allée. Quand suis arrivée un peu plus tôt, je me suis demandé ce que ce SUV faisait là, et j'en ai conclu que c'était sans doute celui d'un pote de Nate. Ça n'aurait pas été la première fois qu'il essaierait de me caser avec un infirmier ou avec l'un de ses collègues des urgences.

Mes yeux me piquent. Je suis frustrée de ne pas arriver à décrypter ce que j'ai ressenti en voyant Jericho dans la salle à manger de Boston. L'espace d'un instant, mon cœur a manqué un battement, comme si j'avais oublié ma colère.

Puis j'ai eu l'impression d'avoir fait un voyage dans le temps et d'être revenue à ce jour où j'ai surpris Jay avec mon frère.

Ce dernier sort d'ailleurs de la maison, alors que je déverrouille ma portière. Il avance tranquillement, les mains dans les poches. Mon agacement s'enflamme quand je remarque qu'il a pris le temps de mettre un manteau avant de me rejoindre. Il savait que j'allais tergiverser.

Il s'arrête à quelques mètres de moi et pousse un profond soupir, comme s'il me trouvait vraiment déraisonnable.

– Pourquoi tu es encore en colère ? finit-il par me demander. Tu ne trouves pas que c'est ridicule ?

Bordel. Il sait sur quels boutons appuyer pour me mettre hors de moi. Et il n'y a rien qui fonctionne mieux que quand il prend ses airs de grand frère.

T'as que huit mois de plus que moi, putain !

– Ridicule ? répété-je d'un ton glacial.

Il lève les mains devant lui, comme s'il essayait de m'apaiser. Clairement, il s'y prend comme un manche.

– Ça fait cinq ans, Sal, reprend-il. Tu ne crois pas qu'il y a prescription ? Je vais me marier. Ce qui s'est passé entre nous, c'était… c'était rien du tout. Et c'était il y a longtemps.

Je croise les bras sur la poitrine. Mon cerveau me repasse en boucle son hésitation à qualifier de « rien » le baiser qu'ils ont échangé. Je ne sais peut-être pas ce que ça représentait pour Jericho. Mais une chose est sûre, ce n'était certainement pas « rien » pour Boston.

Je ne doute absolument pas de son amour pour Nate. Ils forment un beau couple tous les deux. Ça a toujours été une évidence pour moi que leur relation deviendrait sérieuse. Seulement, je peux aussi dire sans hésitation qu'il a eu des sentiments pour Jay un jour. Et parfois, ça me fait encore mal.

Il n'empêche qu'il ne pourrait pas se mettre davantage le doigt dans l'œil me concernant.

– C'est drôle que tu imagines que je suis en colère pour ce baiser. Son avion n'avait pas encore décollé que je lui avais déjà pardonné.

Boston fronce les sourcils comme s'il ne comprenait pas.

– Alors, pourquoi ? demande une voix derrière nous.

Concentré sur notre dispute, aucun de nous n'avait entendu la porte s'ouvrir et se refermer. Jericho se tient là, en sweat-shirt trop léger pour la fraîcheur automnale. Il ne semble pourtant pas s'en rendre compte et me regarde fixement. Je déglutis. Mon cœur est décidément un grand amnésique.

Le regard de Boston fait la navette entre Jay et moi. Il soupire à nouveau avant de rebrousser chemin.

– Je vais vous laisser discuter, explique-t-il.

Il dépasse Jericho et pose sa main sur la poignée de la porte d'entrée avant de se retourner.

– On vous attend pour manger. Tous les deux.

Je lève les yeux au ciel, mais il ne me voit pas. Il est déjà dans la maison, et la porte se referme derrière lui dans un bruit sourd qui me fait sursauter.

Je lui en veux de ne pas m'avoir prévenue que Jay serait là ce soir – et au mariage en général – et de me laisser ici seule avec lui pour « discuter ». Ça n'atténuera pas le sentiment d'abandon que j'ai ressenti en me réveillant dans ce lit, dans cette maison, seule. Ça ne changera pas cette impression d'avoir été trahie quand j'ai vu l'e-mail sur mon téléphone portable après avoir cherché Jericho partout et l'avoir appelé une vingtaine de fois sans succès. Le mal est fait, et j'ai passé cinq ans à nourrir ma colère. Chaque année passée loin de lui la renforçait.

– Je suis content de voir que tu as toujours la Charger, finit-il par dire en regardant la voiture derrière moi.

Celle qu'il m'a laissée quand il s'est sauvé comme un lâche.

Je hausse les épaules avec une nonchalance que je suis loin de ressentir.

– Ça aurait été ridicule de ne pas m'en servir, rétorqué-je.

Comme si je l'avais gardée pour son aspect pratique. S'il y a bien une chose qu'on ne peut pas dire de cette voiture, c'est qu'elle l'est. C'est d'ailleurs pour ça que j'ai toujours ma Jeep pour transporter mes chiens et les autres animaux du sanctuaire, et que je ne prends la Charger que lorsque je viens voir Boston. Jericho hausse un sourcil. Je vois à son expression qu'il sait que je ne dis que des conneries, mais il garde le silence.

– Pourquoi tu es là ? contrattaqué-je.

Il fait un pas dans ma direction. Je reculerais presque. Par réflexe. Pour mettre de la distance entre mon cœur et celui qui le fait encore battre trop fort. Malgré tout.

– Parce que je voulais être là pour Boston. Il m'a demandé d'être son témoin. Et puis, je me sentais prêt à rentrer.

Il marque une pause, le regard presque suppliant. Je fais semblant de ne pas être surprise par le fait qu'il ne va pas être un simple invité parmi d'autres au mariage. Il se tiendra aux côtés de mon frère, avec moi.

– Pourquoi tu m'en veux, Sally ?

Je ferme les yeux un instant en entendant ce surnom que j'ai banni de la bouche de mes proches quand il est parti.

Quand je les rouvre, il ne se tient plus qu'à quelques centimètres. Je m'appuie contre la Charger, physiquement incapable de reculer davantage. Alors je lui fais face, et je déverse ce que je retiens en moi depuis cinq ans.

– Tu es parti, Jericho. C'est devenu compliqué et tu as fui. Tu ne m'as même pas laissé le temps de te dire que je ne t'en voulais déjà plus. Tu ne *nous* as pas laissé le temps…

Je ne termine pas ma phrase. Ça ne sert à rien. Impossible de dire ce qui aurait pu se passer entre lui et moi. Et comme on ne peut pas faire machine arrière, on ne le saura jamais.

– Je ne suis pas parti à cause de toi ou de Boston, explique-t-il. Je ne pouvais plus vivre ici après…

Son regard se porte sur la ville et je sais qu'il pense à sa mère. Je secoue la tête, le cœur lourd de voir qu'il a toujours du mal à accepter sa mort. Il est parti pour faire son deuil, mais je ne suis pas certaine que ça ait fonctionné.

– On aurait pu t'aider à traverser ça, continué-je. On était là pour toi, Jay. Bien plus que ce père avec lequel tu ne t'entendais plus et vers lequel tu as fui.

Il fronce les sourcils et je ferme la bouche, consciente d'en avoir trop dit. J'ai lu chacun des mails qu'il m'a envoyés pendant ces cinq années, mais j'ai aussi lu en douce les SMS qu'il a échangés avec Boston. J'étais en colère, cependant, je ne pouvais pas m'empêcher d'avoir envie de savoir ce qui se passait dans sa vie. Encore une fois, il semble comprendre à demi-mot ce que je ne dis pas. Il pourrait me mettre le nez dans mes contradictions, mais il ne le fait pas.

À la place, il me tend la main.

– Je sais que tu ne me pardonneras pas comme ça, Sally. Et je comprends pourquoi aujourd'hui. Mais je compte bien tout faire pour que notre amitié renaisse de ses cendres. Je ne suis pas sûr de pouvoir vivre toute une vie en sachant que tu m'en veux.

Je pince les lèvres, retenant les larmes prêtes à couler. C'est si bon de le voir, et pourtant, la colère gronde encore en moi.

– Tu viens ? insiste-t-il.

Je prends une grande inspiration et hoche la tête, avant de remonter l'allée jusqu'à la maison de mon frère en ignorant sa main tendue.

13

Jericho

J'imite Salem quand elle s'installe à table après avoir retiré son manteau. Je garde mon sweat-shirt à capuche, j'ai eu vraiment froid dehors et je pense que l'épuisement du voyage n'arrange rien. Boston, qui est déjà assis, nous observe calmement, mais je le connais suffisamment pour voir de l'anxiété dans son regard.

Nate sort de la cuisine avec de grands plateaux chargés de pizzas dans les mains. Elles ont été faites maison, et je ne peux pas m'empêcher de me montrer envieux. Ce n'est pas de sa capacité à cuisiner que je suis jaloux, c'est du fait qu'ils ont construit toute une vie ensemble avec Boston, et que je n'en connais pas un dixième.

Il pose ses plats sur la table avant de retourner en cuisine. Mon estomac se tord et l'arôme qui se répand dans la salle à manger me fait saliver. Je ne me rappelle plus à quand remonte mon dernier vrai repas, après ces deux jours de voyage.

– Ne me dis pas que tu as mis de l'ananas sur la pizza ! s'exclame Salem quand Nate revient.

Elle regarde les morceaux de fruits dispersés sur le reste de la garniture, comme s'ils l'avaient personnellement offensée. Je me tourne vers Boston en essayant de me retenir de sourire. Il regarde sa sœur d'un air contrit qui ne trompe personne. Quant à Nate, il hausse les épaules, comme si ce n'était pas sa faute et qu'il ne voulait pas prendre part au débat qui, connaissant Sal, doit être fréquent.

– Je n'ai fait que confectionner les pizzas que Boston m'a demandé de faire, explique-t-il avant de poser une bouteille d'eau pétillante fraîche à côté de la carafe de vin rouge.

Boston soupire.

– Merci de me jeter aux loups, bébé.

Nate hausse les épaules à nouveau avec un sourire en coin et je décide immédiatement que je l'aime bien, ce type.

– Pour info, reprend mon meilleur ami, Nate a fait quatre pizzas différentes comme tu peux le voir, dont ta préférée. Je ne pouvais pas offenser mon témoin en oubliant sa passion bizarre pour l'ananas sur la pizza.

Les yeux de Salem se braquent sur moi et je recule instinctivement sur ma chaise face à son regard noir.

– Franchement, siffle-t-elle, faut vraiment être un sociopathe pour aimer les fruits sur la pizza.

L'ambivalence de ce que je ressens à ce moment-là me fout le tournis. Cette conversation, on l'a déjà eue des centaines de fois. Elle est tellement familière que mon cœur menace d'exploser et, en même temps, je sais que Salem m'en veut toujours autant. Rien n'a changé, et pourtant, tout est différent.

Avant que j'aie le temps de répliquer, elle lève une main devant elle pour m'arrêter.

– Et si tu me dis que la tomate est un fruit, je pars pour de bon, assène-t-elle.

Je secoue la tête avec énergie.

– Jamais de la vie. Tu fais franchement peur quand tu es en rogne.

Je crois apercevoir un frémissement au coin de ses lèvres. C'est si fugace que je me demande un instant si ce n'était qu'une illusion. Alors que je détourne le regard, je vois que la bouteille d'eau pétillante n'est pas ouverte. C'est sans doute une bonne idée que je m'hydrate avant de boire du vin, vu mon manque de sommeil. Je mets la main sur le goulot en même temps que Salem, qui fronce les sourcils.

– Je m'en occupe, insiste-t-elle avant de remonter ses manches pour desserrer le bouchon.

Alors qu'elle me sert un verre d'eau, mon regard tombe sur un tatouage qui orne le creux de son poignet. Je plisse les yeux pour le voir un peu mieux. C'est un ensemble de lignes fines, de lettres peut-être, enchevêtrées les unes aux autres, même si je n'ai aucune idée de ce que ça peut bien signifier.

Sally suit mon regard, et baisse brusquement sa manche. Elle reporte ensuite son attention sur la pizza qui se trouve non loin d'elle, comme si de rien n'était.

Je ne peux pas lui en vouloir. Je suis devenu un étranger pour elle. Un tatouage, c'est personnel. Comme peut en témoigner la louve qui décore mon avant-bras depuis presque cinq ans, et que je n'ai pas vraiment l'intention de dévoiler ce soir. Autant mettre mon cœur et mon âme sur un plateau.

✦ ✦ ✦

La soirée se passe étonnamment bien, considérant la façon dont elle a commencé. Nous mangeons de bon cœur les pizzas de Nate, qui pourra toujours se reconvertir si jamais son métier actuel – urgentiste, comme je viens de l'apprendre – ne lui plaît plus un jour.

Nous parlons un peu de tout et de rien. Beaucoup de mon expérience en Australie, de la dernière saison des feux qui vient de se terminer, d'anecdotes des urgences (que j'aurais, en toute franchise, préféré ignorer) et des derniers animaux que le sanctuaire de Sally a recueillis. Nous rattrapons le temps perdu, même si Salem fait presque comme si je n'existais pas. Ça fait mal, mais je sais que je mérite son indifférence. Je l'ai blessée et je ne suis pas sûr que les dommages soient réparables.

Elle est en train de raconter à son frère et Nate les dernières péripéties avec Red, la petite renarde que l'ancien propriétaire du refuge avait sauvée. C'est tellement bon d'entendre le son de sa voix quand elle parle de quelque chose qui la passionne. Ça m'avait manqué encore plus que je ne le pensais. Bercé par le timbre légèrement rauque de Sally, je sens mes paupières se fermer. Je me rends compte que je me suis assoupi pour de bon lorsqu'une main se pose sur mon épaule.

– Tu dois être crevé, mec, commente Boston. Ta chambre est prête, je vais te montrer où c'est. Laisse-moi juste mettre le reste des pizzas au frais.

Je hoche la tête, reconnaissant. J'ai beaucoup de mal à garder les yeux ouverts maintenant que la fatigue m'a rattrapée. Boston se lève, et mon regard croise celui de Salem de l'autre côté de la table. Elle a l'air surprise, mais moins en colère que tout à l'heure. Ce n'est pas une victoire, mais je vais m'en contenter pour ce soir.

– Tu vas dormir là ? demande-t-elle d'une petite voix.

J'acquiesce.

– J'ai proposé d'aller à l'hôtel, mais ton frère a insisté.

– Je pensais que tu avais toujours la maison, reprend-elle avec hésitation.

Elle n'a pas besoin de préciser. Je sais de quelle maison elle parle. Celle que je n'ai pu me résoudre à vendre, mais que j'ai esquivée en venant chez Boston.

– Elle est toujours… à moi. Je… je n'y ai pas remis les pieds depuis…

Je passe ma main dans les cheveux. Je ne peux toujours pas le dire.

– Je ne peux pas, continué-je. Dormir là-bas, sans elle, c'est au-dessus de mes forces.

La tristesse qui passe dans le regard de Sally me donne envie de pleurer. Je ne veux pas qu'elle soit triste pour moi. Je crois que je préfère encore sa colère à ses larmes. Elle me fixe du regard pendant un moment, et je ne détourne pas les yeux. C'est la sonnerie d'un téléphone qui interrompt ce moment hors du temps.

Nate soulève son portable et râle avant de décrocher. Boston le regarde, un sourcil haussé.

– Oui, Maman. Il est tard, non ? Tu n'es pas encore couchée ?

Il lève les yeux au ciel et Boston ricane.

– Comment ça, tu arrives dans deux jours ?

Les yeux de mon meilleur ami s'écarquillent et c'est au tour de sa sœur de ricaner.

– Maman… Le mariage n'est que dans trois semaines ! Tu comptes faire quoi jusque-là ? En plus, les chambres au vignoble ne seront pas disponibles avant la date prévue.

Nate écoute ce que sa mère lui répond avec un air de plus en plus exaspéré.

– On a une *wedding planner*, Maman. Tout est déjà arrangé… Oui, oui, bien sûr, je vais te trouver une chambre d'hôtel… Oui, évidemment que tu viens avec tante Judith, je n'en attendais pas moins de ta part…

Quand il finit par raccrocher, Sally et Boston éclatent de rire, et je ne peux m'empêcher de sourire.

– Maman Ruth a encore fait des siennes ? demande Boston.

– Évidemment, lui répond Nate. Il fallait qu'elle s'imagine que j'ai besoin d'elle dans mes pattes alors que je travaille tous les jours jusqu'au mariage.

Je n'écoute pas vraiment ce que Boston lui répond. Une vérité vient de me percuter comme un train à grande vitesse. En écoutant Nate taquiner affectueusement sa mère, je comprends que je ne connaîtrai jamais ça. Elle ne sera tout simplement pas là si je me marie un jour. Cette réalité me frappe en plein cœur, d'un coup de poing que j'essaie tant bien que mal de dissimuler aux autres, qui rient encore comme si de rien n'était.

14

Salem

Pendant que ma cafetière prépare mon premier café de la journée, je traverse le salon pour récupérer mon gilet de laine, abandonné là depuis la veille. Je m'y enveloppe, saisis ma tasse fumante, puis me dirige en silence vers le porche.

L'arôme puissant me fait prendre une grande inspiration et achève de me réveiller complètement. En chemin, je ne peux pas m'empêcher de m'arrêter devant le jardin d'hiver. Mon projet actuel de rénovation est celui que j'ai attendu avec le plus d'impatience. Après ça, les principaux travaux seront en grande partie terminés, et je pourrai souffler avant de reprendre ma mission de redonner à cette maison sa gloire d'antan.

En m'installant dans mon fauteuil préféré sous le porche, je me plonge dans mes souvenirs du jour où je suis venue visiter ce manoir de style victorien inoccupé depuis plus de vingt ans. J'ai vu dans cette immense bâtisse décrépie, située à l'extérieur de Roseborough, la copie presque parfaite de la maison des sœurs Owens, dans mon film préféré. J'ai su que cette maison était pour moi. Je me suis battue avec acharnement. En combinant le fonds que mes parents avaient mis de côté pour que j'aille à l'université et un prêt obtenu grâce à mon activité de comportementaliste canin, la demeure de mes rêves était à moi.

Je ne prétends pas que ça a toujours été facile ni que je n'ai pas versé quelques larmes devant des travaux interminables, mais aujourd'hui, je suis fière de ne pas avoir abandonné. Chaque larme versée entre ces murs en valait la peine. D'autant plus qu'avec la maison venait un terrain immense. J'ai pu y déplacer le sanctuaire progressivement quand John White a décidé de prendre sa retraite une bonne fois pour toutes. Ce sanctuaire, c'est toute ma vie, et il n'y a rien d'autre que je voudrais faire plus que m'occuper de ces animaux qui n'ont pas eu la chance d'avoir la vie sauvage qu'ils méritaient.

Je sirote mon café en prenant de grandes inspirations. Il fait frais ce matin, mais je m'installe toujours dehors après mon réveil, quel que soit le temps. C'est un rituel qui me permet de me recentrer sur ma journée à venir. Aujourd'hui, il me permet surtout d'essayer d'enfouir le trouble que je ressens depuis que j'ai vu Jericho chez Boston avant-hier. Oublier la douleur dans son regard quand il a parlé de sa mère. La parenthèse qu'il a prise dans sa vie pour gérer son deuil n'a pas eu l'effet escompté.

Ce matin, je veux aussi effacer ma propre douleur d'avoir revu ce meilleur ami que j'ai connu enfant et qui est sans conteste aujourd'hui devenu un homme. Ses yeux sont moins confiants et joyeux, sa musculature bien plus imposante que dans mes souvenirs. Mais même s'il a changé, comme nous tous, je sens bien que mon traître de cœur lui appartient toujours. Cinq années n'ont pas atténué mes sentiments, pas plus que ne le feraient cent ans, ou même un million d'années.

Heureusement, ce ne sont plus mes émotions qui décident. Je ne suis plus la petite Sally que Jericho a connue avant de partir. Cette fois, je suis bien déterminée à empêcher mon cœur de se briser à nouveau en mille morceaux.

Apaisée et pleine d'énergie, je me lève de mon fauteuil, repose ma tasse dans la cuisine et me dirige vers ma chambre au premier pour me préparer. Je ne prends pas le temps de passer sous la douche, pas quand je sais que les animaux vont me sauter dessus quoi qu'il arrive. J'enfile un legging et échange mon gilet en laine pour un sweat-shirt floqué *John's Sanctuary*. Je chausse mes boots et dévale les marches avant d'aller jusqu'au cellier que j'ai reconverti en chambre pour mes chiens.

C'est sans doute la première pièce de la maison que j'ai rénovée. Je revois mon père lever les yeux au ciel quand je lui ai expliqué que je voulais une chambre pour mes animaux. Mais je n'ai pas cédé. Après tout, ils font partie de ma famille.

Quand j'ouvre doucement la porte, Medford est le premier debout. Il descend de son lit et vient s'étirer à mes pieds avant de coller sa truffe contre mes cuisses.

– Salut, mon beau.

C'est souvent le signal pour les trois autres, qui essaient encore régulièrement de me sauter dessus en même temps. Comme ils sont bien éduqués, je me retrouve avec une meute de chiens dans les pattes. Après Medford, je prends le temps de caresser la tête de Portland, mon deuxième berger malinois, de Storm, mon chien-loup, et de Faolán, mon *Irish wolfhound*.

Ils s'agitent rapidement, et je sais qu'ils se calmeront seulement lorsqu'ils auront mangé. De retour dans la cuisine, je prépare en vitesse leurs gamelles et les dépose dans leur endroit de prédilection. Je ne perds pas plus de temps et sors de la maison, avant de me diriger en premier vers l'enclos de Red, ma petite renarde qui n'attend que mes caresses – et son petit-déjeuner. Une fois sortie de chez Red, je passe un peu de temps chez les ratons laveurs Chaos et Havoc, puis avec Bo, le chat sauvage.

Je suis dans l'enclos des loups, celui qui couvre le plus de surface et s'enfonce dans la forêt, quand mon téléphone vibre dans ma poche. Je ne réagis pas. Je ne me déconcentre jamais quand je suis avec eux.

Une fois ressortie, je l'extirpe de la poche de mon sweat-shirt et vois que Boston m'a envoyé un message.

Boston : N'oublie pas le RDV
pour le dernier essayage après retouches.

Je lève les yeux au ciel en soupirant et commence à rebrousser chemin en direction de la maison tout en lui répondant.

Comment je pourrais oublier ?
Tu veux me faire porter une robe
et des talons hauts.

Je ne suis pas vraiment fâchée. Et puis, Boston sait que je ferais n'importe quoi pour lui. C'est juste que j'aurais préféré être en jean.

Boston : Tu l'as bien fait
pour le *homecoming*.
Boston : Tu ne vas pas mourir
en le refaisant une fois dans ta vie.

Je grimace. Il n'a pas tort, mais je n'aime pas trop me rappeler l'époque où tout était simple entre Jay et moi.

🙄

Boston : Tu pourras être sympa ?

Je fronce les sourcils en me laissant tomber à côté de Faolán, qui somnole sous le porche.

Je suis toujours sympa.
Pourquoi ?

Boston : Avec Jay. J'aimerais que ces essayages se passent bien.

Il sera là ? Pourquoi ?

Boston : À ton avis ? Tu préférerais qu'il vienne au mariage à poil ?

Je ferme les yeux, comme si ça pouvait chasser les images qui essaient par tous les moyens de se frayer un chemin dans ma tête. Celles d'un Jericho nu. Je ne réponds pas à la question de mon frère et lui envoie un dernier message bref.

OK. Je ferai mon max.

Mon maximum, c'est exactement ce que je donne alors que nous nous trouvons tous chez la couturière embauchée pour retoucher les costumes de Nate, Boston et Jericho, ainsi que ma robe.

La boutique n'est pas très grande, mais nous ne faisons que nous croiser, tandis que la couturière ajuste les dernières épingles sur nos vêtements. Jay est celui pour lequel elle a le plus de travail, puisqu'il n'a pu assister à aucun des précédents essayages.

J'essaie d'ailleurs de ne pas trop le fixer du regard quand je le vois dans son costume. Pendant un instant, je me suis demandé si « à poil » n'était pas finalement une option plus valable. Parce que, si je me souvenais vaguement d'avoir eu un choc en le découvrant dans son costard et sa cravate verte assortie à ma robe pour le *homecoming*, le voir aujourd'hui avec ces vêtements de qualité qui lui moulent ses muscles m'a brusquement asséché la bouche.

Après avoir jeté un regard noir à Boston, qui n'a pas manqué de ricaner en voyant mon expression, je me contente de garder mes yeux sur n'importe quoi sauf sur Jericho.

On a presque terminé quand le téléphone de Nate sonne et qu'il s'éclipse pour répondre. Quand il revient quelques minutes plus tard, son air gêné me fait froncer les sourcils.

– Un souci ? lui demande Boston.

– Tous les hôtels et les locations sont pris d'assaut cette semaine à cause d'une convention. Impossible de trouver quelque chose pour ma tante et ma mère, et elles arrivent dans moins de deux heures.

Il se passe la main dans les cheveux.

– Je vais quitter la chambre d'amis, propose Jericho en descendant du petit piédestal sur lequel il se trouvait. C'est chez toi, c'est normal que tu puisses héberger ta famille.

Nate secoue la tête, vraiment embêté.

– Mais non… Où est-ce que tu dormirais, toi ? C'est vraiment complet partout.

Jay lui pose une main amicale sur l'épaule.

– T'inquiète, je me débrouillerai.

C'est à cet instant que les regards de Nate et Boston se portent sur moi, presque suppliants. Immédiatement, je sais ce qu'ils me demandent. Et ma réponse fuse sans que j'y réfléchisse.

– Hors de question !

Jericho me regarde, confus. Incapable de soutenir son regard plus de quelques secondes, je me réfugie dans ma cabine d'essayage. Si j'étais restée là, je suis sûre que j'aurais flanché et accepté de l'héberger comme mon frère me le demandait silencieusement. Et si je me crois capable de protéger mon cœur en voyant Jericho une fois de temps en temps, je sais que ça sera beaucoup plus compliqué si nous habitons sous le même toit.

15

Jericho

Quand je sors enfin de la petite boutique de la couturière, Boston est là à m'attendre, tandis que Nate est encore au téléphone, probablement en train d'essayer de me trouver un logement. Salem est partie depuis longtemps, le feu aux joues, évitant à tout prix mon regard.

– Tu peux m'expliquer ce qui s'est passé avec Sal, tout à l'heure ? questionné-je mon meilleur ami, alors qu'il se redresse en me voyant.

Il hausse les épaules.

– Rien de grave. Je trouve juste qu'elle aurait pu proposer de t'héberger, c'est tout.

Je le regarde fixement, les yeux écarquillés par ce que je viens d'entendre.

– Tu déconnes ?

Il a au moins la décence de paraître contrit.

– Avec le recul, ce n'était sans doute pas la meilleure des choses à faire.

Je me passe une main dans les cheveux.

– Tu crois ? grondé-je. Salem a refusé de me parler pendant cinq ans. Je sais bien qu'elle n'est pas très heureuse de me voir débarquer dans vos vies comme si de rien n'était.

Elle considère que je l'ai abandonnée quand je suis parti, et je ne peux vraiment pas lui en vouloir de penser ça…

Il pose une main sur mon épaule dans un geste apaisant.

– Tu avais tes raisons. Elle finira par les comprendre.

J'avale avec difficulté la boule qui s'est formée dans ma gorge.

– Peut-être. Mais la culpabiliser de ne pas m'héberger chez elle ne va pas plaider en faveur de ma cause.

Il lève les mains en l'air.

– Je suis désolé, mec. Quand on est tous les trois, j'oublie parfois que tout n'est pas comme avant.

Ses mots me donnent l'impression qu'on plante un poignard dans mon cœur.

Avant quoi, Boston ? Avant ce baiser qui n'aurait jamais dû avoir lieu ? Avant que ta sœur ne nous prenne en flagrant délit ? Avant que ma mère meure ? Ou avant que je fuie comme un lâche ?

Moi aussi, j'aimerais remonter le temps, effacer les regrets de nos vies. Mais ce n'est pas possible.

Nate revient, alors que je lutte pour retrouver mon calme. Son expression défaite en dit long.

– Désolé, Jericho. Roseborough ne regorge déjà pas d'hôtels ni de locations, mais dans des circonstances comme celles-ci… ce n'est vraiment pas de chance.

Je secoue la tête.

– Vraiment, ne t'inquiète pas pour moi.

– En plus, mes parents sont partis chercher mes grands-parents. Ils vont passer deux semaines chez eux avant de les ramener pour le mariage, mais ils ne laissent jamais de clé quand ils partent comme ça.

Je fronce les sourcils, trouvant ça curieux de la part des parents O'Connell, mais je ne dis rien. À mes côtés, Nate ricane avant de se tourner vers moi.

– Ce qu'il omet de te préciser, c'est que c'est à cause de lui que ses parents ne laissent plus de clé à disposition.

Un petit sourire en coin, je regarde Boston.

– Qu'est-ce que t'as foutu ?

Il marmonne une phrase inaudible.

– Hein ? Va falloir que tu parles plus fort, mon petit Boston.

Nate a du mal à se retenir d'éclater de rire.

– J'ai invité quelques potes de la caserne un soir d'été juste après une garde pour profiter de la piscine que les parents venaient de faire creuser. On a peut-être un peu trop bu. Quelqu'un a peut-être vomi à côté de la piscine. Et… *dans* la piscine.

Cette fois, Nate ne peut plus retenir son hilarité et je l'imite de bon cœur. Boston nous regarde d'un œil noir.

– Mais où est passé le Boston sérieux et bien sous tous rapports que je connais ? demandé-je en souriant et en essuyant les larmes au coin de mes yeux.

– C'était une seule fois, grommelle Boston. Et ça ne nous dit pas où tu vas dormir.

Je prends une grande inspiration. Je me sens plus léger que lorsque je suis arrivé.

– Non, mais ça fait du bien de rire quand même. Et t'inquiète pas… Je vais aller me poser chez ma mère en attendant que les hôtels se libèrent.

Je ne précise pas que si j'arrive à dormir dans cette maison, ne serait-ce qu'une nuit, ça sera déjà bien. Je ne compte pas m'y installer définitivement. Je n'ai pas besoin de dire tout ça à Boston. Il a compris.

Après avoir quitté Boston et Nate devant la boutique de la couturière, je regagne leur maison avec le double de clé qu'ils m'ont laissé. Je range mes affaires en un temps record, pour la simple et bonne raison que je n'avais encore presque rien déballé.

J'essaie de ne pas perdre trop de temps et surtout, de ne pas réfléchir. Machinalement, je monte dans mon SUV de location et prends la direction de ce quartier que je pourrais retrouver les yeux fermés.

Mon cœur bat la chamade. Mes mains sont moites quand je me gare dans l'allée de la maison qui a abrité mes joies et mes peines pendant une grande partie de ma vie. La maison que j'ai quittée il y a plus de cinq ans, sans un seul regard en arrière.

Attrapant mon sac à dos sur le siège passager, je récupère la clé et sors de l'habitacle pour me diriger vers la porte d'entrée. Mon pas est déterminé, mais mon esprit est embrouillé. J'ai froid, pourtant des gouttes de sueur perlent sur mes tempes. J'ignore si je vais m'évanouir ou tomber malade.

Devant la porte, je lève une main tremblante et glisse tant bien que mal la clé dans la serrure. Ma paume survole la poignée… puis retombe. Je ne compte pas le nombre de fois où je répète ce manège ni combien de temps ne passe avant que j'arrive à tourner la poignée.

Le battant s'ouvre en grinçant, et une forte odeur de poussière et de renfermé m'assaille. J'aurais peut-être dû payer quelqu'un pour venir faire le ménage avant de revenir à Roseborough. Je ne pensais pas devoir habiter ici. Pas avant de me sentir prêt, en tout cas. Et une chose est certaine, je ne le suis pas du tout.

La faible lumière de la fin de journée éclaire à peine l'entrée et ne pénètre pas dans les pièces assombries par les rideaux fermés. Je pourrais allumer, vu que j'ai payé tous les mois pour que l'électricité ne soit pas coupée, mais ça demanderait de faire un pas dans la maison, et je n'en ai pas encore le courage.

Je reste là pendant ce qui me semble être des heures, avec mon cœur qui martèle contre ma poitrine. Le soleil finit par se coucher et disparaître complètement. Moi, je suis toujours au même endroit, figé comme une statue. Si les voisins me voient, ils vont probablement finir par appeler la police.

Mon téléphone vibre dans ma poche et je l'extirpe de là, les doigts engourdis par le froid.

Boston : Bien installé ?
Boston : On est au restau avec Ruth et sa sœur ce soir, mais on déjeune ensemble demain ?

Ça marche. À demain !

Je ne réponds pas à sa première question. Avec un peu de chance, il en déduira que tout va bien. C'est facile de lui mentir si c'est pour la bonne cause. Je ne veux pas qu'il s'inquiète. C'est aussi mon job de témoin de m'assurer qu'il profite de ces moments à fond.

Il n'est pas loin de 22 heures quand je comprends que je n'arriverai pas à trouver la force d'entrer dans la maison ce soir. Avec résignation, je referme donc la porte et tourne la clé. Je n'ai qu'un seul endroit où je peux et veux aller.

Une fois dans ma voiture, je tape sur mon GPS « John's Sanctuary ». C'est mon seul moyen pour trouver la maison de Salem, que je n'ai jamais vue. Pendant tout le trajet, je me dis que ça ne me coûte rien d'au moins lui demander. Et que, dans le pire des cas, je pourrai toujours dormir devant chez elle dans ma voiture sans être embêté par une patrouille de police.

Sauf si c'est elle qui appelle la police…

Quand je coupe le contact, ma bouche s'entrouvre face à la maison qui s'élève devant moi. Aucune bâtisse n'aurait pu mieux convenir à Sal que celle-ci.

J'ouvre la portière et m'apprête à descendre, mais un grondement sourd me fige sur place. À quelques centimètres de moi, un chien à l'allure de loup retrousse les babines dans un grognement menaçant. Un second, gigantesque, n'a même pas besoin d'en faire autant pour me dissuader de bouger.

Finalement, elle ne va peut-être même pas avoir besoin d'appeler la police.

16

Salem

Mon livre fermé sur ma poitrine, j'ai renoncé à lire depuis longtemps. Le regard fixé sur le plafond de mon petit coin lecture, les doigts plongés dans la fourrure de Medford à côté de moi, je revois le regard déçu de mon frère quand j'ai refusé d'héberger Jericho avant même qu'il n'ait posé la question. Je sais que je ne devrais pas culpabiliser, que je ne fais que me protéger, mais c'est plus fort que moi. Je n'arrête pas de me demander où est Jay à cet instant.

J'aurais peut-être dû accepter. Ou du moins, je n'aurais peut-être pas dû m'enfuir comme une lâche. Je sais que Jericho n'a rien compris à notre échange silencieux. Et même si je lui en veux d'être parti il y a cinq ans, je ne vais pas non plus lui reprocher d'avoir besoin d'un toit pour la nuit.

D'habitude, je préfère affronter les problèmes plutôt que les éviter. C'est quelque chose que les animaux m'ont appris. Ils sont toujours là quand on revient, de toute façon. Quand il s'agit de Jericho, j'ai l'impression d'avoir de nouveau quinze ans et d'être cette ado qui vient de découvrir qu'elle a un crush pour son meilleur ami. Je me sens fébrile et peu sûre de moi à son sujet, ce qui ne me ressemble pas vraiment.

Je prends une grande inspiration et essaie de retrouver la sérénité que m'apporte habituellement cette pièce, quand il me semble entendre un bruit lointain. Je me fige. Portland couché sur mes jambes et Medford à mes pieds ont déjà dressé l'oreille. Ils ne bougent plus, comme moi, pour essayer d'entendre ce qui se passe.

Je n'ai pas de système d'alarme, mais j'ai quatre chiens qui me protègent bien plus efficacement que n'importe quel agent de sécurité. Mes deux malinois me quittent rarement d'une semelle, tandis que les deux autres préfèrent rester dehors jusqu'à la dernière minute. Je sais que, si une menace se présentait à ma porte, je les entendrais aboyer. Comme ce n'est pas le cas, je me demande finalement si je n'ai pas rêvé.

C'est le comportement toujours nerveux de Portland et Medford qui me pousse tout de même à me lever. Je me défais de la couverture qui recouvrait mes jambes nues et m'enroule dans mon grand gilet de laine.

Avec précaution, je descends les escaliers, les malinois sur mes talons.

Je marque un temps d'arrêt dans l'entrée avant de saisir le fusil à pompe que mon père a rangé dans le placard à manteaux, le jour de mon emménagement. « Au cas où », avait-il dit. Je n'ai jamais été à l'aise avec les armes à feu, mais celle-ci a au moins le mérite de dissuader quiconque voudrait profiter de l'isolement extrême de ma maison.

J'ouvre la porte avec précaution. Quand je reconnais le SUV qui était garé dans l'allée de Boston l'autre soir, je ne peux retenir mon soupir de soulagement.

Je fais quelques pas sous le porche en direction de la voiture, avant de me rendre compte que je tiens toujours le fusil. Je le repose contre une des colonnes et descends les marches. Jay n'est pas sorti de sa voiture. Il a la tête posée contre son appui-tête et les yeux fermés. Il ne m'a sans doute pas entendue arriver. Je lève les yeux au ciel avant d'ouvrir brusquement la portière la plus proche de moi, côté passager.

– Putain ! jure-t-il bruyamment en sursautant.

Je croise les bras et hausse un sourcil en le regardant. *Il est surpris de me voir chez moi, maintenant ?*

– Cette fois, je vais vraiment finir par avoir une crise cardiaque, grommelle-t-il.

– Qu'est-ce que tu fais ici ? demandé-je plus doucement que je ne l'aurais voulu.

Je crois que j'en ai tout simplement marre d'être tout le temps en colère contre ce type avec lequel j'ai passé la plus grande partie de mon enfance et de mon adolescence. C'est épuisant, au fond, d'être constamment sur la défensive, même si ça ne veut pas dire que je lui ai vraiment pardonné d'être parti sans dire un mot.

Il jette un coup d'œil par sa fenêtre avant de se tourner vers moi, l'air mal à l'aise et un peu honteux.

– Je suis allé dormir chez Maman, mais...

Une boule se forme dans ma gorge en l'entendant appeler sa maison « chez Maman », et elle grossit quand il me regarde avec des yeux brillants de larmes contenues.

Jay... Ce n'est pas juste, bordel...

– Je n'ai pas réussi à entrer dans la maison. Je suis resté sur le seuil comme un con, pendant des heures. Je sais que c'est ridicule.

Je secoue la tête, mais il ne le voit pas. Il a à nouveau fermé les yeux. Je voudrais pourtant qu'il comprenne que c'est loin d'être ridicule. C'est le foyer qu'il a partagé avec quelqu'un qui a énormément compté pour lui. Et cette personne est partie. Je voudrais qu'il sache que je ne lui ai jamais rendu sa clé. Qu'à chaque fois que j'ai essayé de le faire, qu'à chaque fois que j'ai stoppé sa Charger dans l'allée, je n'ai même jamais eu le courage d'en descendre. Je le comprends. Erin n'était pas ma mère, pourtant, je ne peux pas passer devant cette maison sans la revoir dans son lit médicalisé, le dernier jour de sa vie. Je ne peux qu'imaginer ce que c'est pour Jericho de retourner entre ces murs.

Seulement, voilà, je suis incapable de lui dire tout ça. Les mots restent dans ma gorge quand je le vois si mal en point.

– Je veux juste un coin où garer mon SUV pour pouvoir dormir sans que les flics viennent me déloger, finit-il par ajouter en rouvrant les yeux.

Il ne me regarde pas et ne voit donc pas la surprise s'afficher sur mes traits.

– Tu ne crois quand même pas que je vais te laisser dormir dans ta voiture ?

Il se tourne vers moi et hausse les épaules, comme s'il ne connaissait plus vraiment la réponse à cette question.

– Je ne suis pas sans cœur, quand même. Et puis, c'est provisoire de toute façon.

– Bien sûr. Dès que j'arrive à trouver un hôtel, je dégage de là.

Il regarde de nouveau par la fenêtre de sa portière avant de se tourner vers moi.

– Cela dit, je ne vais peut-être pas avoir d'autre choix que de dormir dans ma voiture.

Je fronce les sourcils.

– Pourquoi ?

Il pointe en direction de sa fenêtre.

– À cause du loup qui me montre les crocs et du monstre assis à côté qui n'a apparemment pas l'intention d'intervenir en ma faveur.

Je ris déjà en faisant le tour de la voiture. Quand j'ouvre sa portière, je le vois reculer visiblement sur son siège et je ne peux plus retenir mon hilarité.

– C'est Storm et c'est un chien-loup, pas un loup.

– Ah oui ? Ben écoute, ses crocs avaient l'air de me dire : « Viens par-là, mon petit chaperon ».

Pliée en deux, j'ai du mal à reprendre mon souffle tant je ris en voyant ce type musclé redouter mes chiens.

– Crois-moi, si elle t'avait vu comme une menace, elle aurait grogné beaucoup plus fort que ça.

– Rassurant, Sal. Très rassurant. Et son pote, c'est qui ?

– Faolán. C'est un *Irish wolfhound.* Et c'est un gros nounours, mais c'est un bébé encore.

Les yeux comme des soucoupes, Jay me regarde comme si j'étais cinglée.

– Un bébé ? Mais Salem, il est déjà presque aussi grand que toi.

– Et encore, tu ne l'as pas vu sur ses pattes arrière. Tu penses descendre un jour, sinon ?

Son regard n'arrête pas de faire la navette entre les chiens et moi. Il hésite encore jusqu'à ce que Medford descende les marches du porche pour nous rejoindre. Le malinois grimpe dans l'habitacle pour lui sauter dessus et lui lécher le visage. Je crois que je ne suis pas la seule à qui Jericho a manqué, même si je ne suis pas près de le lui avouer.

– Salut, mon vieux. Toi au moins, tu m'accueilles à pattes ouvertes. Contrairement à tes potes, là.

Ricanant tout bas, je m'éloigne de la voiture en direction de la maison.

– Storm, Faolán ! Allez, les chiens, c'est l'heure de se coucher de toute façon !

Alors que les trois canidés nous rejoignent, Portland et moi, j'observe Jericho descendre enfin de la voiture qu'il contourne pour récupérer sa valise. Elle est bien plus petite que ce à quoi je me serais attendu, après tant d'années loin des États-Unis. Interceptant mon regard surpris, Jay se frotte la nuque d'un air gêné.

– Quand je suis parti en Australie, je pensais revenir en Irlande après. Je n'avais pas emporté grand-chose, et travailler dans un ranch ne m'a pas vraiment laissé l'occasion de faire les magasins.

– Et tes affaires en Irlande ?

Je déteste le ton anxieux de ma voix. J'ai beau lui en vouloir, je ne veux pas qu'il reparte pour autant. Brusquement, la possibilité qu'il ne soit pas rentré pour de bon me paralyse.

Son regard accroche le mien, et je sais qu'il doit y lire toutes mes insécurités. Il monte les marches sans détourner les yeux.

– Mon père me les renverra, un de ces quatre. Il n'y a rien d'important de toute façon.

Il hausse les épaules, son ton est nonchalant. Son regard, lui, me dit tout ce que je veux entendre. Qu'il ne repartira pas. Qu'il est rentré pour de bon.

Je hoche la tête, la gorge toujours nouée, mais avec l'impression qu'un poids vient de quitter mes épaules. En gravissant l'escalier pour lui montrer l'une des chambres d'amis, mon cœur battant à tout rompre, je comprends que sa proximité sera encore plus difficile à gérer que je ne l'imaginais.

17

Jericho

Quand mes yeux s'ouvrent sur une fenêtre que je ne reconnais pas, je me demande pendant un instant où je suis. Ça ne dure que quelques secondes, avant que me revienne en mémoire le moment où j'ai décidé de me pointer chez Salem sans prévenir.

Je pensais vraiment qu'elle m'enverrait balader. Cela dit, je me sentais tellement mal hier soir qu'elle a dû avoir un peu pitié de moi. Je me demande si ce n'est pas pire encore que sa colère.

Je m'étire avec cette sensation d'avoir dormi pendant des jours. C'est la première fois depuis mon retour. Jusqu'ici, ce foutu décalage horaire m'avait empêché de fermer l'œil plus de quelques heures.

Je tends le bras pour attraper le nouveau téléphone que j'ai acheté hier avant de retrouver Boston chez la couturière. Il n'indique que 9 heures, mais c'est une grasse matinée pour moi après les gardes à la caserne en Irlande et les horaires du ranch.

Avec réticence, je repousse la couette et le regrette immédiatement. Je ne me laisse pas le temps de réfléchir et saute du lit pour me précipiter jusqu'à la petite salle de bains attenante. La douche ne m'aide pas vraiment à me réchauffer, et le pantalon de survêtement ainsi que le t-shirt à manches longues que j'enfile non plus.

C'est aussi un de mes problèmes ces derniers jours. Je ne parviens pas à me réhabituer au climat de l'Oregon que je connais pourtant bien. C'est un comble, quand on sait que j'ai passé mes deux premiers mois en Australie à me plaindre de la chaleur. Aujourd'hui, je n'aurais rien contre quelques rayons de soleil.

J'écarte les rideaux de la fenêtre pour voir un peu mieux dehors et constate que le temps est définitivement propice à ce week-end d'Halloween. Le paysage est toujours aussi beau, même quand on ne voit pas à plus de cent mètres à cause du brouillard.

Le froid qui émane de la fenêtre me fait frissonner. Et pour être franc, rester immobile devant la porte d'entrée de la maison de Maman après le coucher du soleil n'a fait que renforcer cette sensation.

Quand Sal m'a montré ma chambre hier soir, elle a allumé un feu dans la cheminée. Vu l'heure, cela doit faire longtemps qu'il s'est éteint. J'attrape mon téléphone et mon sweat à capuche avant de sortir doucement de la chambre. Je ne sais pas pourquoi je prends tant de précautions. Salem est certainement levée depuis un moment.

Je termine de m'habiller en me dirigeant vers l'escalier. C'est à cet instant-là qu'un hurlement de loup retentit, aussi proche que si la bête se trouvait dans la maison. S'ensuivent un deuxième, puis un troisième. Impossible que ce soit le monstre qui m'a accueilli hier. Il ne peut pas faire autant de bruit à lui tout seul.

Je sais qu'il y a des loups en Oregon, mais je n'arrive pas à me souvenir s'il y en a si près de Roseborough. Mon esprit se met en branle et imagine tout de suite une Salem encerclée par une meute de loups féroces au milieu des bois.

Mes jambes me portent avant même que j'aie le temps de réfléchir. Le danger imminent face auquel pourrait se trouver Sal me fait dévaler les marches deux par deux et ouvrir brusquement la porte. L'air froid me saisit, et je m'arrête un instant pour essayer d'entendre où elle pourrait se trouver. Ma respiration crée des nuages de buée devant ma bouche, mais je ne prête même plus attention à la température extérieure ou au brouillard qui recouvre le sol de la forêt autour de la maison.

À mes pieds, Medford et le chien géant que Salem a qualifié de bébé semblent me regarder comme si j'étais complètement dingue.

– Vous faites de sacrés chiens de garde, leur lancé-je avant de descendre les marches du porche et de tourner à gauche.

Je ne sais pas où Salem se trouve de toute façon, alors autant tenter une direction au hasard. Je ne peux pas rester inactif pendant que ma meilleure amie est en train de se faire dévorer.

– Tu as vu un ours ou quoi ? lance une voix dans mon dos.

Je me retourne vivement, le souffle court. Salem sort d'un enclos dont la porte se trouve un peu plus loin, à l'opposé de l'endroit où je me trouve.

Je m'approche lentement en l'examinant de la tête aux pieds. Elle a l'air entière. Quand j'arrive près d'elle, je ne peux pas maîtriser cet instinct qui me pousse à la prendre dans mes bras. Elle se laisse faire, sans doute sous le choc de ce geste que je ne me suis pas permis depuis que je suis revenu. Salem me tapote maladroitement le dos avant de me repousser avec fermeté.

– J'ai entendu des hurlements de loup…

J'ai bien conscience que ça n'explique pas pourquoi j'ai réagi comme ça. En tout cas, pas pour Salem. Les animaux sauvages, c'est toute sa vie.

Si ça se trouve, elle accueille des loups dans son refuge, et moi, je n'ai pas l'air d'un con…

– J'étais avec la meute, lâche-t-elle en haussant les épaules, comme si c'était une raison suffisante.

Elle confirme ainsi mes suspicions.

– La meute ? Ce sont des loups que tu as recueillis ? Et que tu approches ?

Ma voix monte dans les aigus. Je sais que je dois paraître ridicule. J'aurais dû me douter que les deux monstres qui m'ont accueilli hier n'étaient rien à côté des animaux avec lesquels elle travaille dans son refuge.

– Oui, Jay, je les approche. Ils me connaissent bien, c'est un peu comme si je faisais partie de la meute.

Les coins de ses lèvres se courbent. Ses yeux pétillent. Elle se moque peut-être de moi, mais elle est tellement belle comme ça que je serais prêt à avoir l'air idiot tous les matins. Brusquement, ses paroles me reviennent en tête.

– Attends… J'aurais vraiment pu voir un ours ? Il y en a si près de la maison ?

Cette fois, elle éclate vraiment de rire.

Mission accomplie, Jericho. Contre ton gré, mais mission accomplie.

Elle fait un large geste englobant sa maison et la forêt autour.

– Tu vois où je vis ? Cela dit, c'est assez rare qu'ils s'approchent de la meute. Mais ça peut arriver quand ils cherchent à manger.

Je secoue la tête, incrédule.

– Tu as quand même choisi un job super dangereux.

Elle lève les yeux au ciel avant de commencer à marcher vers la maison. Elle porte un legging noir et un immense sweat-shirt avec le logo du sanctuaire dans le dos. Elle n'a pas spécialement l'air d'avoir froid, alors que je suis déjà gelé. Elle attend que je la rejoigne, ce que je fais sans me poser de questions.

– Franchement, on croirait entendre Boston… Je te rappelle au passage que ce n'est pas moi qui me jette dans le feu au quotidien.

Je choisirai toujours le feu plutôt que les loups, sans hésitation.

– On ne se jette pas vraiment dans le feu, ajouté-je prudemment.

Elle se retourne avec un petit sourire en coin.

– Et moi, je ne me jette pas vraiment dans la gueule du loup non plus.

Sans un mot, elle tourne les talons, me laissant planté là avec mon sourire idiot. Sal a toujours eu de la répartie, et ça m'avait manqué de discuter avec elle en faisant semblant de nous chamailler.

Je la retrouve dans la cuisine où elle est en train de casser des œufs dans un bol. La machine à café est en route et dégage déjà une odeur qui me met l'eau à la bouche.

Nous ne prononçons pas un mot. J'observe Salem s'activer dans la préparation du petit-déjeuner. Je ne saurais même pas expliquer pourquoi je pense à ça, mais je suis juste en train de comprendre que je ne suis pas le seul à avoir grandi et mûri ces cinq dernières années. Elle a tant changé tout en restant elle-même.

Sal s'installe en face de moi à la table de la cuisine, qui occupe toute la place devant les immenses fenêtres. Derrière, la forêt s'étend à perte de vue. Difficile de ne pas s'attarder ici chaque matin.

– Merci, murmuré-je.

Je me suis occupé de verser le café pendant qu'elle cuisinait et j'espère qu'elle le boit toujours de la même façon qu'avant.

Peut-être que tout n'a pas changé...

– Alors, qu'est-ce que tu comptes faire maintenant que tu es rentré ?

– Ton frère doit m'obtenir un entretien avec son capitaine. Un de leurs gars déménage, et ils n'ont pas encore trouvé de remplaçant. Boston dit que je n'aurai aucun mal à avoir le poste.

Elle hoche la tête sans rien dire. Son visage est indéchiffrable. Son téléphone annonce l'arrivée d'un message, au moins le dixième depuis qu'elle a commencé à préparer le petit déj. Elle jette un coup d'œil vers l'écran avant de soupirer et de le retourner contre la table, comme si elle ne voulait pas que je voie ce qu'il y a d'écrit.

Je ne peux pas m'empêcher de me demander si elle a quelqu'un dans sa vie. Quelqu'un avec qui elle partage d'habitude le petit-déjeuner. Quelqu'un qu'elle invite chez elle, dans sa chambre que je n'ai même pas vue.

Mes poings se serrent autour de mes couverts, un vieux et familier sentiment de jalousie m'envahit.

– Tu sais, tu peux répondre, il ne faut pas te gêner pour moi. Il a l'air assez insistant...

Ma voix est calme, et je lui souris, faisant semblant que ce n'est rien pour moi de l'imaginer avec un autre homme.

Elle termine son assiette et boit une gorgée de café avant de répondre.

– Ce n'est qu'un client, finit-elle par répondre d'un ton où filtre une hésitation que j'essaie d'ignorer. Un client chiant qui me pose quinze mille questions par jour pour son chien, comme si j'étais payée pour être à son service.

Elle me fixe d'un regard qui semble me mettre au défi de douter de ses paroles. Je reste silencieux et baisse la tête, un peu honteux. Après tout, ça ne me regarde absolument pas. J'ai perdu le droit de connaître les détails de sa vie depuis que j'ai choisi de fuir à l'autre bout du monde. Le cœur serré, je me rends compte que je ne retrouverai peut-être jamais ce privilège que j'avais. Que Sal ne me fera peut-être pas entrer dans sa vie à nouveau. Et je ne peux m'en prendre qu'à moi-même.

18

Salem

Il est plus de 19 heures quand je rejoins ma Jeep stationnée devant la petite salle que je loue quatre après-midis par semaine. Je déverrouille les portes, et ouvre celle du côté passager pour laisser monter Portland et attacher son harnais à la ceinture de sécurité. J'emmène toujours un de mes chiens quand je donne des cours d'éducation canine et je dois reconnaître que Portland est souvent le meilleur candidat. Je lui gratte la tête et lui donne une friandise pour le récompenser.

Ce n'est pas toujours la partie de mon travail que je préfère, mais je le fais sans rechigner. Sans ça, le refuge ne survivrait pas.

– T'es un bon chien, Portland. Bon travail, aujourd'hui.

Il bâille et se couche sur le siège. Je ricane en constatant que je ne suis pas la seule à être crevée. Mon dernier cours de quatre-vingt-dix minutes était réservé au niveau 1, et il y avait beaucoup de chiots aujourd'hui. C'est rassurant de voir que les gens ne font pas n'importe quoi avec leurs animaux, et gratifiant qu'ils m'aient choisis, moi. Ça n'en reste pas moins un moment épuisant. Les chiens, je peux gérer, mais leurs maîtres, c'est une autre histoire. Il faut croire que travailler avec des animaux sauvages n'a pas arrangé mes aptitudes sociales.

– Salem ! Attends !

Je ferme les yeux en entendant la voix qui me hèle. En parlant des maîtres, en voilà un particulièrement compliqué. Portland s'est mis au garde-à-vous sur son siège, méfiant, comme toujours quand il s'agit de lui. Je soupire avant de plaquer un sourire poli sur mes lèvres et de me retourner.

– Josh.

Il affiche le même type de sourire que moi, et je me rappelle avoir été intriguée par ce rictus un peu froid la première fois que je l'ai rencontré, lors d'une soirée chez des amis de Nate. Immédiatement, je me suis demandé ce qui se cachait sous la façade de Josh. Il a réussi à me séduire par l'intérêt qu'il me portait et par sa conversation cultivée. C'est un manipulateur, je le sais aujourd'hui, mais il y a un an, je suis tombée dans le panneau de ses mots doux. Il m'a fallu trois mois et quelques *red flags* impossibles à ignorer pour que je mette fin à notre début de relation. Ça ne l'a pas empêché de s'inscrire à un de mes cours d'éducation canine, alors qu'il n'avait pas de chien quand je l'ai rencontré. Ajoutons à ça le fait qu'il m'envoie des SMS quinze fois par jour, ma patience est en train d'atteindre ses limites.

– Je t'ai appelé avant que tu quittes la salle, mais tu as continué à marcher, reprend-il.

– Je ne t'ai pas entendu. Qu'est-ce que tu veux, Josh ?

Mon ton est glacial. Je me demande une fois de plus ce qui m'a pris de l'accepter dans mon cours. Porter fronce les sourcils quand il prend conscience que je ne fonds plus face à ses sourires enjôleurs. Ça ne semble pas lui plaire.

– J'ai l'impression que Max ne progresse pas, finit-il par lâcher en raccrochant son sourire.

À ses pieds, le golden retriever de six mois est sagement assis en attendant son maître. C'est un des chiots les plus réceptifs que je connais. Il comprend vite. Dommage qu'on ne puisse pas en dire autant de son propriétaire.

Discrètement, je prends une grande inspiration pour essayer de rester polie. Après tout, je ne voudrais pas que cet abruti me fasse une mauvaise réputation.

– C'est encore un bébé, Josh. Il progresse très bien, mais fais attention à ce qu'il s'amuse aussi. C'est important de garder un équilibre.

– Oui, mais sur TikTok…

Je lève la main pour l'arrêter et lui coupe la parole.

– Je crois que Max n'a pas TikTok, tu sais. Sois patient.

Il hoche la tête, mais je vois bien qu'il n'entend pas du tout ce que je dis. Une chose que j'ai remarquée quand on était ensemble, c'est que la patience n'est pas son fort. Quand il reprend, son sourire s'élargit.

– On pourrait peut-être en discuter autour d'un café, propose-t-il.

Je me ferme encore davantage en me rendant compte que son chien ne le préoccupe pas vraiment. Il faut qu'il comprenne une bonne fois pour toutes que je ne veux plus de ce qu'il pensait pouvoir m'offrir il y a quelques mois. Que je n'ai pas besoin de lui dans ma vie.

– Non merci. Bonne soirée, ajouté-je d'un ton le plus neutre possible.

Il ouvre la bouche, mais je ne lui laisse pas l'occasion de répliquer ou d'essayer de me convaincre. Il n'y arrivera pas, de toute façon. Je claque la portière passager et fais le tour de ma Jeep pour me glisser derrière le volant.

En prenant garde à l'endroit où se trouve Max, je démarre et prends la direction de ma maison.

Les vingt minutes de trajet se déroulent sans encombre, mais je me tends en repérant une voiture qui me suit. Il ne manquerait plus que ce cinglé m'ait traqué jusque-là. En m'engageant dans le chemin qui mène chez moi, je pousse un long soupir de soulagement, car je reconnais la voiture de location de Jericho.

Je me gare le long du porche tandis qu'il arrête son moteur, stationné juste derrière moi. Je descends en frissonnant et trottine pour laisser sortir Portland, avant de monter les marches du porche.

À l'abri de l'humidité de la brume, je me retourne pour attendre Jay, qui descend de son SUV avec un grand sac en papier. Impossible de retenir mon sourire quand je reconnais le logo de Burger Shack imprimé dessus.

Sans un mot, je déverrouille la porte d'entrée et le précède dans la cuisine. L'odeur de cheeseburger et de frites me fait saliver et me renvoie directement cinq ans en arrière. Ce n'est pas que j'ai arrêté d'aller au Shack, mais une soirée comme ça avec Jericho, ça me replonge automatiquement dans de lointains souvenirs.

Ces soirées, on en a tellement partagé quand on était ados que, pendant un instant, je n'arrive même plus à me souvenir pourquoi je lui en veux. Encore moins quand il sort les burgers du sac et que je me rends compte qu'il a commandé celui que je préfère. Il n'a pas oublié. Jericho est toujours *mon* Jericho, et j'ai peur parfois de ne plus protéger suffisamment mon cœur et de souffrir de nouveau.

– J'ai acheté des bières aussi, explique-t-il sans se douter des pensées qui tournent en rond dans mon cerveau, comme un hamster dans sa roue. Tu en veux une ?

Je m'installe sur un tabouret de l'îlot central avant de croiser son regard. Il attend toujours ma réponse.

– Fatiguée comme je suis, je vais sans doute rouler sous la table, mais tant pis.

Il ricane et pose une bouteille devant moi.

– Je te porterai au lit s'il le faut.

Sa propre bouteille en main, il se fige devant son tabouret. Il fuit mon regard, mais moi, je ne détourne pas le mien. Pourtant, le malaise est d'autant plus important que, la dernière fois que nous avons partagé le même lit, il a fui pour l'Irlande le lendemain.

– Enfin… ce n'est pas que je voulais dire que… tu vois…

Il n'ose toujours pas me regarder et, malgré l'ambiance un peu lourde, j'ai du mal à me retenir de rire. Il finit par changer de sujet, les joues rouges.

– J'ai eu Boston tout à l'heure. On devait manger ensemble, mais la mère de Nate voulait absolument cuisiner pour eux. Il m'a vaguement dit que son enterrement de vie de garçon était ce week-end, mais sans plus de détail. Je sais que je débarque un peu en cours de route, mais si je peux aider…

Je me tape le front du plat de la main avant de déballer mon burger.

– J'ai complètement oublié de t'en parler. On va au chalet pour le week-end.

Je réfléchis une minute.

– Merde, c'est après-demain en fait… Désolée, ça m'était sorti de la tête.

Il hausse les épaules en buvant une gorgée de sa bière.

– Peu importe. C'est quoi le chalet ?

Je mords dans mon cheeseburger et retiens de justesse un gémissement de plaisir qui allait achever de nous embarrasser tous les deux. Je prends mon temps avant d'avaler ma bouchée et de lui expliquer.

– Papa l'a acheté il y a quatre ans. Il appelle ça « la cabane de pêche », c'est au bord d'un petit lac alimenté par la rivière, à environ trente minutes de route. Il a passé beaucoup de ses jours de repos à le rénover.

Il regarde autour de lui.

– J'imagine qu'il a dû donner un coup de main ici aussi… Je ne me rappelle même pas cette maison.

Je lève un doigt pour lui faire signe d'attendre et me lève pour aller chercher l'album photo que j'ai constitué.

– Tu ne t'en souviens pas parce qu'on habitait de l'autre côté de la ville. C'était le terrain de jeu préféré des ados qui allaient à Roseborough Nord. Ça l'est toujours, d'ailleurs.

Il fronce les sourcils en tournant les premières pages. Je pointe du doigt une photo de la maison à son apogée, fin du dix-neuvième siècle. Puis une autre quand je l'ai achetée.

– Elle ressemblait plutôt à ça quand on était jeunes. Les gosses adoraient venir là et se lancer des défis, raconter des histoires d'horreurs sur le couple qui a construit la maison.

Jericho est pendu à mes lèvres. On a toujours adoré les films d'horreur et Halloween, tous les deux.

– Quel genre d'histoires ? demande-t-il.

– Du genre « le mari a trompé sa femme et elle a tué ses enfants pour se venger ».

Il ricane en finissant son repas.

– La dame blanche, un grand classique. Les ados viennent toujours, tu disais ?

Je hausse les épaules.

– Surtout pour Halloween. Et c'est parce que j'aime bien surfer sur la réputation de ma maison. Tu verras demain. Enfin, si tu es là évidemment…

Je ne voudrais surtout pas présager qu'il n'a rien de prévu et qu'il n'a pas d'autre choix que de passer ses soirées avec moi.

– Tu déconnes ? Je ne louperais ça pour rien au monde !

Je souris en espérant ne pas paraître trop soulagée.

– Boston vient tous les ans aussi. Il adore leur foutre la trouille quand ils osent sonner à la porte. Et on partira pour le chalet en fin d'après-midi le jour suivant.

Il hoche la tête avant de se lever pour débarrasser les papiers et emballages qui jonchent la table.

– J'irai faire des courses demain. Tu me diras ce qu'il faut prévoir. Il y aura qui, d'ailleurs ?

– Nous et quelques amis de la caserne de Boston. Il ne voulait pas quelque chose de trop organisé. Je crois qu'il a juste envie de boire des bières avec ses potes et de pêcher, si le temps le permet.

Je ne mentionne pas qu'un des gars était au lycée avec nous ni que Jericho ne l'appréciait pas particulièrement à l'époque. Je passe aussi sous silence le fait que j'ai peut-être eu une brève relation avec lui. Une chose est sûre, ce week-end s'annonce intéressant.

19

Jericho

Salem est repartie s'occuper des animaux du refuge quand je quitte sa maison après le petit-déjeuner. Cette fois, j'ai insisté pour qu'elle me laisse le préparer. Elle m'héberge déjà, je ne veux pas non plus qu'elle pense que j'abuse de son hospitalité.

Je ne peux pas nier que ça m'a fait plaisir de lire la surprise sur son visage quand elle a goûté l'omelette que j'avais cuisinée. Elle semble se souvenir de moi comme de cet ado capable de brûler des macaronis au fromage en boîte. Depuis, j'ai vécu seul, et mon oncle m'a appris à me débrouiller dans la vie.

Sous le porche, je contourne les deux chiens de Sal qui me foutent toujours autant la trouille. Ils n'ont rien fait de mal, mais j'ai l'impression de lire un avertissement dans leurs regards canins.

On te tient à l'œil. Ne déconne pas.

J'ai souvent envie de leur rétorquer que je fais de mon mieux, mais non seulement je passerais pour un idiot en leur parlant ainsi, mais en plus, soyons honnêtes, j'ai quand même peur de me faire bouffer.

Ma liste de courses en main, je passe prudemment devant eux, caresse la tête de Medford et de son petit frère Portland, qui est couché un peu plus loin, et grimpe derrière le volant de mon SUV.

Au supermarché, je ne perds pas de temps et nous approvisionne en nourriture et boissons pour le week-end au chalet. J'achète aussi de quoi cuisiner le repas de ce soir, ainsi que tout un tas de bonbons et de friandises pour les gamins qui oseront venir frapper à la porte pour Halloween. La maison de Sal est au milieu de nulle part, et je me demande vraiment s'il y aura autant de visiteurs qu'elle le prétend.

En quittant le parking, j'aperçois au loin un grand magasin de costumes. Je regarde l'horloge sur le tableau de bord et décide de faire un détour. J'ai encore du temps avant mon entretien d'embauche à la caserne.

Ça fait des années que je n'ai pas fêté Halloween. Depuis que j'ai quitté les États-Unis et, par la même occasion, quitté mes amis. Je ne sais pas si j'apprécie toujours autant cette tradition que quand j'étais gosse, mais je dois bien à Sally de fournir un effort. C'est la moindre des choses.

Lorsque je pénètre dans l'entrepôt transformé temporairement pour l'occasion, je ne sais plus vraiment où donner de la tête. Il y a beaucoup trop de choix. Sans tergiverser longtemps, je sors mon téléphone de ma poche.

C'est quoi ton costume ?

Salem m'a expliqué qu'elle n'avait pas toujours son téléphone avec elle, surtout dans l'enclos des loups. Je ne m'attends donc pas à ce qu'elle me réponde immédiatement et continue de passer en revue les différentes options qui s'offrent à moi. J'examine un costume de Jason Voorhees quand mon portable vibre dans la poche arrière de mon pantalon.

Salem : Dame blanche en robe d'époque.
Pourquoi ?

J'aurais dû m'en douter. Je fais une rapide recherche pour savoir à quoi peut bien ressembler un costume de la période où la maison de Salem a été construite et m'oriente rapidement vers un autre rayon. En marchant, je tape une réponse à Sal.

Comme ça. Par curiosité.

Je n'ai pas dit à Sally que je me déguiserais. Autant lui faire la surprise.

En arpentant les rayons, je trouve à peu près ce que j'avais en tête et sors satisfait du magasin après être passé en caisse.

Mes achats rangés dans le coffre, je prends la direction de la caserne. Alors que l'heure de mon rendez-vous approche, je ne me sens plus si confiant. Ça fait deux ans que je n'ai pas travaillé en tant que pompier. Et si ça posait un problème au capitaine ? Je sais que j'aurai probablement des certifications à repasser, mais peut-être qu'il ne me trouvera pas suffisamment expérimenté.

Tandis que je me gare devant le bâtiment, j'aperçois Boston qui m'attend. Je fronce les sourcils en remarquant qu'il est en uniforme.

– Salut ! Merci encore pour l'entretien, lancé-je en arrivant près de lui.

Il hausse les épaules, nonchalant.

– Ce n'est que l'aboutissement de notre rêve de gosses après tout. De travailler tous les deux dans la même équipe.

C'est vrai. Une ambition qui me paraît tellement lointaine, quand je repense à tout ce qui s'est passé dans nos vies depuis. Je lève les yeux sur le nom de la caserne. Enfin, peut-être qu'après tout, ce n'est pas trop tard.

– Tu es de garde ? demandé-je en ravalant la boule douloureuse dans ma gorge.

– Oui. On est vraiment en sous-effectif et avec le week-end qui arrive, je ne pouvais pas refuser.

Je hoche la tête.

– Tu as prévenu ta sœur ? Il me semble qu'elle t'attendait pour Halloween.

Il me regarde et fronce les sourcils. Je prends brusquement conscience que je ne lui ai pas dit que je logeais chez Salem. Et vu l'expression de son visage, Sal ne le lui a pas dit non plus. Je baisse la tête, un peu honteux.

– Tu pensais que ça me dérangerait ? demande-t-il comme s'il lisait dans mes pensées. C'est moi qui le lui ai suggéré, au départ…

Il a l'air un peu blessé d'avoir été laissé dans l'ignorance. Je m'en veux. Je suis un piètre ami. Je secoue la tête avec véhémence.

– Non, c'est pas ça du tout. Je n'ai jamais réussi à entrer dans la maison de Maman… C'est toujours trop de mauvais souvenirs. Instinctivement, je suis allé chez Sal. Ça m'est juste complètement sorti de la tête de t'en parler.

Il pose la main sur mon épaule tendue et la presse dans un geste réconfortant.

– Je comprends, Jay. Je ne suis pas vexé. Juste un peu surpris qu'elle ne t'ait pas envoyé chier.

Je ricane.

– Moi aussi, mec. Moi aussi.

– Bon. Tu es prêt ?

Je hoche la tête en me redressant.

– Autant que possible.

Je suis venu les mains dans les poches parce que Boston m'a demandé en amont tous les papiers nécessaires pour les transmettre à sa hiérarchie. Quand on me fait entrer dans le bureau du capitaine Clark, je vois qu'il a tout ce qui me concerne juste devant lui.

– Capitaine, merci beaucoup de me recevoir, dis-je en m'asseyant face à lui.

Il balaie mes formalités d'un geste de la main.

– Ici, tout le monde m'appelle Cap, et j'espère que tu prendras les mêmes habitudes quand tu seras des nôtres, gamin.

J'ouvre la bouche, un peu abasourdi. Il a dit « quand ». Pas « si ».

– Vous voulez dire que vous me donnez le poste ? Sans me poser de questions ?

Il tapote mes certifications et mon CV toujours devant lui.

– J'ai tout ce qu'il me faut ici. Et tu as un ami précieux qui a parlé de toi avec beaucoup de conviction. J'ai confiance en son jugement.

Il fait un geste du menton en direction de la fenêtre de son bureau. Je me retourne pour voir Boston, à travers la vitre, qui fait semblant de ne pas prêter attention à ce qui se passe. Je ne peux pas m'empêcher de sourire.

– C'est un ami en or, commenté-je.

– Sans compter les pompiers avec qui tu as fait tes armes en tant que jeune pompier volontaire et ton capitaine en Irlande. Tous n'avaient que des compliments à ton égard.

C'est clairement d'un type comme toi qu'on a besoin dans l'équipe.

Il se lève et je l'imite, tandis qu'il contourne son bureau.

– Je t'ai d'ores et déjà inscrit aux examens dont tu as besoin pour valider tes certifications ici. Mais honnêtement, je sais d'avance que ce sera une promenade de santé. C'est prévu pour mercredi prochain. J'ai entendu dire qu'une petite fiesta était au programme ce week-end en l'honneur du futur marié.

Toujours un peu sous le choc, je le suis jusqu'à la porte en hochant la tête.

– Profitez-en bien les jeunes, ajoute-t-il en ouvrant la porte et en souriant à Boston.

Je lui serre la main fermement, un peu ému d'être finalement ici après toutes ces années à en parler avec mon meilleur ami.

– Merci, Capitaine.

Je me dirige ensuite vers la sortie, Boston sur mes talons.

– Alors ?

Je ne réponds rien jusqu'à ma voiture, je crois que j'ai besoin de ces quelques mètres pour digérer. Je me retourne et souris.

– Alors, si je ne foire pas mes examens mercredi, tu vas devoir me supporter au boulot.

– Yes ! hurle-t-il en brandissant le poing en l'air.

– J'imagine que je dois te remercier de l'avoir baratiné à mon sujet ?

Il hausse les épaules.

– Ce n'est pas du baratin si c'est vrai. Je sais ce que tu vaux, Jay. Et je sais que je n'ai pas été le seul à lui dire qu'il serait un idiot de ne pas t'embaucher.

L'émotion me serre la gorge une fois de plus. Ces derniers jours avec Boston et Salem ne font que me rappeler à quel point je n'avais pas besoin de fuir à des milliers de kilomètres pour guérir et faire mon deuil. Ils étaient là pour moi, et je regrette de ne pas m'en être rendu compte avant.

La nuit n'est pas très loin de tomber quand je me gare devant la maison de Salem. Cette dernière est en équilibre sur un de ses tabourets de bar, en train d'accrocher de fausses toiles d'araignée sous le porche. Quand je la vois vaciller sur son perchoir, je laisse les sacs de courses que j'étais en train de sortir du coffre et monte les marches précipitamment.

Sans réfléchir, je pose les mains sur sa taille au moment où son tabouret est sur le point de basculer.

– Tu essaies de te casser quelque chose ? demandé-je en essayant de ne pas penser au contact de mes mains sur la peau de son ventre que son sweat-shirt a dénudé en remontant.

Elle secoue la tête et profite du fait que je l'assure pour accrocher la dernière toile. S'appuyant sur mes épaules, elle saute du tabouret et je la relâche immédiatement pour qu'elle ne s'imagine pas que j'en profite.

– Merci.

Je hausse les épaules, mon regard accroché au sien. C'est tellement bon d'être près d'elle que, pour la deuxième fois de la journée, je me demande ce que je suis allé foutre en Irlande.

– Tu devrais peut-être investir dans un escabeau. C'est plus stable qu'un tabouret de bar.

Elle se frotte les mains pour se débarrasser des quelques fils qui s'y sont accrochés.

– J'en ai un. J'ai décoré les fenêtres et l'intérieur avec, mais j'avais oublié les toiles. J'ai eu la flemme de le ressortir.

Elle descend les quelques marches pour récupérer les sacs que j'ai laissés là. Je saisis le reste et la suis jusqu'à la cuisine, mon regard accroché aux citrouilles finement sculptées et aux bougies qui diffusent une lumière vacillante. Tandis que je range les provisions pour le week-end au chalet, une lueur dans l'obscurité attire mon attention à travers la fenêtre. Intrigué, je plisse les yeux pour distinguer quelque chose… avant de me retourner, surpris.

– Tu as même eu le temps d'installer de fausses tombes ?

Elle ricane et se place à côté de moi, son regard dirigé vers la vitre.

– Non, ce sont les tombes du couple qui a fait construire la maison. Je n'ai fait qu'y mettre des lanternes.

– La légende est vraie ? Elle a tué leurs enfants par vengeance ?

Elle secoue la tête, les yeux toujours perdus dans cette vue lugubre.

– Ils n'ont jamais eu d'enfants. Et ils sont morts le même jour, de vieillesse. C'est sûrement pas assez glauque comme histoire pour les gamins du coin.

C'est peut-être moins macabre, mais je ne peux pas m'empêcher de me demander ce que ça fait de finir ses jours avec la personne qu'on aime. Je sais que Salem ne me pardonnera sans doute jamais vraiment mais, quand je m'imagine devenir vieux, je ne parviens pas à visualiser quelqu'un d'autre qu'elle à mes côtés.

Et brusquement, je repense à mon job. À la vie que je suis en train de me construire. Peut-être que tout n'est pas perdu. Peut-être que j'aurai droit à ma seconde chance et à une vie comme celle de ce couple.

20

Salem

Jericho met tous les bonbons et les friandises qu'il a achetés dans de grands saladiers en plastique, tandis que je finis de préparer tout ce qu'il faut pour une sauce bolognaise. C'était son idée, et il a insisté pour cuisiner, mais honnêtement, ça ne me dérange pas de le faire. Ça m'occupe et ça empêche mon esprit de partir dans tous les sens quand Jay est dans les parages.

Je sors un gros oignon d'un sac de courses et le regarde de travers. Les oignons et moi, on n'est pas très copains. Je relève la tête de ma tâche.

– Ça t'embête d'éplucher et d'émincer ça ? demandé-je à Jericho. Quand j'en coupe, je pleure comme si j'étais en train de regarder un épisode de *Grey's Anatomy*.

Il ricane et s'empare du légume.

– Tu regardes toujours cette série à la con ?

Je brandis mon couteau en fronçant les sourcils d'un air faussement menaçant.

– Ne critique pas ce que tu ne connais pas. Ce n'est peut-être pas un chef-d'œuvre, mais cette série ne me déçoit jamais quand j'ai besoin de pleurer un bon coup.

Il me regarde d'un drôle d'air. *Est-ce que c'est bizarre d'avoir parfois envie de pleurer ?* En tout cas, c'est cathartique de verser des larmes pour des personnages fictifs et des problèmes qui ne sont pas les vôtres. Je n'invente rien. Je lui renvoie son regard sans broncher et il finit par s'atteler à la tâche. Je suis en train de mettre de l'huile dans ma casserole quand je le vois grimacer. Il renifle. Je retiens très difficilement un sourire en coin. Mais quand une larme roule sur sa joue, je ne peux plus me contenir et éclate de rire.

– Est-ce que les oignons, ça a le même effet que *Grey's Anatomy* ? demande-t-il en ignorant mes moqueries.

Je hausse les épaules en m'emparant de la planche à découper qu'il me tend.

– Absolument pas, rétorqué-je en versant l'oignon émincé dans l'huile chaude. Pourquoi je t'ai demandé de l'éplucher, à ton avis ?

Il grommelle quelque chose que je ne comprends pas et je fais semblant de ne pas le voir essuyer ses yeux rougis. Tout à coup, je regrette de ne pas avoir coupé ce foutu oignon moi-même. À cet instant, il ressemble beaucoup trop au Jericho qui venait de perdre sa mère.

C'est donc en silence que je prépare notre repas pendant que Jay achève d'installer les dernières décorations. Au moment où je pose le couvercle sur ma casserole pour laisser mijoter la sauce, je me rends compte que j'ai complètement oublié que Jericho s'est rendu à la caserne aujourd'hui.

– Mais au fait ! Ton job ? Comment ça s'est passé ? Ça m'était complètement sorti de la tête !

Il branche la machine à fumée près de la porte d'entrée avant de me rejoindre dans la cuisine.

– J'ai eu le poste. Enfin, si tant est que je ne foire pas les deux examens pour valider mes certifications…

Son sourire est timide, comme s'il ne croyait pas vraiment qu'il mérite d'obtenir cette place à la caserne. J'hésite entre le secouer et le prendre dans mes bras. Comme chaque option demanderait un contact physique, je préfère m'abstenir. Le souvenir de ses mains sur ma taille tout à l'heure est encore vif.

– Évidemment que tu vas les valider ! Boston est une tête, mais je te rappelle que tu t'es toujours classé devant lui quand vous étiez jeunes pompiers volontaires.

– Merci de me le rappeler, mais évite de faire la même chose avec lui ce week-end. Il ne l'a jamais très bien pris.

Je lève les yeux au ciel.

– Cette compétition n'en finira jamais, marmonné-je. Ce que je voulais dire, c'est que tu es fait pour ça. Ça a toujours été ton rêve, et je ne pense pas que quelques années dans un ranch en Australie t'ont fait tout oublier de ce job.

Il secoue la tête.

– Non, je n'ai rien oublié.

Ses yeux s'ancrent aux miens et brusquement, je me demande si on parle encore de son métier. Je crains sa réponse, alors je ne lui pose pas la question. Je romps le contact quand ça devient trop lourd à supporter pour mon cœur, qui semble à deux doigts d'exploser.

Nerveusement, je regarde ma montre.

– Je n'avais pas vu qu'il était déjà si tard. Je vais aller mettre mon costume, les visiteurs vont bientôt débarquer.

Il hoche la tête et je n'attends pas une seconde de plus pour monter les escaliers quatre à quatre.

Dans ma chambre, je me déshabille rapidement avant d'ouvrir mon dressing et d'en sortir la robe que je revêts tous les ans pour l'occasion. Ce n'est pas un costume de magasin, mais une authentique robe d'époque que j'ai chinée dans une boutique de vêtements antiques.

Le plus compliqué, c'est le corset. Heureusement, la vieille dame qui tient la boutique m'a conseillé de remplacer celui d'origine par un plus moderne qui se ferme devant et qui n'a pas pour prétention de me faire perdre vingt centimètres de tour de taille.

Je veux foutre la trouille aux gamins qui s'aventurent ici, pas mourir d'asphyxie.

Une fois engoncée dans cet engin de torture du dix-neuvième siècle, je me glisse dans le vêtement. C'est une robe des années 1890, d'après la femme qui me l'a vendue. Elle est de couleur crème, composée d'un bustier près du corps et d'une jupe longue sous laquelle je dois ajouter plusieurs épaisseurs de jupons. Les manches sont bouffantes jusqu'à mes avant-bras, puis ajustées.

Je profite du miroir en pied de ma chambre pour remonter mes cheveux dans une coiffure sophistiquée dont je n'ai absolument pas l'habitude. Je suis obligée d'utiliser un million d'épingles pour être certaine que les mèches remontées sur le dessus de ma tête ne dégringoleront pas avant la fin de la soirée.

Je passe ensuite dans ma salle de bains pour me maquiller. J'utilise un fond de teint presque blanc tant il est pâle et une ombre à paupières presque violette que j'estompe sur ma paupière et sur le bord de mes cils inférieurs. Un peu de mascara et de gloss, lui aussi dans les tons violets, et le tour est joué. J'ai l'air d'une femme du dix-neuvième siècle qui vient juste de sortir de sa tombe. *Parfait.*

Je quitte ma chambre et commence à descendre l'escalier en regardant mes pieds pour ne pas trébucher sur ma robe. Un sifflement d'admiration me fait brusquement lever la tête, et la vision de Jericho au pied des marches m'arrête dans mon élan.

– Waouh ! commente-t-il en m'examinant des pieds à la tête. Tu ne rigolais pas quand tu disais que tu te déguisais comme l'ancienne propriétaire.

J'ouvre la bouche, puis la referme. Je l'ouvre à nouveau, mais pas moyen de sortir un son cohérent. Voir Jay costumé a apparemment anéanti tous les neurones qu'il me restait.

– Mais… quand… enfin, je veux dire…

Voilà. Qu'est-ce que je disais ?

Heureusement, Jericho semble comprendre instinctivement ce que j'essaie de lui dire.

– Je suis passé devant un grand magasin spécial Halloween et je n'ai pas pu résister. C'est de moins bonne qualité que ta robe, mais je me suis dit que ça serait marrant de se coordonner comme au bon vieux temps.

Il porte un costume trois-pièces fabriqué dans un épais tissu gris foncé et un chapeau haut de forme. Une tache rouge s'étend sur sa poitrine, comme si quelqu'un lui avait tiré dessus. Je déglutis.

– Tu as énervé quelqu'un ? demandé-je le plus nonchalamment possible.

– Toi, répond-il.

Il a coordonné nos costumes au point de se déguiser comme le fondateur de ma maison… le mari de mon personnage. Je prends une grande inspiration pour essayer de calmer les battements anarchiques de mon cœur. Après tout, ça ne veut rien dire. Ce n'est pas la première fois que nous nous déguisons comme un couple et je suis certaine qu'il se souvient encore de nos costumes de Bonnie et Clyde qui avaient fait fureur à la soirée du lycée.

Lentement, je me dirige vers le placard de l'entrée et en sors le fusil à pompe. Je me retourne en le tenant le long de mon corps.

– Autant que ça fasse vrai alors, si on veut qu'ils croient que je t'ai tiré dessus.

Ses yeux s'agrandissent en voyant mon arme à feu. Il sait pertinemment que ce n'est pas le genre de chose que j'aime avoir chez moi.

– Il n'est pas chargé, précisé-je. Papa l'a mis là quand j'ai emménagé. Au cas où, pour dissuader.

Il hoche la tête.

– C'est plutôt malin. Vu comme tu es isolée, on ne sait jamais à quel cinglé tu pourrais avoir à faire.

Je n'ai pas le temps de répondre que de premiers coups résonnent contre le battant de la porte. Discrètement, je regarde qui se trouve derrière la porte et l'ouvre en reposant mon arme hors de vue. Des enfants, avec leurs parents.

– Des bonbons ou un sort ! crient-ils en chœur.

Je leur souris, et Jericho s'empare du bol de friandises pour en verser une poignée dans les sacs des trois enfants.

Après ça, c'est un défilé qui n'en finit pas. Je trouve à peine le temps de couper le feu sous ma sauce bolognaise pour qu'elle ne brûle pas. Les enfants sont au rendez-vous accompagnés d'adultes, et les ados sont ravis de notre petite mise en scène avec la machine à fumée et le fusil que je pointe sur Jericho. Ce dernier a même eu la bonne idée de trouver une application qui imite un coup de feu. L'effet est glauque à souhait. Les jeunes en raffolent.

Appuyée contre la porte que je viens de refermer, je pousse un soupir de soulagement. Les épingles à cheveux me rentrent dans le crâne, et je meurs de faim. Les derniers ados viennent de partir. Je pense qu'il n'y en aura pas d'autres, vu l'heure tardive.

Je vais dans la cuisine où Jericho est en train de servir deux verres de vin. Je me laisse tomber sur un tabouret et m'empare du verre qu'il me tend.

– Les pâtes sont presque cuites, explique-t-il. Je me suis dit qu'on pouvait fêter cette soirée réussie en attendant.

– J'ai une meilleure idée, contré-je en levant mon verre.

Il fronce les sourcils, mais fait tinter le sien contre le mien sans protester.

– À ton nouveau job.

Je veux qu'il comprenne que, même si tout n'est pas encore comme avant entre nous, ça ne m'empêche pas d'être fier de lui.

– À une nouvelle vie, répond-il en plongeant son regard noisette dans le mien.

Je bois une gorgée, juste pour me donner une contenance. Je me demande parfois si je ne me berce pas d'illusions en maintenant Jericho à distance. J'ai le sentiment que nos âmes sont liées et que, même après plusieurs années et plusieurs milliers de kilomètres de distance, elles auront toujours envie d'être réunies.

21

Jericho

Je suis en train de terminer mon assiette quand de nouveaux coups résonnent contre la porte d'entrée. Salem repose son verre de vin rouge en fronçant les sourcils. C'est vrai qu'il commence à être tard pour les visites.

Elle se lève pour aller ouvrir, et c'est à mon tour de plisser le front en entendant Medford et Portland japper depuis leur pièce où Sally les a enfermés en début de soirée pour qu'ils n'effraient pas les enfants. Ils n'ont pas bronché pendant tout le défilé de gamins et d'ados. Je suis surpris qu'ils se manifestent cette fois. Je suis sur le point de dire à Salem d'attendre, mais elle est déjà en train d'ouvrir la porte.

– L'heure est un peu tardi…

Lorsqu'elle s'interrompt en plein milieu de sa phrase, je tends l'oreille.

– Josh… Qu'est-ce que tu fous là ?

Même si elle appelle le nouveau venu par son prénom, je peux sentir qu'elle est mal à l'aise rien qu'au ton de sa voix. Je suis debout avant même d'avoir réfléchi. Je repousse ma chaise le plus discrètement possible et me dirige vers l'entrée.

Avant de l'atteindre, j'entends une voix d'homme répondre à Salem.

– Des bonbons ou un sort ? Je n'avais jamais vu ta maison décorée pour Halloween, je me suis dit que c'était l'occasion.

– Tu es un peu vieux pour ça, rétorque-t-elle, acerbe.

– Enfin, Salem… on n'est jamais trop vieux pour s'amuser, tu le sais aussi bien que moi.

Ses sous-entendus et la familiarité dont il fait preuve me font serrer les mâchoires, d'autant plus que Sal ne l'a pas invité à entrer.

En arrivant devant la porte ouverte, je me glisse dans l'encadrement aux côtés de Salem. Elle me laisse la place en se décalant, et ce mouvement est tout ce dont j'avais besoin pour comprendre que la présence de ce mec n'est pas normale ni attendue. Si c'était le cas, Salem ne m'aurait jamais laissé m'interposer. Elle a toujours aimé être indépendante et elle prend soin de livrer ses propres batailles. J'ignore son histoire avec ce type, mais je vois bien qu'il la perturbe et qu'elle craint probablement de l'envoyer balader.

Le prénommé Josh tourne la tête vers moi. Ses yeux s'écarquillent. Il ne s'attendait manifestement pas à ma présence ici, et le sentiment d'agacement que je ressens s'amplifie. Quel genre de connard débarque presque au milieu de la nuit pour tirer avantage de la vulnérabilité et de l'isolement de quelqu'un ?

Sans parler du regard qu'il reporte sur Sal, après m'avoir jeté un coup d'œil déçu. Ça me donne envie de lui mettre mon poing dans la figure, et ce n'est pas sans me rappeler le sentiment que j'avais quand des mecs reluquaient Sally au lycée.

Instinctivement, je pose mon bras sur ses épaules. J'essaie de garder une attitude nonchalante. C'est difficile. D'autant plus que les contacts physiques entre nous sont rares, voire inexistants, depuis que je suis revenu. Mon rythme cardiaque s'accélère au moment où, bien loin de me repousser comme je m'y attendais, elle se love contre moi en passant son bras autour de ma taille. Je sais qu'elle ne fait que jouer le jeu face à cet abruti, mais mon cœur, lui, ne semble absolument pas en avoir conscience.

– Un problème ? demandé-je d'une voix froide en dévisageant ce type.

Il détourne son attention de Sal pour me regarder.

– Pas du tout, réplique-t-il, hautain. Je suis juste passé dire bonjour à Salem.

Le moins que l'on puisse dire, c'est qu'il ne semble absolument pas ravi de me trouver là. Je regarde une montre invisible.

– À 23 heures ? C'est un peu tard, non ?

– Et vous êtes qui ? crache-t-il comme si c'était moi qui me pointais chez les gens sans invitation.

– Jericho McKenna.

– Josh Porter, l'ex de Salem, explique-t-il en relevant le menton.

Je me doutais bien que Sal n'était pas restée seule pendant cinq ans, mais avoir le mec sous les yeux me fait plus de mal que je ne l'imaginais.

Sans se départir de son air arrogant, il me tend la main. Je la scrute un instant avant de reporter mon regard sur lui sans réagir.

– Ex, c'est quand même un peu exagéré, intervient Salem. Et c'est fini depuis longtemps, Josh. J'aimerais bien que tu ne débarques pas chez moi quand ça t'arrange.

L'intrus serre la mâchoire, apparemment mécontent de nos deux réactions. Ses poings se crispent tandis qu'il laisse retomber son bras. Je parierais qu'il est le genre d'homme qui n'a pas l'habitude qu'on lui dise « non ». C'est peut-être juste un air qu'il se donne, mais je mettrais ma main à couper que ça ne le gênerait pas de forcer quelqu'un à accepter ses avances. Je frissonne rien qu'à l'idée que Sal aurait pu se retrouver seule face à ce connard, ce soir. Toujours est-il que je suis là aujourd'hui, et qu'il finit par reculer d'un pas sous le porche.

– Très bien. Désolé du dérangement, Salem. Je t'enverrai un message la prochaine fois.

– Je doute qu'elle ait envie d'une prochaine fois, *Josh*, rétorqué-je avant de lui claquer la porte au nez.

Salem pousse un soupir de soulagement. Je retire doucement mon bras, maintenant que je n'ai plus aucune raison de le laisser là. Pourtant, j'aurais voulu la garder contre moi pour toujours…

C'est de ta faute, McKenna, tu as tout fait foirer.

Je le sais déjà, mais la petite voix de ma conscience adore me le rappeler. Je colle mon nez contre la vitre à côté de la porte, afin de m'assurer que cet abruti est bien parti. Je l'observe monter dans sa voiture non sans avoir jeté un long regard à la maison. Cela ne me dit rien qui vaille. Quand les feux arrière de sa berline disparaissent dans la nuit, je me retourne vers Salem, qui est encore un peu plus pâle sous son maquillage de morte-vivante.

– Un ex, hein ? questionné-je en arquant un sourcil.

Salem rougit et se dirige vers la cuisine où elle commence à débarrasser la table. Je la suis et empile nos assiettes.

– Plutôt une erreur de parcours, finit-elle par expliquer d'une petite voix. Je me suis vite rendu compte qu'il avait un côté instable et qu'il n'aimait pas vraiment qu'on le contredise. Quand il s'est inscrit à mes cours, je pensais qu'il saurait rester correct, mais apparemment, je me suis trompée.

– Tu peux le virer ?

Elle remplit le lave-vaisselle avant de se tourner vers moi.

– Oui, je pense que je ne vais pas avoir le choix. Il est en train de devenir lourdingue, et même un peu flippant. J'ai refusé son invitation hier. Il a dû se dire qu'il allait venir tenter sa chance chez moi… Honnêtement, c'est typique de Josh.

Le sang tambourine dans mes tempes. J'ai bien cerné ce type, finalement. Salem l'a éconduit, et il est venu l'acculer jusque chez elle pour lui mettre la pression. Sans compter que, si elle a mis fin à une quelconque relation entre eux, il aurait déjà dû comprendre qu'il ne l'intéressait plus. *Putain*, les mecs comme lui, il faudrait leur mettre une alarme pour qu'on les repère à dix kilomètres à la ronde.

– Je suis crevée, finit-elle par reprendre. Si tu as cinq minutes dans la matinée, je ne serai pas contre un coup de main pour prendre soin des animaux. Il faut que je fasse une note pour John aussi, qu'il puisse prendre le relais ce week-end.

Je hoche la tête en souriant.

– Pas de souci ! Mais pas chez les loups, hein ?

Elle prend la direction de l'escalier en ricanant.

– Promis. Pas chez les loups !

C'est le milieu de l'après-midi quand nous prenons la route pour le chalet. Nous sommes dans mon SUV de location, parce que Salem pensait que la Charger n'était pas forcément le bon choix pour les petites routes qui mènent jusqu'à la cabane de pêche de son père.

Assise sur le siège passager, elle est absorbée par son téléphone, ses doigts dansant sur l'écran.

– Boston et ses potes sont partis en même temps que nous apparemment. Ils doivent être juste devant ou derrière.

Je hoche la tête en silence et suis la direction indiquée par le GPS.

– C'est qui, les potes de Boston ?

Je sais que ce sont des collègues à lui, mais je ne sais pas du tout qui ils sont. Non pas que je sois jaloux qu'il ait d'autres potes que moi. Ça serait gonflé de ma part, alors que je me suis barré à l'autre bout de la Terre pendant cinq ans. C'est juste que j'aimerais savoir avec qui je vais passer le week-end. Contrairement à Boston, je n'ai pas une capacité hors du commun à me faire des amis. S'il n'avait pas traîné qu'avec nous au collège et au lycée, il aurait pu avoir un groupe de potes bien plus large. C'est par choix qu'il l'a restreint à sa sœur et moi.

– Nick est un peu plus vieux que nous. Il a pris Boston sous son aile quand il est arrivé à la caserne, commence Salem en regardant par la fenêtre. Tu connais le deuxième, je pense. Alexander Jones ? Aleck ? Il me semble que tu as dû faire du basket avec lui, à un moment donné. Il est de l'année avant nous. Il a commencé en même temps que Boston dans une autre caserne, mais ils traînent ensemble depuis cette époque. Ils sont devenus vraiment potes quand il a été transféré dans la 2.

Je fronce les sourcils et creuse ma mémoire. Brusquement, le souvenir d'une chaude journée à la crique me revient en mémoire. Jones ne pouvait pas s'empêcher de mater les seins de Salem. Il n'a jamais vraiment arrêté après ça.

– Jones ? m'exclamé-je. Ce pervers ? Boston est ami avec lui ?

Bon OK, j'avoue, ça sonne un peu jaloux.

Salem me regarde en secouant la tête, un petit sourire en coin. Et en même temps, elle semble un peu tendue, sans que je sache pourquoi.

– Tout le monde change, non ? Tu verras, il a mûri, comme nous tous.

J'hésite à demander si ça veut dire qu'il parvient désormais à la regarder dans les yeux, mais je garde le silence. Après tout, je ne suis pas le pote de l'année. Mais Boston m'a quand même choisi comme témoin. Je lui dois bien de fournir un effort avec ses amis.

22

Salem

Le reste du trajet se déroule dans le calme. À vrai dire, je fais en sorte que ça soit le cas en fermant les yeux. Je regrette de ne pas en avoir profité pour lui avouer que, pendant une période, Aleck a été un peu plus pour moi qu'un ami de Boston. Surtout après la façon dont il a appris pour Josh.

En même temps, je ne lui dois rien, si ?

Je ne comprends pas comment j'arrive à me sentir à la fois déloyale envers lui et en colère du fait qu'il est parti il y a cinq ans sans se préoccuper de moi. Qu'est-ce que j'aurais dû faire pendant tout ce temps ? L'attendre ? Je sais qu'il a suffisamment les pieds sur terre pour ne pas penser ça. De toute façon, depuis hier, il en a conscience.

Quand j'indique l'endroit où tourner à Jericho, et que nous empruntons le chemin qui serpente jusqu'au chalet, je vois que Boston, Aleck et Nick sont déjà arrivés. Ils sont en train de décharger le SUV de Nick.

– Waouh ! s'exclame Jericho à côté de moi avant de lâcher un sifflement admiratif. Cabane de pêche, hein ?

Je hausse les épaules.

– En théorie, c'est un chalet où Boston et Papa se retrouvent pour pêcher.

– En théorie, j'imaginais plus la petite maison dans la prairie qu'une baraque luxueuse.

Il n'a pas tort. Mon père ne l'avouera jamais, mais il est fan de *Twilight,* et je sais sans l'ombre d'un doute que la maison des Cullen était son inspiration quand il a rénové le chalet. En témoignent les immenses baies vitrées qui sont venues remplacer les ouvertures d'origine, la terrasse qui se détache de la maison pour surplomber le lac et l'association de bois et d'aluminium en harmonie avec le reste.

– Je reconnais que Papa s'est lâché, pour le coup. Garde ça pour toi, mais il a décidé d'en faire cadeau à Boston et Nate pour leur mariage.

Il gare sa voiture derrière l'autre et se tourne vers moi.

– C'est génial ! Boston va être comme un dingue. Cela dit, on va tous paraître ridicules à côté de ça, quoi qu'on leur offre.

Je ne peux pas m'empêcher d'éclater de rire.

– Ouais. Je ne te le fais pas dire.

J'ouvre ma porte et descends de l'habitacle en m'étirant. Sous le porche, Boston regarde ses potes décharger leurs affaires, une bière à la main.

– Hé ! Salut, frangine ! Salut, témoin ! hèle-t-il en levant sa bouteille dans notre direction.

Je secoue la tête.

– Tu as déjà attaqué ?

Il hausse les épaules, puis boit une gorgée.

– On m'a collé ça dans les mains. Je n'ai pas eu le choix.

En riant tout bas, je me dirige vers le coffre que Jericho vient d'ouvrir et m'empare de ma valise et d'un sac de courses plein à craquer.

– C'est le plus lourd, proteste Jay. Tu devrais me le laisser.

Je lève les yeux au ciel en soufflant comme s'il m'avait offensée.

– Tu n'as pas voulu rentrer dans l'enclos des loups ce matin, donc je te signale que, quand ils essaient de me sauter dessus, il faut que j'arrive à gérer.

– Ils sont plus lourds que ce sac ? demande-t-il, à moitié sérieux.

– Est-ce que ce sac fait plus de cinquante kilos ?

Il secoue la tête, dubitatif. Je lui fais un clin d'œil et m'éloigne en direction du chalet avec mon chargement.

Je suis à quelques pas des marches quand Aleck se place entre elles et moi. Il m'offre son plus beau sourire – qui, soit dit en passant, ne m'a jamais fait autant d'effet qu'il l'imagine. Sans crier gare, il pose ses mains sur mes hanches, comme si c'était une habitude, alors que nous ne sommes plus ensemble depuis plus de deux ans. Je serre les dents pour ne pas le repousser et pour éviter de transformer la scène en un drame devant tout le monde.

– Salut, bébé. Ça va ?

Je n'ai pas envie de faire un scandale, mais là, il franchit vraiment la ligne.

– Bébé ? m'exclamé-je alors qu'une voix fait écho à la mienne, juste derrière moi.

Merde.

Subitement, le « Bébé » d'Aleck prend tout son sens. *Petit con.*

Je me retourne et scrute Jericho un instant. L'expression sur son visage ne me plaît pas. Il semble me juger, déçu. Je me libère de l'emprise d'Aleck, qui a laissé ses mains sur mes hanches, et m'engouffre dans la maison d'un pas précipité. Je pose le sac de courses dans la cuisine avant de monter jusqu'à la chambre que je vais occuper pendant deux jours. L'avantage que Papa n'ait pas lésiné sur les rénovations, c'est que sa « cabane » de pêche contient désormais cinq chambres et trois salles de bains. Étant la seule femme, je m'octroie le droit de prendre la seule avec une salle d'eau intégrée. Hors de question de partager avec quatre types. Le week-end risque déjà d'être suffisamment compliqué.

Je fulmine encore en rangeant mes affaires dans la grande commode antique. Je sais que les gestes et paroles d'Aleck ne sont pas innocents. Pendant des mois après notre rupture, il a sans cesse tenté de me convaincre de lui accorder une autre chance. Je pensais qu'il était désormais passé à autre chose, que nous n'étions plus que de simples amis. Il connaît tout de Jericho et de notre histoire. Ou plutôt, de son absence. Il connaît mes sentiments à son égard. Je crains qu'il s'en serve ce week-end pour assouvir une vengeance nourrie par une vieille rancœur et de la jalousie.

Je prends une grande inspiration pour me donner du courage avant d'ouvrir la porte de ma chambre. J'ai tout juste le temps de voir Jericho rentrer dans la sienne, en face. Je pousse un petit soupir de soulagement. J'ai au moins un peu de répit avant de devoir lui parler.

Je redescends dans la cuisine pour voir que tout a été rangé et me dirige vers une des terrasses, dans la direction opposée aux voix qui proviennent du salon. Je saisis une couverture dans un panier puis referme avec précaution la baie vitrée derrière moi. Emmitouflée dans mon plaid, je me laisse tomber sur la balancelle et sors mon téléphone de ma poche pour m'acquitter d'une tâche que je me suis promis d'accomplir en me couchant hier soir.

En y mettant les formes, je rédige un long message à l'intention de Josh. Je lui explique que j'aurais préféré qu'il ne débarque pas chez moi sans prévenir et que, de mon opinion, une relation purement professionnelle entre nous est impossible. Je lui signifie donc que je préférerais, à l'avenir, qu'il s'adresse à quelqu'un d'autre pour les cours d'éducation canine. Je suis assez sympa pour lui fournir les numéros de confrères dans la région – des hommes, évidemment.

Je viens d'appuyer sur « envoyer » quand Boston me rejoint sur le balcon en me tendant un verre de vin. La nuit est en train de tomber. Je ne me suis pas rendu compte que je suis restée si longtemps dehors.

– Tu fais quoi ? questionne mon frère.

Je regarde mon téléphone avant de lui faire signe de venir s'asseoir sur la balancelle à côté de moi. Il s'y laisse tomber, un gobelet dans une main, sans doute rempli d'un cocktail réalisé par Aleck.

– Je virais un client, finis-je par répondre.

Il me dévisage en haussant un sourcil. Je soupire et coupe mon portable avant de le déposer à côté de moi. Hors de question de lui dire qu'il s'agit de Josh. Boston n'a jamais pu l'encadrer et ne comprendrait pas pourquoi je l'ai accepté comme client. Moi non plus, je ne comprends pas ce qui m'a pris, d'ailleurs.

– Longue histoire, me contenté-je donc de répondre.

Je jette un coup d'œil vers l'intérieur de la maison. La cuisine est allumée, mais je ne vois personne à l'intérieur.

– Tout va bien là-dedans ? demandé-je nonchalamment.

Boston éclate de rire.

– Jericho et Aleck ne sont pas en train de s'étriper, si c'est ça que tu veux savoir. Ils font plutôt semblant de ne s'être jamais vus avant. C'est assez drôle.

Je grimace. Oui, c'est exactement ce que je voulais savoir.

– J'aurais dû le lui dire ?

Boston lève les yeux au ciel en soupirant.

– Tu es sortie pendant des mois avec le type qu'il a frappé pour t'avoir maté la poitrine d'un peu trop près.

Je me tourne si vite vers lui qu'un peu de vin blanc éclabousse ma main.

– Pardon ? Tu plaisantes ?

– Bien sûr que non. Tu n'avais jamais remarqué ?

Je ricane.

– Est-ce que je remarque que le ciel est bleu ? Ce n'est pas comme s'il était subtil, à l'époque. Pas beaucoup plus maintenant, d'ailleurs. Je n'ai juste jamais su pourquoi Jay l'avait frappé.

– S'il ne l'avait pas fait, je m'en serais chargé. C'était un porc, au lycée. Heureusement qu'il a changé.

Je pousse un soupir.

– Il a changé, mais s'il pouvait éviter de chercher la merde avec Jericho, ça m'arrangerait quand même.

Boston passe un bras autour de mes épaules avant de m'embrasser sur le dessus de la tête.

– Ce sont de grands garçons. Ça va bien se passer. Mais pour répondre à ta question de tout à l'heure : oui, tu aurais dû le lui dire.

Je me renfrogne et croise les bras sur ma poitrine.

– J'ai préféré penser que je ne lui devais rien. Vu qu'il est parti et tout ça…

Boston me dévisage, les sourcils froncés.

– Vraiment ? Tu vas jouer longtemps à ce jeu-là ? Il souffrait. Il a pris une décision à la con, mais la douleur nous fait tous faire des trucs débiles.

C'est à mon tour de le dévisager. Faire des trucs débiles quand on a mal, j'en sais quelque chose. Ce n'est pas le hasard qui m'a fait sortir avec Aleck, je savais pertinemment qu'un jour ça blesserait Jericho. Finalement, je ne suis pas plus mature qu'eux. Je crois que Boston a raison. Il serait temps de grandir et de passer à autre chose. D'accepter le passé et de le laisser où il est.

23

Jericho

Alors qu'on rit tous à une connerie de Boston, je m'adosse confortablement dans mon fauteuil. Ça me fait vraiment mal de le reconnaître, mais Aleck est plutôt sympa. Salem avait raison. Ce n'est plus le connard qu'on a connu au lycée. Même si je suis obligé de faire la sourde oreille quand il fait allusion à son histoire avec Salem. D'ailleurs, après la troisième fois, Boston lui met un coup derrière la tête.

– Ça va, on a compris ! s'agace-t-il. Est-ce que je dois te rappeler qu'elle t'a largué sans un regard en arrière ?

Aleck se rembrunit en se frottant l'arrière du crâne. Je ne peux pas m'empêcher de sourire un peu face à cette scène. J'avais envie de faire la même chose au moment où il a posé ses mains sur ses hanches. Il faut que je me souvienne de remercier Boston. Une partie de moi comprend aussi ses motivations. Il ne voit en moi que le type qui s'est servi de ses poings pour qu'il arrête de mater une fille qu'il a fini par abandonner. Ses gestes et ses allusions lui servent à se venger et à me rappeler que je ne vaux pas forcément mieux que lui. Je ne peux pas lui en vouloir.

La conversation reprend de plus belle et je passe vraiment un bon moment, surtout depuis qu'Aleck a arrêté de dire des conneries. Ça fait longtemps que je n'ai pas passé une aussi bonne soirée et ça fait du bien.

La seule ombre au tableau : Salem manque à l'appel de notre petit groupe, et je ne sais pas si c'est moi qu'elle évite ou Aleck. Je ne suis pas sûr d'avoir envie de le savoir. Je ne peux pas m'empêcher de jeter des coups d'œil en direction de la cuisine et de l'escalier qui mène aux chambres. Je ne sais pas où elle est, mais je sais que je dois la laisser en paix.

Boston intercepte mon regard et il fronce à son tour les sourcils. Je le vois alors se lever pour remplir un verre de vin blanc et se diriger ensuite vers la cuisine, sans doute à la recherche de sa sœur.

– Alors ? lance Nick quand Boston n'est plus en vue. Il paraît que tu vas nous rejoindre ?

Je hoche doucement la tête. Je sais que Boston est content que je vienne bosser avec lui, mais je n'ai aucune idée de ce que les autres en pensent.

– Il paraît. Enfin, si je valide mes certifications mercredi, évidemment.

– Croisons les doigts, répond Nick avec un grand sourire.

J'ai du mal à camoufler mon soulagement. Nick a passé la trentaine, et j'ai très vite compris que son expérience exerçait une grande influence sur les autres pompiers de la caserne.

– Franchement, il n'y a pas de raison que tu foires ces exams, intervient Aleck. Un feu est un feu, que ça soit en Irlande ou ici, non ?

Voilà. C'est ce que je voulais dire par « sympa ». Je ne peux vraiment pas le détester comme je l'aurais voulu…

– Oui, c'est sûr. Ce qui m'inquiète, ce sont surtout les deux ans pendant lesquels je n'ai pas exercé ce métier.

– Boston nous a dit que tu avais eu affaire à des feux de dingue au ranch de ton oncle. C'est vrai ? Ils n'ont pas de Hotshots, là-bas ? questionne Nick.

– Ce n'est pas organisé comme ici. Le pays est si vaste, avec très peu d'habitants par endroits. Les ranchs peuvent être très reculés. Quand un feu se déclare en pleine saison sèche, on ne peut pas se permettre de les attendre, au risque de perdre une partie du bétail et des installations. Je dois reconnaître que ça devient vite impressionnant.

Nick hoche la tête et lève sa bouteille de bière dans ma direction.

– Je pressens que tu ferais un excellent Hotshot. Tu y as déjà songé ?

Je secoue la tête, sincère.

– C'était un rêve que je partageais avec Boston, mais cela fait des années que je n'y ai plus pensé. Vous en faites partie ?

Nick acquiesce.

– Nope, avoue Aleck. Ça fait peut-être un peu poule mouillée, mais je pense que ce sont des dingues, dans cette équipe.

Nous éclatons tous les trois de rire et c'est le moment que Salem et Boston choisissent pour revenir avec des nachos et un immense plateau faisant office de bar à tacos, avec tous les assortiments nécessaires.

Salem me jette un coup d'œil. La surprise est évidente sur son visage en voyant qu'Aleck et moi n'en sommes pas venus aux mains. Je lui offre un sourire rassurant avant de me retrouver avec un verre à shooter dans la main.

J'en renifle le contenu et grimace.

– Fais pas cette tête ! me gronde gentiment Boston. J'enterre ma vie de garçon. Tu vas boire ce shot.

Je ne suis pas un grand buveur et il le sait. La bière et le vin, ça passe en petite quantité, mais la vodka… *Beurk.*

Ayant sans doute pitié de moi, Salem me tend un verre de coca pour que je puisse chasser le goût de l'alcool fort. Nick se lève, son verre à la main et nous l'imitons tous.

– Mon pote, commence-t-il en s'adressant à Boston, si quelqu'un mérite une vie pleine d'amour et de réussite, c'est bien toi ! Santé !

– Santé ! répétons-nous tous en chœur.

J'avale l'alcool d'un trait et je dois vraiment me concentrer pour ne pas tout recracher. Je bois directement deux gorgées de coca et pousse un soupir de soulagement quand la brûlure s'atténue sur ma langue et dans ma gorge.

Nous mangeons ensuite de bon cœur. Les trois autres mecs boivent encore quelques shots, mais je m'abstiens cette fois. Le repas terminé, nous descendons au sous-sol où nous jouons pendant plusieurs heures au billard et aux fléchettes. Nous nous retrouvons finalement tous assis dans l'immense canapé. Boston tient absolument à nous faire visionner un film que personne d'autre que lui ici – et à mon avis, pas seulement ici – n'a vu.

Le générique de début est encore en train de défiler quand un léger ronflement retentit dans la pièce. D'un même mouvement, nous nous retournons tous vers Boston et éclatons de rire en le trouvant endormi.

– Je crois qu'il est temps que le futur marié aille au lit, propose Nick.

Il se lève et entreprend de mettre Boston debout.

– Attends, je vais t'aider ! m'exclamé-je.

À deux, nous parvenons à le remettre sur ses pieds et passons chacun de ses bras sur nos épaules respectives. À moitié endormi, il arrive quand même à nous aider un peu en posant les pieds au sol, mais ses mouvements ne sont pas très coordonnés.

– Je peux marfer ! s'insurge-t-il.

Nick et moi ricanons.

– Bien sûr, mon pote, acquiescé-je. On va t'aider à « marfer » quand même, OK ?

– OK.

Nous montons le premier escalier pour regagner le rez-de-chaussée, puis le second jusqu'aux chambres en soufflant un peu. Il faut dire que Boston n'est pas petit et qu'il pèse son poids.

Une fois dans sa chambre, nous l'aidons à s'allonger et je lui enlève ses chaussures. Je ne pense pas qu'il se relèvera pour se déshabiller une fois que nous serons partis, mais au moins, il ne passera pas la nuit sur le canapé.

Nous sortons après avoir éteint la lumière et je ferme doucement la porte. Aleck atteint le haut des marches à ce moment-là.

– Bonne nuit ! nous lance-t-il en passant devant nous.

– Bonne nuit, réponds-je en m'adressant aussi bien à lui qu'à Nick, qui me salue à son tour.

Je me dirige vers ma chambre quand j'entends du bruit dans la cuisine. Je redescends alors quelques marches jusqu'à ce que j'aperçoive Salem en train de finir de mettre de l'ordre.

– Tu as besoin d'un coup de main ? demandé-je.

Elle se retourne pour me regarder et secoue la tête.

– Non, j'ai fini.

– OK. Alors, bonne nuit. À demain.

J'ai un million de questions, mais je refuse de lui faire subir un interrogatoire alors qu'elle ne me doit rien. Je l'ai abandonnée, je n'ai pas mon mot à dire sur la façon dont elle a vécu sa vie pendant que je n'étais pas là.

– À demain, répond-elle.

Je reprends la direction de l'étage.

– Jericho ?

Je tourne la tête. Elle n'a pas bougé et me regarde d'un air incertain.

– Hum ?

Elle ouvre la bouche, puis la referme avant de l'ouvrir à nouveau.

– Non rien. Bonne nuit.

Je fronce les sourcils, mais n'insiste pas et regagne ma chambre.

Une fois couché, je tourne un long moment sans trouver le sommeil. Je n'arrête pas de me demander si j'aurais dû dire quelque chose tout à l'heure quand elle était dans la cuisine. J'hésite même un moment à me relever, mais je ne veux pas non plus forcer une conversation qu'elle n'a pas envie d'avoir. Alors, épuisé par l'heure tardive, je finis par m'endormir.

Je suis réveillé par un bruit. C'est encore le milieu de la nuit à en juger par l'obscurité toujours totale dehors. Je tends l'oreille, persuadé d'avoir entendu la porte de ma chambre se refermer.

– Tu dors ? chuchote une voix féminine.

Je me redresse dans mon lit, aperçois une silhouette à deux pas de mon lit.

– Salem ?

– Désolée. Je n'arrive pas du tout à dormir.

Je me frotte le visage pour essayer de me réveiller pour de bon.

– Un souci ? demandé-je.

– Non. Je voulais juste te parler… mais ça peut attendre. Je n'aurais pas dû te réveiller.

Elle commence à rebrousser chemin en direction de la porte.

– Attends ! lancé-je. Reste. On peut parler si tu veux.

Je me penche pour allumer la petite lampe sur la table de chevet qui jette un doux halo de lumière dans la pièce. Salem est noyée dans un immense sweat-shirt du sanctuaire, qui lui arrive aux cuisses et dévoile ses jambes nues. Je relève rapidement la tête avant qu'elle se rende compte que mon regard s'attarde un peu trop sur elle.

– Tu es sûr ? insiste-t-elle.

Je hoche la tête et lui désigne mon lit. Elle ne se fait plus prier et avance jusqu'à moi sur la pointe des pieds. Elle se laisse tomber au bout du matelas avant de s'installer en tailleur face à moi. Je m'adosse confortablement contre la tête de lit et remercie je ne sais quels dieux de m'avoir poussé à ne pas dormir nu pour une fois. Ça aurait été gênant.

Salem reste silencieuse un long moment, évitant par tous les moyens mon regard. Son malaise me fait sourire, ce n'est pas du tout le genre de Sal d'être gênée.

– Tu voulais parler ? l'encouragé-je.

Je la vois déglutir avant de prendre une grande inspiration.

– J'aurais dû te le dire. Te prévenir.

Je sais de quoi elle parle. De qui elle parle. Même si je sais qu'il n'a pas été le seul, Jones est celui qui me fout vraiment un coup à l'estomac. C'est personnel, et nous le savons tous les deux.

– Pour Aleck ? demandé-je quand même.

Elle acquiesce, et les larmes que je vois briller au coin de ses yeux me nouent la gorge. Je hausse les épaules, avec une nonchalance que je suis loin de ressentir.

– Je suis parti, Sally. Je suis parti sans rien te dire, sans te faire de promesse, alors qu'il y avait l'espoir de quelque chose entre nous. Tu as continué à vivre ta vie, comment pourrais-je t'en vouloir ?

Elle lève la tête au plafond, se mord les lèvres. Je ne dis rien. J'attends qu'elle soit prête à me parler.

– Je ne dis pas que tu devrais m'en vouloir, reprend-elle enfin. Mais le premier mec que j'ai choisi, c'est celui que tu n'avais jamais pu supporter… Ce choix n'était ni anodin ni le fruit du hasard.

– Je sais, Sal.

Et c'est vrai. Je sais tout ça. Mais Salem souffrait par ma faute et elle a choisi Aleck, ce type qui n'aurait pas pu être plus à l'opposé de moi. Elle a cherché à me blesser comme je l'avais fait souffrir, et je comprends ça bien mieux qu'elle ne l'imagine. Tout ce qui compte pour moi, c'est que j'aie fini par revenir, et qu'elle soit là ce soir à me parler. Comme avant.

24

Salem

Au moment où j'ouvre les yeux, je m'attends à voir la porte de la salle de bains attenante à ma chambre. Mais ce n'est pas le cas. Devant moi, une fenêtre. Une incohérence qui me trouble, car, d'après la disposition de mon lit, cela ne devrait pas être possible.

Ce n'est pas ta chambre.

Cette pensée me frappe à l'instant où je perçois le corps masculin plaqué contre mon dos, le bras passé autour de ma taille.

Jericho.

Immédiatement, je me rappelle être venue dans sa chambre pour parler. Je n'arrivais pas à dormir, perturbée qu'il ne m'ait fait aucun reproche alors que je ne lui avais rien dit au sujet d'Aleck. Boston avait raison hier. Je ne peux pas me servir de l'excuse des cinq ans d'absence de Jay indéfiniment.

Quand il m'a avoué avoir compris que je n'avais pas choisi Aleck par hasard, ça m'a surprise. J'avais oublié à quel point Jericho pouvait être perspicace. On a continué de parler un peu d'Aleck, mais on est vite passés à autre chose. Je crois que ni l'un ni l'autre n'avait envie de ressasser le passé, qui est déjà suffisamment remonté à la surface ces derniers jours. De mon côté, je craignais surtout qu'il commence à me parler de ses propres conquêtes. Et je crois que ça aurait été au-dessus de mes forces.

Épuisée par mes confessions et l'heure tardive, je me souviens avoir fini par m'allonger. Ce que je ne me rappelle pas en revanche, c'est de m'être glissée sous les couvertures avec lui. On a dû s'endormir tous les deux, c'est évident, et mon subconscient m'a apparemment poussée à m'installer confortablement durant la nuit.

Ma gorge se serre lorsque je me rends compte que nous sommes exactement dans la même position que lors de la dernière nuit que nous avons passée ensemble. Je trouve que le destin a une drôle de façon de me faire comprendre que la boucle est bouclée.

Je respire profondément, profite de la sensation de l'avoir contre moi comme ça. Je sais que je dois bouger, que je dois me lever avant qu'il ne se réveille et que ça ne devienne franchement embarrassant. Toutefois, c'est de Jericho qu'il s'agit. Est-ce que ça serait si gênant que ça ?

Non.

Son bras se crispe autour de ma taille. *Trop tard.* Il vient de se rendre compte que je suis toujours dans son lit. Que nous avons passé toute la nuit enlacés dans les bras l'un de l'autre.

Il se décale légèrement, et je ne peux pas m'empêcher de sourire. J'ai envie de lui dire que c'est mignon de sa part de jouer au gentleman comme ça, mais que c'est un peu tard. Son corps s'est réveillé bien avant son esprit, ça fait déjà quelques minutes que j'ai senti son érection contre le bas de mon dos. Je me tais parce que, si je dis quelque chose, c'est lui qui sera mortifié. Peut-être même qu'il se lèvera précipitamment, et je n'ai pas envie de faire éclater notre bulle.

Je ne bouge donc toujours pas et je me demande si c'est par peur de le regarder dans les yeux, ou parce que je me sens trop bien dans l'étreinte de ses bras. Les deux, sûrement.

C'est un moment hors du temps et je n'ai pas envie de retourner à la réalité. C'est comme si Jericho n'avait jamais pris l'avion pour l'Irlande, et que je n'avais pas passé les cinq dernières années à alimenter ma colère à son encontre.

Je retiens de justesse un gémissement de bien-être quand il enfouit son nez dans mes cheveux. Son bras étant toujours passé par-dessus ma taille, j'en profite pour entrelacer mes doigts aux siens. De mon autre main, je trace les traits géométriques qui forment le tatouage de loup à l'intérieur de son avant-bras. C'est la première fois que je le remarque. Il sait pertinemment que le loup est mon animal totem et celui de ma famille depuis toujours. Ce tatouage ne peut pas être une coïncidence, si ?

Je continue mes caresses, déclenchant des frissons sur sa peau, jusqu'à ce que je ne puisse plus retenir ma question.

– Tu l'as depuis quand ?

Ma voix est un peu rauque de n'avoir pas parlé pendant plusieurs heures.

Ses doigts se resserrent autour des miens avant qu'il ne réponde.

– Cinq ans. Tu me manquais tellement, Sal… C'était la seule manière de t'avoir tout le temps avec moi.

Mes yeux me piquent, mais je ne veux plus pleurer. J'ai versé tellement de larmes quand il est parti. Aujourd'hui, il est là, avec moi, et je sais que ma colère et ma tristesse ne servent plus à rien.

– Tu aurais pu rentrer, remarqué-je d'une voix douce.

Il enfouit un peu plus son visage dans mes cheveux. J'ai envie qu'on fasse ça tous les jours. L'image est si claire dans mon esprit… Mais je sais que je ne dois pas trop espérer. Nous ne sommes plus ceux que nous étions il y a cinq ans.

– J'avais peur, finit-il par avouer.

– Peur de quoi ?

Il prend une grande inspiration avant de redresser légèrement la tête. Sa bouche se trouve juste à côté de mon oreille. Des frissons dévalent le long de ma colonne vertébrale.

– J'étais terrorisé à l'idée de te perdre et de ne jamais pouvoir me relever.

Un nœud se resserre dans ma gorge en percevant la fragilité de sa voix. Un jour, je lui ai promis d'être toujours là pour lui, quoi qu'il advienne, mais je sais que ce n'est pas de cela qu'il parle lorsqu'il évoque la peur de me perdre. La mort d'Erin a sans doute laissé une cicatrice indélébile, altérant à jamais sa façon d'aimer et de s'attacher aux autres.

Pourtant, je garde le silence, dissimulant le fait que je partage cette même angoisse. Depuis qu'ils ont rejoint les jeunes pompiers volontaires avec Boston, l'éventualité de le voir un jour disparaître hante mes pensées. C'est une ombre insidieuse dont je ne parviens pas à me défaire. Comme s'il avait lu en moi, Jericho essaie de réorienter la conversation en soulevant mon poignet avec nos mains entrelacées. Il désigne mon tatouage du pouce.

– Qu'est-ce que ça signifie ? questionne-t-il.

Je déglutis difficilement. Sans le savoir, il n'a pas vraiment changé de sujet.

– Ce sont des lettres qui s'entremêlent. Celles des mots « *Nothing Lasts Forever* ».

Rien n'est éternel.

Le silence de Jericho est assourdissant. J'écoute sa respiration, profitant encore un peu de sentir sa cage thoracique qui se soulève et s'abaisse dans mon dos. Je ne lui dis pas que j'ai moi aussi fait ce tatouage il y a cinq ans.

Le silence s'étire un moment, pesant, jusqu'à ce qu'il vole en éclats sous des coups précipités frappés contre la porte. Le bruit résonne violemment, nous arrachant à nos pensées et nous faisant sursauter de concert.

– Jay ! Bouge ton joli p'tit cul ! Les poissons nous attendent !

Je pouffe, même si l'intervention de mon frère est venue briser ces instants pendant lesquels nous étions enfin *nous* pour la première fois depuis cinq ans.

– Comment est-ce qu'il peut être autant en forme après sa cuite d'hier soir ? demandé-je en chuchotant.

– Aucune idée, répond Jericho sur le même ton avant de crier en direction de la porte. J'arrive dans une minute !

– Tu n'as pas vu ma sœur ? questionne à nouveau ce dernier. Elle n'est ni dans sa chambre ni dans la cuisine.

Toujours dans l'étreinte de Jericho, je me retourne pour lui faire face et secoue la tête. Je ne dois rien à Boston, mais je n'ai quand même pas envie qu'il me trouve dans le lit de son témoin. Notre amitié est tout juste en train de renaître de ses cendres, je crois que je veux juste garder ça pour moi – pour nous – un peu plus longtemps.

– Comment j'aurais pu voir ta sœur ? crie alors Jericho en réponse à la question de Boston. Je suis encore au lit.

Boston grommelle un truc depuis le couloir qui ressemble fortement à un « ça ne serait pas la première fois » que nous choisissons tous les deux d'ignorer soigneusement.

Alors, sans un mot, je décide enfin de m'écarter de Jericho et de me lever. La colère qui m'a habitée depuis que j'ai reçu son premier e-mail s'est apaisée ce matin. Je prends conscience que cela fait longtemps que je ne me suis pas sentie aussi légère. Je ne veux toutefois rien promettre, ni à lui ni à moi-même. Tout ce que je veux pour le moment, c'est retrouver mon meilleur ami. Celui avec qui on s'est un jour promis « à la vie, à la mort » et qui m'a beaucoup trop manqué ces cinq dernières années.

25

Jericho

Quand la porte se referme sur Salem dans un bruit sourd, je pose mon avant-bras sur mes yeux et pousse un profond soupir. Je n'ai pas besoin d'enfouir mon nez dans mes draps pour savoir que Sal y a laissé des effluves de son parfum. Cette fragrance subtile d'agrume est l'unique preuve que sa présence dans mon lit ce matin n'était pas seulement un doux rêve. Me réveiller enlaçant son corps est une scène que j'ai mille fois imaginée durant ces cinq années d'absence. Mais la réalité surpasse tout ce dont j'avais pu rêver. Pourtant, elle n'en demeure pas moins un rappel cuisant de tout ce que j'ai perdu en choisissant de fuir loin d'elle.

Comme je ne peux pas changer le passé, je me décide enfin à me lever. Je file dans la salle de bains avant que Boston ne débarque à nouveau.

Hier soir, entre deux parties de billard, nous avons convenu d'aller pêcher aujourd'hui. C'était plutôt une idée de Boston d'ailleurs, et je ne pensais pas que, avec son état d'ébriété, il s'en souviendrait. Ni qu'il serait debout aussi tôt.

Je prends une douche rapide, enfile mes vêtements, puis descends vers la cuisine où Sal sirote son café. Je marque une pause au sommet des marches. Lorsqu'elle a quitté ma chambre tout à l'heure, une crainte persistait : celle que les choses deviennent étranges entre nous après ce moment plus intime que tout ce que nous avions partagé jusqu'ici. Mais en la voyant plongée dans ses pensées, je prends conscience que ce ne sera pas le cas. Certes, les cinq dernières années ne se sont pas envolées en un instant, mais je sens qu'aujourd'hui, nous avons amorcé la réparation de cette amitié que j'ai brisée sans le vouloir. Retrouver ce que nous partagions avant serait déjà énorme et bien plus que je ne l'espérais en rentrant en Oregon la semaine dernière.

Elle se retourne en m'entendant descendre l'escalier en trottinant. Le sourire qu'elle me lance manque de me faire trébucher. Ce sourire qui n'est adressé qu'à moi et qui m'avait tellement manqué.

– Tu veux manger quelque chose ? demande-t-elle.

Je regarde les œufs et le bacon sortis derrière elle et tergiverse un moment avant de me retourner vers le balcon qui donne sur le petit lac en contrebas. Boston, Nick et Aleck sont déjà sur le ponton avec leur équipement. Alors à contrecœur, je secoue la tête.

– Non, je pense que, si je traîne trop, ton frangin va venir me chercher par la peau des fesses.

Salem éclate de rire.

– Franchement, je suis à deux doigts de te séquestrer ici juste pour voir ça. Mais d'un autre côté, j'ai pitié de toi. Je ne sais pas avec quoi il a mélangé sa bière hier, mais il est beaucoup trop en forme et bruyant pour un type qui n'était pas capable d'aller se coucher sans qu'on le porte jusqu'à son lit.

– Avec de la vodka, rétorqué-je en riant à mon tour.

Franchement, ça ne m'étonne pas de Boston. Sal délaisse alors sa tasse pour sortir un gobelet isotherme d'un placard.

Elle le remplit de café et y ajoute un nuage de lait avant de me le tendre.

– Pour supporter mon frangin, précise-t-elle.

– Merci, ricané-je. Tu vas venir pêcher aussi ?

Elle boit une gorgée de son café, ses yeux verts brillant de malice.

– Si, par « pêcher », tu veux dire « venir me moquer de vous alors que vous n'attrapez rien », alors oui. Compte sur moi.

Je hausse les épaules et me dirige vers la porte d'entrée, mon café à la main.

– J'aurais bien envie de relever le challenge, mais la pêche, ça a toujours été plus le truc de ton frère. Dépêche-toi, qu'on puisse se moquer tous les deux.

Il s'avère finalement que Boston n'a plus la même notion de la pêche que quand on était adolescents. Visiblement, sa conception du hobby a évolué : désormais, il consiste à s'installer dans une chaise de plage, à fixer nos cannes à pêche et à siroter des bières.

À la grande déception de Sal, qui n'a pas vraiment pu se foutre de nous comme elle l'avait prévu. Elle est repartie il y a quelques minutes pour aider Nick à préparer des sandwichs.

– Alors, l'Irlandais ? Prêt pour mercredi ?

La boule de stress que j'avais réussi à oublier depuis hier fait sa réapparition dans mon estomac.

– Autant que je peux l'être, j'imagine. Ce n'est pas que j'ai peur d'avoir oublié des trucs, mais je me demande si je serai assez rapide pour valider ma certification.

Boston laisse tomber sa tête en arrière en regardant le ciel et en poussant un énorme soupir.

– Je n'aime pas trop m'en souvenir, mais quand on était chez les jeunes pompiers volontaires, tu as toujours battu mes chronos, et quelques records aussi, si je me souviens bien.

Je me frotte la nuque, un peu gêné. Ça me touche qu'il essaie de me rassurer.

– On verra bien. En tout cas, l'avantage du ranch, c'est que je n'ai pas perdu en condition physique.

– J'ai remarqué, répond-il en ricanant. Au moins, tu ne seras pas déstabilisé par le programme d'entraînement des Hotshots.

Je ris doucement sans rien répondre. Je sais que ça a toujours été notre rêve d'intégrer une équipe au moment de la saison des feux, mais je ne sais pas si c'est toujours ce que je veux. J'ai vu des feux ravager des hectares de brousses en quelques minutes en Australie. Bien sûr, la nature ici est différente, mais je me rends mieux compte désormais de ce qui m'attend. Je crois que, pour le moment, je préfère prendre mon temps pour faire les choses. Un jour à la fois, sans faire de plans sur la comète. Je suis là depuis à peine une semaine.

– En tout cas, essaie de passer une bonne nuit de sommeil la veille de ton exam, reprend Boston en me faisant un clin d'œil, alors qu'il me tend une nouvelle bière.

Je fronce les sourcils, sans savoir d'où sort sa brusque inquiétude pour mon sommeil.

– Pourquoi ? questionné-je, suspicieux.

Il boit une gorgée de sa bouteille, un petit sourire en coin qui ne me dit rien qui vaille.

– Je ne sais pas… Je me dis que, si ma sœur vient te rendre visite toutes les nuits, tu risques d'être fatigué.

Il éclate de rire, fier de sa connerie. Je prends une poignée de glaçons dans la glacière et la lui jette dessus. Je tente ensuite de jouer les innocents.

– Je ne vois pas du tout de quoi tu veux parler.

Il me jette des cubes de glace à son tour, que j'évite en me penchant.

– Je l'ai surprise en train de quitter ta chambre, alors que j'allais sortir de la salle de bains. Elle ne m'a pas vu.

Mon visage me chauffe et j'évite son regard insistant.

– On a juste parlé et on a fini par s'endormir, expliqué-je.

Il lève les mains devant lui.

– Hé mec, tu ne me dois aucune explication, OK.

– Si, répliqué-je abruptement.

Je suis sincère et je sais qu'il le lit dans mon regard qui croise le sien pendant quelques secondes. Même si je ne comprends pas moi-même mon besoin de me justifier auprès de lui.

– Tu sais que ce qui se passe entre vous ne me pose pas de souci, hein ?

Je détourne à nouveau mon regard et observe le lac qui brille sous le soleil de ce début novembre.

– Je le sais. Mais c'est quand même bon de l'entendre, finis-je par répondre.

– Je veux juste que vous arrêtiez de vous faire mutuellement du mal, ajoute-t-il calmement.

Je hoche la tête en buvant une gorgée.

C'est le but. Je ne veux plus faire souffrir Sal et je veux arrêter de me torturer par la même occasion. Ne plus perdre une minute de plus que les cinq années qui se sont déjà écoulées. Je crois plus en moi maintenant que quand j'avais dix-huit ans. Une seule question subsiste : est-ce que Salem va me laisser lui prouver qu'entre nous il peut y avoir quelque chose de plus que cette amitié qui nous unit déjà ?

26

Jericho

Quand je monte dans mon SUV pour me rendre à mon examen, Salem travaille dans un des enclos. Probablement celui des loups. Je sais qu'elle ne m'en voudra pas de partir sans la prévenir, elle m'a déjà souhaité bonne chance quand on a bu un café tous les deux sous le porche dans l'air frais du matin. C'est une habitude que j'ai commencé à prendre avec elle depuis que nous sommes rentrés du chalet, et que j'apprécie bien plus que je ne l'aurais cru.

Le trajet jusqu'à l'académie n'est pas très long. Roseborough est une petite ville, et il est probable que je sois le seul inscrit aujourd'hui. Alors que je me présente à l'accueil, une figure connue passe la porte du bureau juste à côté.

– McKenna ! Quand Clark m'a appelé l'autre jour, j'ai cru qu'il se foutait de moi !

Je secoue vigoureusement la main de l'homme qui nous a tout appris quand Boston et moi avions seize ans.

– Capitaine Rodgers ! J'ai bien peur qu'il ne se soit pas moqué de vous, non.

– Content de voir que tu as retrouvé tes esprits et que tu es de retour au bercail, gamin. J'espère que tu me feras pas honte en tout cas.

J'essaie de ne pas trop ressasser ses paroles. Je suis bien décidé à donner mon maximum, comme je l'ai toujours fait dans ce métier.

Rodgers me désigne le couloir à côté du secrétariat.

– Je vais prévenir Doc que tu es là. Tu as ton examen physique à passer avant la pratique.

Une fois introduit dans le bureau du médecin de l'académie, l'homme que le capitaine m'a présenté comme Doc m'examine avec efficacité. Il confirme que je suis en pleine forme et remet ses conclusions au capitaine qui me guide ensuite jusqu'aux vestiaires déserts.

– Ton équipement et ton uniforme sont là, m'informe-t-il en désignant un banc dans la pièce. Je t'attends dehors dans cinq minutes et je t'expliquerai ensuite le parcours du test.

Je le retrouve à l'endroit prévu à peine quatre minutes plus tard. Il regarde sa montre en hochant la tête.

Super, Jericho. Tu n'as pas perdu la main pour t'équiper. Cool.

Le capitaine entreprend alors de me détailler le parcours. Plusieurs instructeurs de l'académie se tiennent à des points clés pour valider toutes les étapes et vérifier les chronos. Le but est de s'assurer que le candidat est apte à réaliser plusieurs tâches. Ce sont des gestes que j'ai déjà effectués des centaines de fois. Ce test d'agilité physique, je l'ai déjà réussi avec brio quand j'avais seize ans.

Ça ne m'empêche pas d'être concentré. Je ne peux pas me permettre de me montrer arrogant aujourd'hui. Je prends une grande inspiration en attendant le top départ du capitaine. Quand il me le donne, j'effectue des gestes que j'ai l'impression d'avoir faits hier. Je ne sais pas pourquoi je craignais d'oublier. Je sais que j'ai ça dans le sang.

Les deux premiers tests consistent à dérouler des tuyaux, le premier est sec, tandis que le second est plein. Je passe ensuite à l'échelle, que je dois déplier à l'aide d'une corde sous l'œil attentif de l'un des instructeurs. Le test suivant consiste à grimper une autre échelle sur une pente inclinée avec une tronçonneuse dans une main. Je n'ai aucune idée du nombre de secondes qui s'égrènent. Mes chronos sont peut-être terribles, mais je ne m'en préoccupe pas pour le moment.

L'étape suivante veut que je rampe dans un conduit qui imite des combles avec une lampe torche. Puis on me demande de prouver que je suis capable de ventiler un toit, d'extraire une victime d'une zone de danger, de porter une échelle jusqu'à un point donné.

Vient enfin la dernière étape, la plus difficile. Celle pendant laquelle je dois grimper avec un tuyau les cinq étages d'un immeuble en feu – enfumé pour les besoins de l'exercice – et redescendre avec le mannequin qui tient lieu de victime. Quand j'arrive en bas, je mets ma « victime » en sécurité et rejoins le capitaine pour valider la fin de l'étape et de mon test. Il appuie sur son chronomètre sans le regarder. Les trois autres instructeurs sont à côté de lui, chacun arborant un petit sourire en coin que je ne sais pas déchiffrer. Le capitaine Rodgers, quant à lui, ne laisse entrevoir aucune émotion. J'attends patiemment, la boule au ventre.

– Eh bien, McKenna. Si on m'avait dit que tu battrais une fois de plus les records de l'académie après avoir tiré au flanc pendant deux ans en Australie… je ne l'aurais pas cru.

Je peine à enregistrer ses mots. Même sa pique, pourtant bien placée, ne m'atteint pas.

J'ai réussi ?

Le capitaine me tend la main.

– Félicitations, jeune homme. Tu es à nouveau un pompier.

Je lui serre la main avec vigueur, à court de mots.

– Merci, Capitaine. Je suis allé à bonne école, vous savez.

– En Irlande ?

Je secoue la tête en souriant.

– Non. Ici, avec vous.

Il me donne un grand coup sur l'épaule, imité par les instructeurs. Je finis par regagner les vestiaires, sur un petit nuage.

Après un mot du capitaine qui m'assure qu'il va contacter Clark, qui me donnera mon planning, je sors de l'académie plus léger que je ne l'ai été depuis des années. J'ai la sensation que les choses rentrent enfin dans l'ordre, que cette parenthèse de cinq ans n'a jamais eu lieu.

Je grimpe dans mon SUV et attrape mon portable que j'avais laissé à l'intérieur. Le premier que j'ai envie de prévenir, c'est Boston. Je sais que Salem attend sans doute des nouvelles, mais je le lui annoncerai en arrivant chez elle.

J'espère que tu es prêt à me supporter
pendant de longues heures de garde…

J'appuie sur « envoyer » et démarre le moteur avant de prendre la direction de la grande maison victorienne que j'ai très vite appris à apprécier.

Sal m'attend sur le porche. Je ne sais pas si c'est un hasard et qu'elle ne fait qu'une pause dans sa journée bien chargée ou si elle m'attendait. Voir ses grands yeux verts s'illuminer lorsque je descends de ma voiture me serre le cœur, comme un coup direct à l'estomac. Encore une fois, je prends conscience de tout ce que j'ai manqué.

Je m'arrête en bas des marches où elle est assise. Son regard s'enfonce dans le mien, comme si elle tentait de déchiffrer si j'ai réussi ou non. Elle fronce les sourcils en voyant que je ne réponds pas. Elle ignore que cette impatience qu'elle montre, ce désir de savoir, ravive en moi un espoir. Un espoir bien trop grand. Un espoir qui, à force, devient risqué.

– Alors ? finit-elle par demander, un léger ton de frustration dans la voix.

Je lui souris.

– Alors, j'aurais dû penser à m'arrêter acheter du champagne avant de revenir.

Ses yeux s'écarquillent et, sans attendre qu'elle réponde, je grimpe l'escalier pour me laisser tomber à côté d'elle.

– Tu as réussi ?

Je hoche la tête, les joues un peu rouges pour une raison que j'ignore.

Je n'ai pas le temps d'ajouter un mot que ses bras s'enroulent autour de mon cou. Elle pose la tête sur mon épaule, alors qu'elle m'enlace. Instinctivement, je l'étreins en retour, mes mains se rejoignant au bas de son dos.

– Je suis tellement fière de toi.

Ses quelques mots me mettent les larmes aux yeux. Je ne veux pas qu'elle me voie pleurer.

– Merci, murmuré-je contre ses cheveux. Tu n'es plus en colère ?

Je n'ai pas pu m'empêcher de poser la question. Et même si je crains un peu sa réponse, j'ai envie de savoir si je suis le seul à avoir l'impression que les choses sont presque redevenues comme avant.

Elle se recule. Ses joues ont pris la même teinte que les miennes, et ça la rend encore plus jolie qu'elle ne l'est déjà.

– J'aimerais parfois t'en vouloir encore…

Mon estomac fait un soubresaut, mais je sais qu'elle n'a pas terminé.

– Mais c'est trop fatigant. Toutes les barrières que j'ai érigées étaient faciles à maintenir en place quand je pouvais ignorer tes e-mails. De t'avoir, là…

Elle secoue la tête, comme si c'était trop dur pour elle d'exprimer le fond de sa pensée. Et en même temps, je crois que je comprends un peu ce qu'elle veut dire. Même si je n'ai cessé de penser à elle après mon départ, c'était plus simple de continuer à vivre ma vie quand elle n'était pas assise en face de moi tous les matins à la table du petit-déjeuner.

Peut-être que je devrais m'éloigner un peu. La laisser souffler. Nous laisser du temps. Ça me ferait du mal, mais c'est peut-être ce qu'il y a de mieux à faire. Sans réfléchir plus longtemps, je lance :

– Tu aurais un hôtel correct à me conseiller ? Je ne sais plus trop ce qui existe en ville…

Elle se retourne brusquement vers moi.

– Ou un Airbnb éventuellement, ça sera peut-être encore plus pratique, ajouté-je.

– Pour quoi faire ? demande-t-elle d'un ton qui laisse penser que je lui ai dit que j'allais aller vivre dans l'enclos des loups.

Je hausse les épaules avec une nonchalance feinte.

– Je t'avais promis que ça serait temporaire. Je pense que, maintenant que la convention est terminée et que je vais avoir un job, je devrais pouvoir trouver une chambre ou une location.

Je pourrais presque voir les rouages s'actionner dans son cerveau. Je n'ai pas envie de partir, mais je veux lui offrir une distance de sécurité si c'est ce qu'elle veut.

– C'est vrai. Mais c'était quand j'étais encore très en colère, explique-t-elle d'une petite voix. Ça ne me dérange vraiment pas que tu sois là en attendant de trouver quelque chose de plus définitif. Rien ne presse. J'ai de la place et en plus, tu vas rapidement passer plusieurs nuits de garde par semaine à la caserne.

Elle a raison, et je ne sais pas pourquoi cela me perturbe autant de me rendre compte que je ne pourrai plus la voir tous les matins. Pourtant, c'est aussi l'occasion de lui accorder l'espace que j'avais voulu lui laisser dès le départ.

– Tu es sûre ?

Elle hoche la tête.

– Certaine. Tu connais ton planning ?

– Pas encore, affirmé-je en sortant mon téléphone de ma poche.

Une notification m'annonce que Boston m'a répondu. J'ouvre le message en remarquant du coin de l'œil le regard curieux de Sal posé sur moi.

Boston : Évidemment que je vais te supporter ! Je n'aurais pas fait des pieds et des mains pour qu'on soit dans la même équipe, sinon.
Boston : Tu commences ce samedi. Tu seras en congé du samedi au lundi suivants pour le mariage.

Je secoue la tête, gêné, avant de taper rapidement une réponse.

Je ne veux pas de traitement de faveur
alors que je viens d'arriver.

Je regarde Salem en attendant sa réponse.

– Je commence samedi, apparemment, expliqué-je.

Elle hoche la tête et se frotte soudainement les bras, comme si elle frissonnait.

– Il va falloir que je m'habitue à stresser pour une personne de plus, commente-t-elle si bas que je ne l'aurais pas entendue si on n'était pas si près.

– Je faisais déjà ça en Irlande, tu sais ? Ce n'est pas comme si c'était mon premier job en tant que pompier. Sans parler des feux qui menaçaient le ranch de mon oncle pendant la saison sèche.

Elle se met debout avant de me tendre la main pour m'aider à me relever.

– Oh, je sais. Ce n'est pas parce qu'on ne se parlait plus que je ne m'inquiétais pas pour toi…

Ses mots me font l'effet d'une gifle, et je mets un moment à prendre conscience qu'elle est entrée dans la maison. Je ne mérite décidément pas cette fille, mais j'espère secrètement qu'elle ne s'en rendra jamais compte.

Mon téléphone vibre dans ma main alors que je suis sur le point de la suivre à l'intérieur.

Boston : Ne t'inquiète pas pour ça.
C'était convenu avant même que tu ne passes
ton entretien. Tu ne peux pas arriver
à mon mariage en uniforme, ça ferait désordre.
Boston : Je dois te faire faux bon pour
ce soir, Ruth veut nous emmener je ne
sais où et je dois dire que je commence à
avoir hâte qu'elle reparte.

Je ricane en pianotant sur le clavier.

Sois gentil, c'est ta future belle-mère.
Merci pour tout, mec.

Quand j'arrive dans la cuisine, Sal est en train de servir deux coupes de champagne.

– J'avais mis ça au frais ce matin, explique-t-elle.

Je m'approche et prends le verre qu'elle me tend.

– Tu savais que je réussirais ?

– Je n'avais pas l'ombre d'un doute.

Je ne suis pas sûr qu'elle en ait pleinement conscience, mais Salem est en train de me tendre une seconde chance sur un plateau en argent. Et cette fois, je vais tout faire pour ne pas la gâcher.

27

Salem

Rassasiée, je repose mon bol de soupe sur la petite table à l'extrémité du canapé. À l'autre bout de celui-ci, Jericho a déjà fait de même.

Quand je lui ai demandé s'il voulait aller fêter son nouveau job quelque part, il avait l'air tellement exténué que j'ai finalement sorti la soupe au poulet et aux vermicelles préparée dans la matinée. Ça m'arrive souvent de cuisiner mes repas à l'avance quand j'ai un temps creux dans la journée. Je n'ai eu qu'à la réchauffer, et le tour était joué.

– Merci pour le repas. C'était super bon.

Jay me sourit en détachant son regard du documentaire sur le paranormal que nous sommes en train de visionner.

– C'est vraiment de saison, commenté-je en remontant un peu plus haut la couverture posée sur mes jambes.

Il rit gentiment. De son côté, c'est Medford, à moitié couché sur ses genoux, qui lui sert de plaid.

– J'avais oublié à quel point le temps n'était pas agréable à cette période.

Je l'observe un instant. Sa peau est encore hâlée malgré son retour.

– C'est comment, le climat en Australie ? Les saisons sont inversées, non ?

Il hoche la tête en caressant le malinois satisfait.

– Oui, techniquement, les saisons sont inversées. Mais dans la région où habite mon oncle, on parle plus en termes de saison sèche et saison humide. Il fait chaud presque toute l'année, même si parfois le coefficient d'humidité empire le ressenti de température. Je crois que je ne me rappelais plus vraiment ce qu'était le froid combiné au brouillard.

Ça explique mieux pourquoi il a toujours un sweat-shirt sur le dos, même quand il va courir. C'est vrai que le climat ici est spécial, mais je ne pensais pas que Jericho aurait du mal à s'y habituer à nouveau.

Nous reportons notre attention sur l'écran pendant un moment. Le silence entre nous n'est pas pesant, et je me laisse bercer par le brouhaha de la télé devant nous et le crépitement du feu dans la cheminée.

– Je n'en reviens pas que tu n'aies pas de console de jeux, commente Jericho.

Il secoue la tête sans me regarder comme s'il était réellement choqué.

– Pour être honnête, je n'en reviens pas moi-même. Mais c'est quand même moins sympa quand j'ai personne contre qui gagner. Boston est assez occupé, surtout pendant la saison des feux.

Ce n'est pas avec Boston que je jouais le plus, avant. Nous le savons tous les deux. Je ne lui ai pas menti quand je lui ai dit que c'était épuisant d'être tout le temps en colère. Depuis ce week-end au chalet, depuis ce moment dans ses bras, je n'ai plus envie de me battre, juste de profiter de sa présence.

– Tu comptes rejoindre Boston chez les Hotshots, d'ailleurs ? demandé-je pour essayer de dissiper le malaise ambiant.

Je voudrais savoir si je vais devoir angoisser deux fois plus au mois de mars, mais je garde ça sous silence.

– Je ne pense pas. Pas cette année, en tout cas. Je viens juste d'être embauché et il aurait fallu que je postule dès maintenant pour faire la prochaine saison.

Je hoche la tête lentement, sans oser le regarder. Le soulagement que je ressens est indescriptible. Savoir que mon frère affronte parfois l'enfer est déjà suffisamment stressant.

– Merci de me laisser rester, lâche-t-il soudain.

Le changement de conversation me déstabilise. Je tourne la tête dans sa direction et, cette fois, c'est lui qui évite mon regard. Je n'ose pas lui dire que je me sens beaucoup moins seule depuis qu'il est là. Ma solitude n'avait d'ailleurs rien à voir avec le fait que ma maison est isolée au milieu des bois.

Dans ma vie, il y a eu deux fois un avant et un après Jericho. Une première fois quand j'avais dix ans. La seconde, il y a une semaine, quand il a réapparu dans ma vie.

Il ne me regarde toujours pas, mais je le vois déglutir avec difficulté. Je me demande à quel point le poids du deuil d'Erin pèse toujours sur son cœur. Sa main repose dans le pelage de Medford, et je n'hésite qu'une seule seconde avant de l'enfermer dans la mienne.

Nous restons un long moment comme ça, en silence. Sa tête est tournée vers l'écran de télévision qui diffuse toujours le documentaire que nous ne regardons pas vraiment. La mienne est tournée vers lui.

– Tu sais ce que tu veux faire de la maison ?

Ma voix n'est rien de plus qu'un murmure. Pendant un instant, je me demande même s'il m'a entendue. Je comprends que c'est le cas quand ses doigts se crispent légèrement dans les miens.

– Non. Pas vraiment, répond-il enfin. Je sais juste que je n'ai pas le cœur à la vendre. J'aurais l'impression de trahir Maman. Elle s'est tellement sacrifiée pour pouvoir la garder quand mon père est parti…

Il laisse tomber sa tête contre le dossier du canapé et ferme les yeux. Je prends conscience qu'il a entrelacé nos doigts et que son pouce trace de petits cercles contre ma paume.

– Et en même temps, continue-t-il, je me sens incapable d'y vivre. Trop de souvenirs y sont rattachés et ce sont les plus récents, et les moins joyeux, qui me hantent. Je sais qu'il faudra que je me décide. Qu'elle ne peut pas rester vide éternellement…

Je secoue la tête avant de me rendre compte qu'il ne peut pas me voir avec les yeux fermés. Je me racle doucement la gorge pour essayer de déloger la boule qui s'y est installée.

– Tu as le temps… Rien ne presse. Après cinq ans, tu n'es plus à quelques mois près.

Sa tête pivote dans ma direction. Ses yeux sont ouverts désormais, et il plonge son regard dans le mien.

– Je ne te l'ai jamais dit… poursuis-je. Mais je n'ai jamais eu le courage d'aller déposer dans la boîte aux lettres la clé que tu m'as laissée. C'était trop dur d'arriver devant cette maison et de savoir que ni Erin ni toi n'étiez plus dedans.

Je m'arrête pour prendre une grande inspiration. Je ne peux pas pleurer. Si lui ne le fait pas, alors je dois me montrer au moins aussi forte que lui. Je ferme un instant les paupières pour dissiper l'humidité qui s'est accumulée dans mes yeux et les rouvre pour voir ses deux iris noisette toujours braqués sur moi. Jericho me dévisage, et mon rythme cardiaque s'accélère face à l'intensité de son regard.

– Je suis désolé, souffle-t-il.

Je fronce les sourcils, incapable de comprendre à cet instant pour quelle raison il peut bien s'excuser.

– Pourquoi ?

– De t'avoir abandonnée ce matin-là. Je me suis comporté comme un lâche.

Son ton exprime un dégoût de lui-même si fort que mon âme se brise un peu plus pour cet adolescent qui venait de perdre sa mère et pour cet homme qui ne s'en est jamais vraiment remis. Je secoue la tête.

– Tu souffrais.

Mon ton est sans appel, et je prends soudainement conscience que je m'adresse autant à lui qu'à la Salem de dix-huit ans, celle qui n'a jamais compris pourquoi son meilleur ami la fuyait comme s'il ne l'aimait pas.

– Oui, acquiesce-t-il. Mais ce n'était pas une raison pour te faire souffrir, toi. Et ça ne m'a pas empêché de souffrir encore plus là-bas, sans doute parce que tu n'étais plus à mes côtés.

Je voudrais lui crier « alors pourquoi ? ». *Pourquoi s'infliger ça, à lui comme à moi ?* Mais je tais ces interrogations. Je ne suis pas certaine de pouvoir surmonter cette douleur ce soir. Je dis la seule chose qui a du sens à cet instant :

– Quoi que tu décides pour la maison, je serai avec toi le jour où tu voudras y retourner.

Samedi est arrivé vite. Et même si j'ai caché à Jericho à quel point ça me faisait peur, j'ai la sensation que, ce matin, il va difficilement pouvoir manquer mon teint encore plus pâle que d'habitude et mes mains qui tremblent autour de mon mug de café.

Je sais que Roseborough est une petite ville et que les pompiers interviennent plus sur des accidents de la route et des petits incidents du quotidien que sur de gros incendies dans lesquels ils risquent leurs vies. Surtout en novembre, loin de la saison des feux. Mais je ne peux pas m'empêcher d'avoir une boule au creux de l'estomac.

Quand j'entends Jericho dévaler les marches avec son sac de sport en bandoulière, je fais tout pour paraître le plus détendue possible. Il va falloir que je m'y habitue de toute façon, comme je l'ai fait avec Boston.

– Tu veux un petit-déjeuner ? demandé-je quand il apparaît dans la cuisine.

Il secoue la tête, attrapant tout de même la tasse que je lui tends.

– Non, j'ai été mandaté par ton frère pour ramener des donuts et des bagels, explique-t-il. C'est une tradition, apparemment.

– Va chez Granny's. Je ne sais pas pour les donuts, mais elle fait des bagels d'anthologie.

Il hoche la tête avant de finir son café d'une traite.

– À demain, Sal.

Je profite de ce qu'il repose sa tasse sur l'îlot central pour attraper son poignet.

– Sois prudent, lâché-je avant de ne pas en avoir le courage.

Sa main se pose sur la mienne encore enroulée autour de son bras.

– Toujours.

28

Jericho

J'arrive sur le parking de la caserne en même temps que Boston. C'est ma deuxième garde de vingt-quatre heures, et je prends conscience d'à quel point faire partie d'une équipe et me sentir utile à la communauté m'avait manqué. Le seul truc qui vient ternir mon enthousiasme, c'est l'expression sur le visage de Salem. Que ce soit samedi ou ce matin, je n'ai pas réussi à déchiffrer ce qu'elle pense. Elle a l'air inquiète, mais ça serait ridicule de penser que ce sentiment m'est destiné. Même si notre amitié est repartie sur de bonnes bases, Sal connaît ce métier par cœur, entre son frère et son père, même si ce dernier fait désormais partie des instructeurs seniors à l'académie.

Alors pourquoi se fait-elle du souci ? Est-ce que son ex, Josh, qui a débarqué chez elle le soir d'Halloween, la harcèle encore ? Est-ce qu'il continue de l'inonder de messages ? Je sais qu'elle lui a dit qu'elle ne pouvait plus le prendre comme client. Peut-être qu'il l'a mal pris.

– Salut l'Irlandais ! Bien dormi ?

Immédiatement, je mets ces pensées de côté. Inutile de mentionner Josh à Boston tant que je ne suis pas certain que ce soit lui, le problème. Et je ne le saurai pas sans en avoir parlé avec Sal.

– Ouais ! Et toi ? Dernière garde avant le mariage, pas trop stressé ?

Il ricane comme si j'avais dit une énormité.

– Tu déconnes ? Plus vite on se marie, plus vite maman Ruth rentre chez elle.

Je ne peux pas m'empêcher de rire à mon tour.

– Nate doit être content que tu parles de sa mère comme ça.

– Oh, t'inquiète. Il a encore plus hâte que moi. Tu étais un coloc bien plus facile à vivre.

Je lui donne un coup d'épaule pour entrer dans la caserne en premier et me dirige droit vers les vestiaires, Boston sur les talons. Nous sommes les premiers de notre roulement à arriver parce que nous avons la charge du petit-déjeuner, ce matin. C'est au tour de mon meilleur ami de ramener les bagels, et je dois cuire les œufs et le bacon pour toute l'équipe. Le petit déj' à la caserne 2, c'est une tradition, et la responsabilité de le mettre sur la table tourne à chaque garde.

Une fois en uniforme, je me dirige vers les cuisines qui se trouvent à l'étage et commence à battre des œufs. Au moment où je dépose les œufs brouillés et le bacon grillé sur la table à côté des bagels et des donuts de Boston, le reste de l'équipe pénètre dans la pièce.

D'après les autres, il est rare que nous soyons appelés pendant ce rituel sacré. Roseborough n'est pas une très grosse ville, et j'ai pu constater samedi que le nombre d'interventions n'équivaut pas à celles de Cork où j'ai travaillé en Irlande. Ça ne me gêne pas. Ça veut aussi dire que nous pouvons prendre le temps avec les gens. C'est aussi ça, le cœur de notre job : le contact humain.

Je viens tout juste de lancer le lave-vaisselle lorsque la sonnerie retentit, nous appelant sur un accident de la route. Ce genre d'intervention est fréquent en semaine, à l'heure où la circulation devient plus dense en centre-ville, car beaucoup de gens qui habitent dans les campagnes environnantes y travaillent.

Nous finissons tous de nous équiper en courant et sautons dans le camion qui démarre toutes sirènes hurlantes. Nous ne mettons pas longtemps à arriver sur les lieux, où seulement deux véhicules semblent impliqués, même si d'autres se sont arrêtés pour leur prêter secours.

– Miller, O'Connell, allez voir le chauffeur de la seconde voiture ! McKenna, Jones, sur la première voiture ! Le central mentionne qu'il y a un bambin à l'arrière.

– Reçu, Cap ! crions-nous en chœur.

Aleck trottine derrière moi jusqu'à la voiture où la mère se tient la tête en appelant désespérément son bébé. Instinctivement, je me dirige vers l'arrière où je constate rapidement que les deux portières sont bloquées. Le bébé qui ne semble guère avoir plus d'un an est éveillé, mais il est en état de choc. Alors que je repars pour chercher du matériel, j'entends Aleck rassurer la mère à laquelle il ajuste un collier cervical.

M'emparant le plus rapidement possible d'une pince de désincarcération, je m'attelle à ouvrir la porte la plus proche de l'enfant. Les ambulanciers sont à côté de moi, ils attendent que je leur dégage la voie. Une fois ma mission accomplie, ils se précipitent sur l'enfant. Après avoir vérifié que les autres n'ont pas besoin de moi, je recule pour les laisser travailler. Je jette un coup d'œil au bébé.

Ce n'était pas un accident fatal, mais c'est toujours aussi impressionnant quand ça concerne de jeunes enfants. Je ne peux pas m'empêcher de remarquer à quel point la vie peut basculer en quelques secondes. Cette mère, qui s'est fait percuter par un conducteur inattentif sur le chemin de la crèche, a eu de la chance, et son bébé aussi. Les conséquences auraient pu être bien plus graves. Chaque intervention nous le rappelle.

De retour à la caserne, nous vérifions notre équipement et son bon fonctionnement. Nous sommes rapidement appelés sur un malaise dans un centre commercial, puis sur une suspicion de fuite de gaz dans une école primaire – une fausse alerte, heureusement.

L'heure du déjeuner arrive rapidement et c'est aujourd'hui au tour de Tommy, un des ambulanciers, de cuisiner. Les lasagnes qu'il a préparées sont exceptionnelles.

– Je commence à me sentir un peu en dessous du niveau, point de vue culinaire, commenté-je après avoir terminé mon assiette. Vous avez tous suivi des cours ou quoi ?

Les mecs autour de la table éclatent de rire, et je me demande ce que j'ai bien pu dire de si drôle. C'est Nick qui prend la parole en premier.

– Tommy a surtout une maman en or qui lui cuisine tout d'avance quand c'est à son tour de préparer le déjeuner ou le dîner. Ton pote met son cher et tendre au fourneau. Aleck commande chez un traiteur qu'il connaît bien. Honnêtement, je suis à peu près le seul à me donner du mal.

D'un air faussement outré, je les regarde tous les uns après les autres.

– Mais, c'est de la triche !

Boston hausse les épaules.

– Non, on veut juste que nos potes restent en vie. Tu connais mes talents en cuisine, c'est quand même mieux que ce soit Nate qui s'y colle. Tu trouveras une astuce aussi.

Je vois venir de loin la connerie qui est sur le point de sortir de sa bouche et lève une main pour le couper dans son élan.

– Je te préviens, si tu es sur le point de suggérer que je demande ça à ta sœur, je tiens à te dire que ça n'arrivera pas.

C'est moi qui tiens à la vie, pour le coup. Je vois déjà les couteaux de cuisine voler dans ma direction.

L'hilarité de mes nouveaux collègues reprend de plus belle, et je surprends même le capitaine à s'essuyer les yeux au moment où la sirène retentit dans la caserne.

Cette fois, l'appel est un peu plus sérieux, et nous nous retrouvons rapidement devant un entrepôt en partie envahi par les flammes. Le capitaine communique avec la centrale quand nous sautons du camion. Quand il a terminé, il se tourne vers nous.

– La centrale est en contact avec l'agence de sécurité à laquelle l'alarme de l'entrepôt est connectée. Ils pensent que des sans-abris ont court-circuité certains détecteurs pour pouvoir se réfugier dans l'entrepôt. C'est une vraie possibilité qu'il y ait des gens à l'intérieur. O'Connell, McKenna, vous allez prendre l'entrée nord. Jones, Miller, l'entrée sud. La structure est ancienne, elle ne tiendra pas longtemps. Quand je vous ordonne de sortir, je ne veux personne qui joue au héros.

– Reçu, Cap !

Je suis Boston qui court jusqu'à l'entrée à l'opposé de l'endroit où nous sommes arrivés. Il enfonce la porte avec précaution, puis nous pénétrons tous les deux dans le bâtiment qui se révèle rapidement être un véritable labyrinthe. Si j'ai eu un seul instant la crainte d'avoir perdu mes réflexes face à un feu de cette envergure, je suis rapidement rassuré. Ce n'est pas du tout le cas. Mes instincts sont intacts, et nous progressons avec agilité. Nous finissons par trouver deux personnes recroquevillées dans un coin d'une vieille chambre froide. Nous nous emparons chacun d'une victime et en alertons le capitaine. Ils étaient apparemment seuls dans l'entrepôt et ont dû vouloir allumer un feu pour se réchauffer. Leur refuge les a sans doute protégés de brûlures plus graves, mais ils ont eu le temps d'inhaler beaucoup de fumée. Ils sont donc pris en charge par les ambulanciers et conduits à l'hôpital.

De retour à la caserne, je prends une douche rapide avant de me poser avec une tasse de café. En récupérant mon téléphone resté sur la table, je remarque plusieurs notifications de Salem.

Sal : C'est vos sirènes que j'ai entendues ?
Sal : J'ai l'impression que ce n'était pas loin. Elles ont fait hurler les loups.
Sal : Tout va bien ?

Boston arrive dans la cuisine au moment où je lis le dernier message.

– Ta sœur t'a envoyé des messages ?

Il fronce les sourcils et sort son téléphone de sa poche.

– Non. Pourquoi ?

Je secoue la tête. Est-ce que je me suis planté sur toute la ligne ? Est-ce que c'est vraiment pour moi qu'elle s'inquiète ?

Et pourquoi est-ce que cette simple pensée fait battre mon cœur un peu plus vite ? C'est ridicule.

– Non comme ça. Elle dit que nos sirènes ont fait hurler sa meute. C'est sûrement quand on est partis à l'entrepôt. Ça porte jusque chez elle ?

– Ouais, en fonction d'où on va et du sens du vent. Ça rend ses loups complètement dingues.

Tandis que j'imagine Salem angoissant pour Boston et moi au milieu de ses loups qui hurlent à la mort, un nouveau message arrive.

Sal : Jay ?

Je m'empresse de lui répondre.

Tout va bien. Un incendie dans un entrepôt. Plus de peur que de mal.

Je n'ai pas à attendre sa réponse longtemps.

Sal : OK.
Sal : Merci de m'avoir répondu. Je ne voulais pas te déranger, mais… je me demandais.

Je secoue la tête en me faisant la promesse de la tenir régulièrement au courant de ce que nous faisons. Si elle doit entendre nos sirènes, autant qu'elle sache que nous allons bien et qu'elle n'a pas de souci à se faire.

Tu ne me déranges jamais, Sally.

Un petit garçon était coincé dans un arbre.

Sal : Il va bien ?

Nickel. Je crois qu'il ne voulait surtout pas faire ses devoirs.

Je vais essayer de dormir un peu avant la prochaine intervention.

Sal : Ton lit est confortable ?

Pas autant que celui de ta chambre d'ami.

Sal : C'est parce que mon hospitalité est inégalée.

Tu m'ôtes les mots de la bouche.
Bonne nuit, Sally.

Sal : Bonne nuit.

Je gare mon SUV devant sa maison après la fin de mon service. Mon estomac se serre en la voyant assise sur les marches du porche avec deux tasses de café. Elle m'a attendu. Elle m'a attendu, et je ne la mérite pas. Seulement, j'ignore désormais comment j'ai pu un jour me passer de sa présence à mes côtés. J'espère qu'elle ne prendra jamais conscience que je ne suis pas digne des sentiments qu'elle me porte.

29

Salem

Je me tiens au bout de l'allée devant ma maison quand le Dr Jacob arrive avec son interne. Depuis quelques jours, je me fais du souci pour Smoke, un des plus jeunes loups de la meute.

Smoke est arrivé au sanctuaire il y a quelques mois à peine, après que je l'ai secouru des griffes d'un trafiquant de fourrure peu scrupuleux. La semaine dernière, j'ai remarqué qu'il boitait et, mardi, il a commencé à moins manger qu'à son habitude. Même si mes études et John m'ont enseigné la base des soins aux animaux sauvages, il n'y a pas grand-chose que je puisse faire en dehors de ma surveillance quotidienne.

Alors, quand ça dépasse mes connaissances, je n'ai pas d'autre choix que de faire appel à un professionnel. Et malheureusement, dans le coin, il n'y a pas beaucoup de vétérinaires capables de me dire ce qui ne va pas avec mes loups ou mon chat sauvage. Le Dr Jacob travaille avec le zoo de Portland, ce qui n'est pas la porte à côté. Toutefois, il n'a jamais refusé de faire le déplacement jusqu'au sanctuaire, toujours accompagné d'un interne.

Il descend de son van et vient à ma rencontre avec un grand sourire. Le jeune homme qui l'accompagne ne doit pas être beaucoup plus vieux que moi. Je tends la main au vétérinaire aux cheveux poivre et sel que j'ai rencontré quand je travaillais avec John.

– Dr Jacob ! Merci d'être venu. La route n'a pas été trop longue ?

Il serre ma main avec enthousiasme.

– Bonjour, Salem. Pas de problème, jeune fille, tu sais que c'est toujours avec plaisir que je viens jusqu'ici.

Il désigne l'homme qui se tient à côté de lui du pouce.

– Un nouvel interne, explique-t-il en me faisant un clin d'œil.

Je crois que, depuis que je le connais, il a eu plus d'étudiants avec lui que je n'ai d'animaux dans mon sanctuaire, mes chiens compris.

En parlant d'eux, ils entourent le nouveau venu et le reniflent comme s'ils essayaient de lui faire passer un entretien d'embauche. Ce qui n'est pas si loin de la vérité. Quand il se penche pour leur caresser la tête, il gagne pas mal de points. Je m'approche donc pour lui tendre la main à son tour.

– Salem O'Connell, bienvenue au sanctuaire.

Il m'offre un immense sourire.

– Sander Campbell, enchanté. Vraiment très content de voir votre installation, Dr Jacob n'a pas cessé d'en vanter les mérites.

Mes joues rosissent parce que cet endroit, c'est un peu mon bébé. Ça m'émeut que quelqu'un comme le Dr Jacob en pense tant de bien.

– Il est trop aimable. C'est surtout le sanctuaire de John, au départ.

– Et toi, tu es trop modeste, ma petite Salem.

Rougissant davantage, je me détourne et les précède pour leur faire faire le tour des enclos, avant de les guider jusqu'à celui des loups.

– Je préfère que vous restiez tous les deux dans le sas tant que Smoke n'est pas isolé.

Ils acquiescent.

– Je vais leur montrer que je suis là et essayer de faire bouger Smoke pour que vous puissiez voir sa démarche.

Je commence par les appeler, tranquillement. Ils ne devaient pas être loin, parce qu'ils me rejoignent en quelques minutes. Comme à mon habitude, je me dirige vers Aslan en premier, le chef de cette meute inhabituelle. Je le caresse pendant un moment avant de descendre dans la hiérarchie. Je ne sais pas vraiment si Aslan me comprend, mais je lui explique tout de même que les deux hommes en dehors de l'enclos sont là pour Smoke.

Je marche doucement vers celui-ci après avoir salué le reste de la meute. Comme les jours précédents, il s'en est mis en retrait. Ce n'est pas rare de voir ce genre de comportement, même si ça l'est un peu plus avec des loups nés et élevés en captivité.

Parce que j'ai pris le temps – des années – de développer une relation de confiance avec chacun d'entre eux, ils me laissent guider Smoke vers le second enclos, plus petit et accolé au premier, que j'ai fait ériger pour ce genre de circonstances. Une fois que le jeune loup est à l'intérieur, je fais signe aux deux vétérinaires de me rejoindre devant la porte de celui-ci.

– Vous pouvez entrer cette fois. Smoke est jeune et plutôt sociable avec les humains.

Le Dr Jacob se dirige vers lui avec précaution pendant que son interne se tourne vers moi.

– C'était impressionnant. Au zoo, personne ne rentre dans leur enclos, sauf s'ils sont endormis.

Je hoche la tête.

– J'ai aidé John à élever la plupart d'entre eux, parfois au biberon. Ça aide. Je fais un peu partie de leur meute.

Les deux vétérinaires se mettent au travail. Ils endorment Smoke pour pouvoir l'examiner correctement, lui font quelques radios avec un appareil portable et prélèvent un peu de son sang pour le ramener au laboratoire de Portland. Nous quittons l'enclos un moment plus tard, laissant Smoke émerger doucement.

– C'est le tendon de sa patte arrière gauche qui pose problème, m'explique Dr Jacob. Quant au fait qu'il ne mange pas… C'est le dernier de la meute, c'est ça ?

– Oui, acquiescé-je.

Il hausse les épaules.

– Il se sacrifie probablement pour le reste de son groupe. Tu devrais le garder isolé pendant un moment. Il va manger plus facilement s'il n'a pas à se soucier de la hiérarchie. Je vais donner les prélèvements au labo, bien sûr, mais je ne pense pas qu'ils trouveront quelque chose.

Nous marchons en direction de ma maison et je me sens un peu coupable de les avoir fait se déplacer jusque-là pour si peu. Je sais malgré tout que jamais le Dr Jacob ne m'en tiendra rigueur.

Alors que nous approchons du porche et de leur véhicule, Jericho passe la porte d'entrée, et je crois que mon cerveau se met automatiquement hors service pendant quelques secondes.

Il est déjà habillé pour se rendre au dîner d'accueil au Roseborough Vineyard, le lieu que Boston et Nate ont choisi pour se marier demain. Il porte un costume d'un vert sombre qui fait ressortir les paillettes dorées de ses yeux noisette. Je prends conscience que je suis en train de le regarder la bouche ouverte quand le Dr Jacob et son interne, Sander, ricanent à côté de moi.

– Je me sens vraiment très mal habillé, là, commente ce dernier.

Ce sont ses mots qui me font me ressaisir.

– Je peux vous offrir un café avant de reprendre la route, proposé-je aux vétérinaires.

– Je crois que ton rencard t'attend, Salem, plaisante le Dr Jacob.

Je secoue vivement la tête tandis que Jericho s'approche, l'air interrogateur. Sans attendre, il tend la main aux deux hommes et se présente.

– Je ne voudrais pas paraître impoli, Sal, mais si on ne part pas bientôt, ton frère risque de nous remplacer demain.

Un coup d'œil à ma montre me fait grimacer : je n'ai pas vu le temps filer. Me tournant vers le vétérinaire et son interne, je m'apprête à m'excuser, mais l'homme me devance avec un sourire bienveillant.

– Ne t'inquiète pas, jeune fille, nous avons encore de la route à faire de toute façon.

Dans un geste presque paternel, il me tapote la main, puis je me tourne vers Sander pour lui serrer la main à mon tour.

– Enchanté d'avoir fait ta connaissance. N'hésite pas à t'installer dans le coin quand tu seras diplômé, ajouté-je en plaisantant.

Il rit de bon cœur.

– C'est tentant. Malheureusement, je m'installerai sans doute là où mon hockeyeur de copain jouera.

Je hausse les épaules. Ça ne coûtait rien d'essayer. Des vétos compétents et qui connaissent un peu les animaux sauvages, ça manque cruellement dans le coin.

Jericho à mes côtés, je les regarde monter dans leur van et attends qu'il s'éloigne sur la route avant de me retourner vers lui.

– Désolée, je n'avais pas vu qu'il était si tard. Je me dépêche.

Il hoche la tête sans rien dire, et je me précipite à l'étage où je prends une douche en quatrième vitesse. Je me maquille avant de passer ma petite robe noire et de chausser mes talons hauts que je déteste avant même d'avoir fait un pas avec.

Ma valise dans une main et le sac de ma robe dans l'autre, je descends avec précaution les marches jusqu'à l'entrée où Jericho m'attend. L'expression sur son visage, à cet instant précis, est une douce revanche pour plus tôt. Mon ego se trouve soudainement flatté en le voyant remonter lentement son regard le long de mes jambes, puis de mon corps, jusqu'à mon visage qui, j'en suis certaine, doit être écarlate.

Sans un mot, il s'empare de mes affaires et les dépose dans la Charger avec les siennes.

– Ça ne t'embête pas ? demande-t-il en voyant mon regard surpris par le choix de sa voiture.

Je secoue vivement la tête.

– Absolument pas. C'est ta voiture, Jericho.

– Plus vraiment.

Je ne proteste pas davantage, mais il devrait savoir que, dans ma tête, elle a toujours été à lui. Que quand je la conduisais, c'était juste pour me sentir un peu plus proche de lui.

Alors que nous empruntons la route pour le Vineyard, qui se situe à seulement quelques kilomètres, je ne peux pas m'empêcher de remarquer que quelque chose le tracasse.

– C'étaient des vétos tout à l'heure ? finit-il par demander.

Je comprends alors que j'étais tellement préoccupée à reluquer Jay dans son costume que je n'ai pas pensé à expliquer la présence des deux hommes.

– Oui. Ils viennent du zoo de Portland. Smoke boite, et je voulais être sûre que ce n'est pas trop grave.

– Et ?

Je secoue la tête.

– Ça devrait se remettre tout seul. Je vais le garder isolé et John va passer demain.

Il se tait pendant un moment avant de reprendre :

– Le deuxième était un peu jeune pour être véto, non ?

– C'est un interne, expliqué-je.

– Ils ont tous l'air de passer des heures à la salle, les internes vétos ?

La lumière se fait dans mon esprit, et je ne peux pas m'empêcher de sourire.

– Jaloux ?

Il ne quitte pas la route des yeux, alors même que nous sommes arrêtés à un feu rouge.

– Absolument pas, nie-t-il. Je serais bien mal placé pour l'être.

– D'autant plus que tu te serais plus au goût de Sander que moi.

Il finit par pivoter vers moi, et l'expression gênée de son visage me donne l'impression d'avoir dix-sept ans à nouveau, quand Jericho mettait des poings dans la gueule d'Aleck parce qu'il me regardait la poitrine d'un peu trop près, ou quand sa seule présence empêchait quiconque de m'inviter à sortir. Et que ce soit à l'époque ou maintenant, j'ai un peu honte d'avouer que j'adore ça.

30

Jericho

Alors que nous arrivons sur les lieux de la cérémonie, je gare la Charger sur une place non loin de l'entrée. J'éprouve encore une pointe de honte d'avoir ressenti de la jalousie pour un type qu'elle ne reverra sans doute jamais, mais j'essaie de faire comme si de rien n'était.

– Tu veux que j'aille chercher nos clés et poser nos bagages ?

Elle sort de la voiture avec nos housses de vêtements, tandis que j'extirpe sa valise et mon sac de voyage du coffre. Nous commençons à marcher en direction du Roseborough Vineyard, qui tient à la fois lieu de salle pour la cérémonie et le banquet, et d'hôtel pour les invités.

– Oui, je veux bien, répond Salem en montant les quelques marches jusqu'à l'entrée. Je vais aller directement à la salle où se tiendra le dîner d'accueil, pour que Boston et Nate sachent qu'on n'est pas si en retard que ça.

Je lui souris en récupérant les housses.

– N'oublie pas de leur préciser que c'est de ta faute, surtout.

Je me détourne et marche à grands pas en direction de la réception. J'essaie de ne pas rire en l'entendant bougonner, mais c'est peine perdue et j'ai encore le sourire aux lèvres quand je m'approche de la réceptionniste.

– Monsieur ?

– Nous sommes avec le mariage O'Connell-Reed, expliqué-je. Il doit y avoir deux chambres au nom de Jericho McKenna et Salem O'Connell.

Elle tapote pendant un instant sur son clavier d'ordinateur.

– Oui, tout à fait. Je vais vous préparer les cartes électroniques immédiatement. Souhaitez-vous que quelqu'un dépose vos affaires dans vos chambres respectives ?

Je lui indique rapidement quel bagage va dans quelle chambre, puis elle me tend les clés électroniques.

– Celle-ci, c'est la vôtre, chambre 217. Et celle-là, c'est celle de Mademoiselle O'Connell, chambre 218, juste en face.

Je hoche la tête en ramassant les clés avant de les glisser dans la poche intérieure de ma veste.

– Merci.

La réceptionniste m'adresse un sourire poli et je m'empresse de rejoindre la salle du dîner. Boston et Nate se tiennent près de la porte pour accueillir les convives.

– Pas trop tôt, mec ! me charrie Boston. Salem nous a dit que ça t'avait pris des heures pour te préparer.

Je le dévisage avec un air qui veut clairement dire « et tu la crois ? ». Quand Nate et lui éclatent tous les deux de rire, je lève les yeux au ciel et tourne la tête pour chercher Sal du regard. Elle est avec ses parents, que je n'ai encore pas vus depuis mon retour. Je m'empresse de la rejoindre après avoir fait un petit signe de la main aux futurs mariés.

– Jericho ! s'exclame la mère de Salem. Je suis tellement contente de te voir, mon grand.

Lily m'enlace, et le deuil de ma mère se fait plus que douloureux. J'ai la sensation que l'air a du mal à circuler normalement dans mes poumons. Malgré tout, en voyant les yeux humides de Lily et le sourire heureux de Cian quand il me tient dans ses bras, je prends conscience d'à quel point ils m'ont manqué. Ils ont été dans ma vie pendant toute mon adolescence, ils m'ont accueilli quand Maman était à l'hôpital, ils se sont occupés de tout quand elle est partie. Je leur dois énormément, et je ne les ai jamais remerciés. Une fois de plus, mon départ précipité m'a fait me comporter comme un lâche et un ingrat.

– Comment se passe le nouveau job ? me demande Cian.

Il y a une lueur de fierté dans son regard que je n'ai jamais vue dans celui de mon propre père.

– Très bien. Enfin à ma place, après toutes ces années.

Il me tapote l'épaule gentiment.

– Le principal, c'est que tu sois là. Il n'est jamais trop tard pour rien, fiston.

Je ne suis pas sûr qu'il soit toujours en train de parler de mon boulot. Il jette un bref coup d'œil à Sal, qui discute avec sa mère. Alors, avec une sincérité que je ressens jusqu'au fond de mes tripes, je hoche la tête en direction de Cian.

– Papy ! s'exclame Sally en se tournant vers un vieil homme qui vient de rejoindre notre petit groupe. Où est Mamie ?

Il hausse les épaules, comme si c'était une évidence.

– En retard, comme d'habitude ! J'ai renoncé depuis longtemps à lui expliquer que l'expression, c'est « quart d'heure de politesse », pas « heure de politesse ».

Nous rions tous en chœur et son attention se tourne vers moi avec curiosité.

– Papa, c'est le meilleur ami de Boston et Salem, Jericho, me présente Cian.

Je tends la main que le grand-père de Salem serre avec fermeté.

– Ah ! L'Irlandais ! J'ai beaucoup entendu parler de toi, jeune homme ! Ça fait plaisir de voir quelqu'un du pays.

Lily étouffe un petit rire pendant que son conjoint s'offusque.

– On est quand même un peu du pays, Papa.

– Pas vraiment, non. Même si ce n'est pas ta faute si on a choisi de déménager avant ta naissance.

– Enchanté de vous rencontrer, M. O'Connell.

Il pointe son oreille en regardant son fils.

– Tu entends cet accent, Cian ? Ça fait du bien d'entendre ça.

Je ne peux pas m'empêcher de sourire. Mon accent n'a jamais vraiment disparu, et vivre pendant trois ans en Irlande et deux avec Niall l'a entretenu. On s'est tellement foutu de moi à l'école que les commentaires du grand-père de Salem sonnent pour moi comme une belle revanche sur la vie.

Nous discutons encore un moment avant que Sal m'attrape par le bras pour m'entraîner en direction du bar.

– Je ne sais pas pour toi, mais je n'aurais rien contre un verre.

– Je vais les chercher, proposé-je. Champagne ?

Elle hoche la tête.

– C'est de circonstance, répond-elle en regardant les futurs mariés entourés d'invités.

Quand je reviens avec deux flûtes, Salem est en train de discuter avec une femme d'une cinquantaine d'années que je ne connais pas. Sal a l'air de se retenir de rire quand je lui tends un verre.

– Jericho, je te présente la Maman de Nate, Mme Reed.

Celle-ci fait un geste de la main comme si elle voulait balayer ses mots.

– Pfff, pas de Mme Reed entre nous. Après tout, on va faire partie de la même famille.

C'est peut-être le cas pour Salem, mais pas pour moi. Je décide toutefois de ne rien dire quand elle prend ma main dans la sienne.

– Je suis Ruth. Jeune homme, désolée de t'avoir volé ta chambre.

Je secoue la tête avec vigueur.

– Vous n'avez pas à vous excuser, mada… Ruth. C'est normal, c'est la maison de votre fils après tout. Et tout s'est arrangé, ajouté-je en jetant un bref coup d'œil à Salem.

– Tant mieux, continue-t-elle. Vous faites un très joli couple, je trouve.

Les yeux de Salem s'écarquillent et je secoue la tête de nouveau.

– Non, ce n'est pas…

Mais la mère de Nate me coupe la parole, et ni Sal ni moi n'avons l'occasion de la corriger ou même d'intervenir. Ruth est un véritable moulin à paroles et, très vite, je me surprends à décrocher de son flot incessant. C'est son fils qui vient nous sauver du monologue de sa mère avec un « désolé » silencieux, en nous invitant à venir à table.

Je ne vois pas vraiment la soirée passer, alors que je baigne dans l'aura de Salem assise juste à côté de moi. Nous trinquons aux mariés après les discours de leurs parents respectifs, et le dîner se termine peu avant 23 heures.

Nous regagnons ensuite nos chambres, et je ricane quand Salem bâille pour la troisième fois.

– Ne te moque pas. Je ne sais pas si c'est la journée avant le dîner qui m'a fatiguée ou si c'est la conversation sans fin de Ruth.

Elle termine sa phrase en chuchotant même si nous ne sommes que tous les deux dans l'ascenseur.

– Je vote pour la seconde option.

– Justement, qu'est-ce qui t'a pris de lui promettre une danse demain ?

Je m'arrête net après avoir quitté la cabine.

– Hein ?

Elle éclate de rire.

– Je vois que tu étais très concentré sur ce qu'elle racontait, me taquine-t-elle.

Je me passe une main sur le visage.

Une danse, Jericho. Ce n'est pas la mer à boire.

– Et toi ? demandé-je soudainement en continuant à avancer en direction de nos chambres.

– Quoi, moi ? Je n'ai pas promis de danse à Ruth, si c'est ce que tu te demandes.

Elle me pousse gentiment de l'épaule. Je sors les cartes de ma poche quand je vois que nous sommes devant les bonnes portes.

– Tu me promets une danse, à moi ?

Mon cœur bat la chamade comme si j'avais à nouveau seize ans. J'aurais dû faire ça depuis longtemps. Une mèche de ses cheveux s'est échappée de sa queue-de-cheval. Je l'attrape pour la glisser derrière son oreille. C'est un geste que je fais sans réfléchir, mais au contact de mes doigts si près de son visage, Sal se fige. Peut-être ai-je cessé de respirer en me rendant compte à quel point elle est proche de moi ? Je pourrais l'embrasser. J'en ai tellement envie que c'en est douloureux. Et je sais que Sally en a autant envie que moi.

Je ferme les yeux et respire profondément son parfum, à la fois doux et acidulé. Je ne peux pas faire ça. Même si elle le désire aussi. Je veux qu'elle comprenne que son amitié compte encore plus que tout le reste. Que je préférerais qu'il ne se passe rien d'autre entre nous plutôt que d'envisager de la perdre complètement un jour.

C'est pathétique.

J'ai vingt-trois ans et j'ai encore peur de tout faire foirer comme quand j'en avais dix-sept.

Tu devrais peut-être aller voir un psy, Jericho.

En attendant, je rouvre les yeux et la trouve devant moi en train de me scruter du regard, comme si elle essayait de deviner ce qui peut bien se passer à l'intérieur de mon crâne.

Si seulement je le savais, Sal.

Incapable de la laisser là froidement, je me penche pour poser un baiser sur le dessus de sa tête. Je m'attarde un instant, sans doute un peu trop longtemps. Elle en profite pour poser son front contre ma cage thoracique et sa main sur ma taille. Elle aussi prend une profonde inspiration avant de faire un pas en arrière. Moi, je ne sais pas si j'en aurais eu le courage.

– Bonne nuit, murmure-t-elle.

– Bonne nuit. On se retrouve demain dans la suite de Boston ?

Elle hoche la tête avant de reculer vers sa porte sans me lâcher des yeux. Je ne bouge pas et la regarde poser sa clé électronique contre le boîtier dans son dos, avant de pousser la porte et de disparaître dans sa chambre.

✦ ✦ ✦

Je suis pile à l'heure quand je sors de ma chambre. Le mariage commence dans une heure, et on a promis à Boston de le rejoindre dans sa suite. Je viens de refermer ma porte quand celle de Salem s'ouvre. Ses cheveux tombent en vague sur ses épaules recouvertes d'un simple peignoir. Je fronce les sourcils.

– Tu n'es pas habillée ? demandé-je en attrapant la housse de vêtement sur son bras.

– La maquilleuse m'a dit de venir comme ça.

Elle hausse les épaules, comme si ça ne faisait pas beaucoup de sens pour elle.

– Ta cravate ? me questionne-t-elle en désignant ma cravate bleu nuit qui repose lâchement autour de mon cou.

Une boule se forme dans ma gorge au souvenir de la dernière fois où j'ai accordé une cravate à sa tenue. Pour le *homecoming*. Ce soir-là, c'est Maman qui a fait le nœud.

– Je ne sais toujours pas les nouer, expliqué-je. Je me suis dit que ta mère serait peut-être avec ton frère et qu'elle m'aiderait.

Elle hoche la tête. Je sais qu'elle peut lire dans mon regard toute cette douleur que je tais.

– Tu as pu déjeuner ? demandé-je pour changer de sujet.

– Non. Je n'ai pas eu le temps, je me suis réveillée à la bourre. Et toi ?

– J'ai commandé auprès du *room service* pour gagner du temps.

Elle se frappe le front d'une main en continuant à avancer jusqu'à l'ascenseur.

– Pourquoi je n'ai pas pensé à ça…

Je m'arrête et la laisse presser le bouton pour monter à la suite de Boston au troisième.

– Je vais aller te chercher un café et quelque chose à manger. Ça serait dommage que tu fasses un malaise pendant que ton frère est en train de prononcer ses vœux.

– Ça ne te gêne pas ?

Je secoue la tête et pousse la porte des escaliers pour ne pas avoir à attendre un autre ascenseur. Je cours un peu à droite à gauche au rez-de-chaussée, étant donné que le petit-déjeuner a été desservi, mais je finis par tomber sur quelqu'un qui me met quelques viennoiseries en boîte et me donne un café à emporter.

Quand j'arrive enfin dans la suite de Boston, Salem est déjà maquillée, et la coiffeuse est en train de terminer d'arranger ses cheveux.

– Mon sauveur, s'écrie-t-elle en tendant les bras vers le café que je m'empresse de lui donner.

Je pose les viennoiseries à côté d'elle et balaie la chambre du regard.

– Bien dormi ? me demande Boston.

– Nickel. C'est à toi qu'il faudrait demander ça.

Il hausse les épaules comme s'il ne savait pas vraiment répondre à cette question.

– Où est Nate ? questionné-je.

– Dans une autre suite avec sa mère et ses témoins.

Immédiatement, j'ai une pensée particulière pour ces pauvres types qui vont être assommés par la conversation sans fin de Ruth.

– Et tes parents ?

– Ils sont passés, mais ils n'ont pas voulu s'attarder. Ils sont sûrement avec mes grands-parents.

– Et voilà, Salem, lance la coiffeuse derrière nous. J'ai terminé, tu vas pouvoir enfiler ta robe. Besoin d'aide ?

– Pas de refus. Je ne suis pas sûre de pouvoir la zipper seule. J'arrive, les mecs ! crie-t-elle avant de disparaître dans la partie chambre de la suite.

Je suis tellement absorbé par la porte qui vient de se refermer sur elle que je n'ai pas vu Boston s'approcher jusqu'à ce que ma cravate glisse de mon cou.

– Tu comptes la mettre un jour, demande-t-il en l'agitant devant mon nez.

– Je pensais que ta mère serait encore là pour m'aider, avoué-je un peu honteux.

Il secoue la tête, faussement exaspéré, avant de passer la cravate autour de mon cou à nouveau. Je reste immobile alors qu'il commence à la nouer pour moi.

– Comment tu faisais en Irlande avec ton uniforme de cérémonie ?

– C'était un truc qui se clippe.

Il ricane et termine de faire correctement le nœud. Une fois terminé, il recule d'un pas avant de la redresser légèrement.

– Tu es prêt ? demandé-je.

Il me regarde avec une intensité qui me déstabilise légèrement. Il ouvre la bouche pour me répondre enfin, mais n'en a pas l'occasion, car Salem, moulée dans une longue robe bleu nuit, ouvre la porte de la chambre. Ses cheveux sont à moitié relevés et son dos complètement dénudé par la coupe de la robe. Elle est magnifique. Absolument sublime. Et je sais qu'elle n'en a pas conscience.

Elle s'approche de nous avant de prendre son frère dans les bras.

– C'est l'heure, frangin.

À mon tour, je pose une main sur son épaule pour lui montrer mon soutien. Ça me fout le vertige de repenser à tous les moments que nous avons vécus ensemble depuis notre rencontre, mais, aujourd'hui, il n'y a nulle part ailleurs où je voudrais être plus qu'ici, avec mes deux meilleurs amis.

31

Salem

Nous avançons tous côte à côte jusqu'à Nate et ses témoins, qui attendent déjà devant les portes de la salle où se déroulera la cérémonie. Mon frère et son fiancé n'ont pas voulu suivre les codes des mariages traditionnels. Les garçons et moi-même rentrerons donc par deux dans la salle, et Nate et Boston nous suivront peu après.

À notre arrivée, les futurs mariés se rejoignent. Nate prend les mains de Boston dans les siennes, et mon cœur se gonfle de joie et d'affection quand je les observe. Les voir ensemble m'a toujours émue. Leur couple est une évidence pour moi depuis le moment où Boston m'a présenté Nate. Il ne fait aucun doute dans mon esprit qu'ils sont faits l'un pour l'autre.

Apprendre qu'ils allaient se marier a guéri mes insécurités, qui subsistaient depuis le jour où j'ai surpris Jericho et Boston dans sa chambre. Avoir des sentiments pour le même homme que mon frère a été compliqué à gérer, même si je leur ai rapidement pardonné. J'ai toujours su que ce baiser n'était pas anodin pour Boston. Est-ce que ça l'était pour Jericho ? Je l'ignore encore, même si j'ai du mal à l'imaginer embrasser quelqu'un sans que cela ait la moindre signification. Mais j'ai décidé, il y a longtemps, que cela n'avait aucune importance.

La musique commence, et je me place aux côtés de Jay, derrière les garçons d'honneur de Nate, alignés en file. Dans notre dos, Boston nous enveloppe dans une étreinte soudaine, porté par l'émotion, si j'en crois l'éclat brillant de son regard.

– Merci d'être là tous les deux. Vous ne pouvez pas imaginer à quel point ça me touche.

La boule qui se forme dans ma gorge m'empêche de lui répondre. Je sais que ses mots étaient principalement adressés à Jericho, mais qu'ils voulaient aussi dire « merci de ne plus être en colère contre mon meilleur ami ». Je voudrais pouvoir lui assurer qu'on sera toujours là pour lui, mais la vérité c'est que j'ignore encore si nous serons là *ensemble* pour lui.

Nous regardons les deux garçons d'honneur avancer dans l'allée quand les portes s'ouvrent devant nous. Les invités se lèvent et se tournent dans notre direction, ou plutôt dans celle des mariés. Un léger coup dans mon bras me pousse à regarder Jericho qui me tend son coude pour que j'y glisse ma main. Je m'exécute sans me poser de question.

Nous prenons ensuite place côte à côte, non loin de l'officiante, et tournons nos regards vers les futurs mariés qui commencent à remonter l'allée. Ils sont tellement beaux, inconscients des gens qui les scrutent. Ils n'ont d'yeux que l'un pour l'autre.

Je passe la cérémonie à essayer de refouler mes larmes, mais je ne peux pas lutter devant les vœux qu'ils échangent en se promettant l'un à l'autre. Un mouchoir atterrit dans ma main, et je me retourne vers Jay qui a apparemment prévu que je ne tiendrais pas très longtemps sans pleurer.

Je murmure un « merci » silencieux avant d'essuyer discrètement le dessous de mes yeux. Quand je suis sûre d'avoir l'air à nouveau présentable, je glisse subtilement le mouchoir dans mon décolleté. Au moment où je reprends ma place initiale, c'est cette fois la main de Jericho qui se glisse dans la mienne. Je sais que personne ne peut le voir, vu la façon dont nos mains sont positionnées. Mon cœur fait une envolée. Il bat tellement fort que je me demande si Jericho peut l'entendre.

Petit à petit, les barrières que j'ai passé cinq ans à ériger sont en train de s'effondrer, aussi sûrement qu'un château de cartes balayé par un courant d'air. Et dans cette salle où mon frère est en train de promettre de passer sa vie avec celui qu'il aime, je ne suis pas très sûre d'avoir envie de continuer d'attendre que Jericho fasse le premier pas.

Assise à une table, une coupe de champagne à la main, mon regard s'attarde un instant sur Boston et Nate, enlacés, dansant joue contre joue. Puis mes yeux tombent sur Jericho. Je ne peux pas m'empêcher d'éclater de rire. Quand il me voit, mon hilarité redouble, alors qu'il essaie de me faire comprendre qu'il a besoin d'aide. Je hausse les épaules en riant comme si je ne comprenais pas ses signaux.

« Tu ne perds rien pour attendre », prononce-t-il en silence alors que Ruth se dandine devant lui. Je dois lui reconnaître une chose. Elle ne craint pas le ridicule et vit comme si personne ne la regardait.

Quand je décide qu'il a assez souffert, je pose ma coupe et le rejoins sur la piste. Je pose une main sur l'épaule de Ruth en évitant ses moulinets de bras.

Chandler dans Friends, vous voyez ?

– Excusez-moi, Ruth, mais Jericho m'avait promis une danse aussi. Et je crois qu'il apprécie tellement votre compagnie qu'il pourrait bien oublier sa promesse.

Elle pose une main sur sa poitrine, essoufflée.

– Oh ! Il est tout à toi, ma petite. Il est bien échauffé maintenant.

– Merci, Ruth, gloussé-je en me glissant entre elle et Jericho. On ne voudrait pas qu'il se fasse un claquage, n'est-ce pas ?

Je fais un clin d'œil à l'intéressé qui passe un bras autour de ma taille. Sa poigne est bien plus ferme que ce qu'il ne s'est jamais permis avec moi, et je dois reconnaître que ça me plaît qu'il arrête enfin de penser que je vais me briser. J'ai survécu cinq ans sans lui après tout.

– Ce n'est pas drôle, siffle-t-il quand je continue de rire en sourdine. J'ai cru qu'elle allait se tordre une cheville ou faire un malaise.

Je passe mes bras autour de sa nuque, le sien se resserre sur ma taille.

– Heureusement qu'elle dansait avec le pompier le plus sexy de la salle, au cas où.

Ses joues se teintent de rouge, et je trouve ça tellement mignon que je ne peux pas m'empêcher de sourire. Après quelques minutes à nous balancer comme ça, Jericho récupère une de mes mains pour commencer à suivre le rythme de la musique. Dire que je suis surprise qu'il sache danser est un euphémisme.

– Je dois reconnaître que j'avais cru que tu me marcherais sur les pieds.

C'est à son tour de rire.

– Au ranch, mon oncle organisait de petites soirées hebdomadaires, parce qu'il avait remarqué que cela renforçait les liens entre ceux qui travaillaient pour lui. Après quelques semaines, certaines femmes m'ont pris de pitié et m'ont appris à danser.

Je hausse un sourcil.

– *Des* femmes, hein ?

– Jalouse ?

Je détourne le regard du sien, bien trop scrutateur, avant de lâcher un petit « toujours » qu'il n'aurait pas entendu si nous ne tenions pas si proches l'un de l'autre. Je pose ma tête contre son épaule quand le rythme de la musique ralentit à nouveau.

– Ça te manque ?

Il réfléchit pendant un moment qui me paraît bien trop long.

– J'adore mon oncle, finit-il par répondre. Et c'est sûr que j'aimerais le voir plus souvent, mais…

De sa main qui tient toujours la mienne, il me relève le menton pour plonger son regard dans mes yeux. Je ne vois plus les autres autour de nous qui pourtant, je le sais, nous observent avec curiosité. Nous sommes seuls au monde sur cette piste de danse.

– Sal, rien ni personne ne me manquera jamais autant que tu m'as manqué ces cinq dernières années.

Ses mots me foutent le tournis. Peut-être que, finalement, ce n'est pas Ruth qui va faire un malaise ce soir. Apparemment, Jericho McKenna est bien décidé à m'achever. Comme hier, je vois le désir danser dans ses iris noisette. Mais cette fois, c'est lui qui finit par reculer. C'est toute l'histoire de notre relation : quelques pas en avant, puis autant en arrière, un éternel ballet sur la même piste. Sauf qu'aujourd'hui, je crois que j'en ai assez d'attendre.

– Tu veux un verre ?

Je hoche la tête et le regarde s'éloigner un instant avant de faire moi-même demi-tour. Je me dirige vers les portes vitrées à l'autre bout de la salle qui, je le sais, donnent sur un petit jardin japonais.

Le jardin est désert. Je marche jusqu'à me tenir sur le pont sous lequel s'écoule un petit ruisseau. L'air est frais, mais pas autant qu'il pourrait l'être en plein mois de novembre, et il apaise ma peau échauffée par notre danse.

Je ne me retourne pas quand j'entends des pas sur ma droite. Je n'en ai pas besoin pour savoir que Jericho m'a rejointe avec deux coupes de champagne. Il m'en tend une en silence et se place à côté de moi.

Sa proximité m'électrise, ma peau est secouée de frissons.

– Tu as l'air gelée, commente-t-il.

Je ne le contredis pas. Il pose nos verres sur le banc qui se trouve sur le pont et se défait de sa veste pour la glisser sur moi. Je fronce les sourcils.

– C'est toi qui vas avoir froid cette fois.

Il hausse les épaules, mais je me colle à lui pour partager un peu de ma chaleur. Alors que mes bras s'enroulent autour de sa taille, les siens m'enveloppent dans son étreinte. Nous sommes aussi proches que lorsque nous dansions, mais cette fois, personne ne nous regarde.

Alors que je relève mon visage vers le sien, bien décidé à faire ce que je me suis promis et à ne pas attendre qu'il fasse le premier pas, il ne m'en laisse pas le temps. Ses lèvres se posent sur les miennes avec douceur. Mon cœur bat la chamade, et je sais qu'il peut le sentir contre sa cage thoracique.

Quand j'entrouvre la bouche et que nos langues se rencontrent, j'avale le grognement qui monte de sa gorge. Je ne laisse plus ma peur ou mes insécurités me retenir, et ce baiser qui avait commencé dans la délicatesse se transforme en quelque chose de beaucoup plus passionné. Ce sont des années d'attente et de colère qui le nourrissent ici, sur ce petit pont de bois au milieu du jardin japonais plongé dans l'obscurité nocturne. Ce soir, pour la première fois depuis longtemps, j'ai l'impression de pouvoir respirer à pleins poumons dans les bras de celui que j'ai rencontré dans une cour d'école.

32

Jericho

Ce baiser, je voudrais qu'il ne prenne jamais fin. Je me noie dans un océan de sensations toutes plus nouvelles les unes que les autres, et c'est avec un sourire aux lèvres que je me laisse submerger par la vague.

C'est Salem qui y coupe court, sans pour autant rompre complètement le contact. Ses lèvres frôlent les miennes quand elles prononcent les mots suivants :

– Ta chambre ou la mienne ?

Et je sais que je ne devrais pas être surpris. C'est de Salem qu'il s'agit. Elle n'a jamais été timide et a toujours eu l'habitude d'exprimer clairement ce qu'elle souhaite. Seulement voilà, elle n'a jamais été comme ça avec moi. Me faire flancher pour aller à Devil's Creek, c'est une chose. Me faire comprendre à quel point elle me désire, c'en est une autre.

Et je peux dire que nous sommes tous les deux alignés sur nos envies ce soir. À tel point qu'avec son corps plaqué contre le mien, elle doit forcément sentir mon érection sous mon pantalon de costume.

C'est pour ça que je ne reviens pas de ce que je suis sur le point de lui répondre.

– Aucune ?

Salem se recule sans totalement échapper à mon étreinte. Elle me fixe du regard, les sourcils froncés, et je ne sais pas si elle est en colère ou si elle ne comprend pas ce que je lui ai dit.

Je la serre un peu plus contre moi.

– Ne te fâche pas, supplié-je. Je veux juste qu'on ne se précipite pas, qu'on prenne notre temps.

Elle lève les yeux au ciel avant de pousser un long soupir.

– On n'en a pas déjà assez perdu ? rétorque-t-elle.

Elle a sans doute un peu raison. Ça fait longtemps que mes sentiments pour elle sont devenus flous. Des années que j'ai eu envie du genre de baiser que nous venons d'échanger. Mais je ne peux pas lui dire ça. Pas vraiment. Déjà parce qu'à une époque, j'avais autant envie d'embrasser son frère qu'elle. Ensuite, parce que j'ai fui sans un seul regard en arrière.

Cette fois, je veux faire les choses bien et dans l'ordre. Et pour ça, il faut que nous débarrassions le placard de notre relation de tous les squelettes qui l'encombrent.

Je viens placer mes paumes sur ses joues pour qu'elle comprenne que ce que je veux lui dire vient du fond de mes tripes. Je n'ai jamais eu l'habitude d'exprimer mes sentiments, mais avec elle, *pour* elle, je compte bien apprendre à le faire.

– Sally… Je ne vais nulle part, OK ? Je ne fuirai plus et je suis là pour rester. On a le temps.

Je pose un léger baiser sur ses lèvres avant de continuer.

– Je sais que j'ai brisé ta confiance plus d'une fois, et encore aujourd'hui, tu me regardes comme si j'allais me volatiliser du jour au lendemain. Ça ne sera pas le cas. J'ai grandi, mûri, et je veux pouvoir te le prouver avant qu'on aille plus loin… On peut monter dans ma chambre, mais ce sera pour parler.

Elle me dévisage un long moment. Son regard émeraude verrouillé au mien, j'attends de voir comment elle va réagir. Elle me maudit sans doute un peu – comme je me maudis moi-même. Pourtant, elle finit par attraper ma main et entrelacer nos doigts avant de s'avancer vers une porte qui rejoint directement la partie hôtel du Vineyard.

Sans un mot, nous prenons l'ascenseur jusqu'aux chambres. J'aimerais reprendre notre baiser là où nous l'avons laissé, mais je ne veux pas non plus donner l'impression de souffler le chaud et le froid.

En sortant de la cabine, elle se dirige instinctivement vers ma chambre. Je l'ouvre à l'aide de ma clé électronique et elle y pénètre avant de se débarrasser de ses talons hauts et de ma veste de costume qui reposait toujours sur ses épaules. Je me laisse tomber sur le lit pour retirer mes chaussures et la regarde se frotter les bras comme si elle avait encore froid.

– Tu veux prendre un bain ? proposé-je.

Elle se laisse tomber à côté de moi avec un petit sourire.

– Avec toi ?

Je penche la tête sur le côté en la regardant pour bien lui faire comprendre que je ne flancherai pas. Même si, encore une fois, ce n'est pas l'envie qui me manque. Rien que l'idée de me glisser dans l'eau chaude contre son corps nu…

Nope. Jericho, change de direction immédiatement !

– Non. Juste toi, pour que tu te réchauffes.

Elle lève une nouvelle fois les yeux au ciel. Apparemment, je dis des énormités ce soir.

– Ça serait complètement contre-productif. Non, pas de bain du coup. Tu aurais quelque chose à me prêter pour dormir ?

Je marque un temps d'arrêt. Je ne suis pas certain que ce soit une bonne chose qu'elle dorme dans ma chambre, mais après tout, ce ne serait pas la première fois. Même si je ne pensais que discuter au départ, je vois bien maintenant qu'elle a l'air épuisée.

Je me lève pour prendre un t-shirt dans ma valise et le lui tends. Je me retourne pour qu'elle puisse se changer.

– Je vais avoir besoin d'aide pour la fermeture éclair, explique-t-elle dans mon dos.

Elle s'est approchée de moi sans que je m'en rende compte.

– C'est un piège ? demandé-je sans me retourner.

Son éclat de rire me prend tellement par surprise que je finis par pivoter pour la retrouver dos à moi, ses cheveux relevés pour dévoiler la fermeture de sa robe.

– Je fais comment pour te piéger avec ma fermeture éclair ? se moque-t-elle.

Elle n'a pas tort. Mais alors que je descends le zipper pour dévoiler le bas de son dos nu, je me rends compte que le danger ici ne vient que de moi-même et de ma faiblesse. Je déglutis avec difficulté, alors que j'achève d'ouvrir sa robe. Je me tourne à nouveau juste avant qu'elle ne glisse le long de son corps.

Bien joué, Jericho. Tu auras peut-être une médaille.

J'entends qu'elle se glisse sous les couvertures et je ne me retourne qu'à ce moment-là. Je me défais rapidement de ma chemise et de mon pantalon, pleinement conscient de son regard qui capte chaque mouvement. Puis je la rejoins dans le lit *king size*. Face à elle, je retiens mon geste, de peur que le fragile contrôle que je m'impose ne vole en éclats.

– Tu voulais parler ? demande-t-elle.

Je hoche la tête sans vraiment savoir par où commencer. Il y a tellement de choses que nous ne savons plus l'un sur l'autre. J'ai conscience que j'en suis le seul responsable.

– Raconte-moi comment c'était, en Irlande ? questionne-t-elle en me devançant.

J'hésite un moment. Je sais que, si je lui parle de l'Irlande, je m'aventure un peu sur un terrain glissant, parce que c'est le pays où je suis parti quand je l'ai laissée comme un lâche. *Et en même temps, c'est exactement le but, non ?* Parler des choses difficiles, crever l'abcès.

Alors, je lui raconte mon arrivée là-bas au surlendemain de l'enterrement de Maman. J'étais une loque, et mon père m'a accueilli comme si je n'étais qu'un vestige encombrant d'une vie révolue. Je lui raconte ces premiers jours passés chez lui, affalé sur son canapé à pleurer, confronté à la froideur de celui que j'avais autrefois appelé Papa.

– J'ai tellement regretté ma décision dans ces premiers jours, Salem…

– Pourquoi tu n'es pas rentré ?

– Parce que je n'étais pas parti pour moi, mais pour ne pas te faire de mal.

Elle se rapproche un peu, pose sa paume sur ma joue.

– Tu sais que c'est ridicule ?

– Peut-être. Mais à l'époque, je ne me croyais pas capable de t'apporter ce dont tu avais besoin. Je n'aurais pas supporté de te perdre vraiment.

– Je n'avais besoin que de toi, Jericho.

Je ferme les yeux face à la puissance de ses mots. Ils pansent une partie de mon âme.

– Est-ce que…

Elle s'interrompt. L'hésitation dans le ton de sa voix me fait rouvrir les yeux.

– Est-ce que tu as eu quelqu'un là-bas ? finit-elle par lâcher d'une traite comme on arrache un pansement.

Je lui dois bien la vérité, mais je n'ai vraiment pas envie qu'elle m'en veuille plus que ce n'est déjà le cas.

– Pas vraiment *quelqu'un*, avoué-je en insistant sur le dernier mot. Plutôt des inconnus que je savais que je ne reverrais pas, pour tromper ma solitude.

– Des hommes ou des femmes ? questionne-t-elle.

Il n'y a pas vraiment de douleur dans ses yeux verts. Juste de la curiosité. Pour elle, ces cinq ans font partie du passé. Elle est plus mature que moi. Même si j'essaie de ne rien laisser paraître face à elle, ma jalousie me ronge quand je l'imagine avec Aleck ou avec cet abruti de Josh.

– Les deux, lâché-je avec sincérité.

Elle hoche la tête. Elle a eu la réponse à sa question, et ça lui suffit pour le moment. La fatigue semble la rattraper, et je prends conscience que je suis épuisé aussi. Sachant que je finirai peut-être par le regretter, je bascule sur le dos et l'attire contre moi. Elle vient se couler dans mon étreinte et pose sa main sur mon ventre. Et c'est comme ça, le nez enfoui dans ses cheveux, que je finis par sombrer.

✦ ✦ ✦

Ce sont des coups contre la porte de ma chambre qui achèvent de me réveiller le lendemain. Salem est toujours dans mes bras et elle grogne à l'encontre de celui ou celle qui essaie manifestement de réveiller tout l'hôtel.

– Jericho ! Salem ! Vous vous souvenez qu'on déjeune tous ensemble dans quinze minutes ?

L'histoire se répète. Heureusement que Boston n'est pas venu me chercher pour pêcher, je l'aurais étranglé avec le fil de sa canne.

– On arrive ! crié-je, sans le détromper sur la présence de sa sœur cette fois.

– Pourquoi il s'imagine toujours que je suis dans ta chambre ? bougonne Sal contre mon torse.

Je ricane avant de déposer un baiser dans ses cheveux.

– Sans doute parce qu'il n'est pas aveugle.

Ce matin, peu m'importe. Que Boston sache ce que je ressens pour sa sœur, ce que j'ai *toujours* ressenti, ne me dérange plus. Aujourd'hui, avec elle dans mes bras, j'ai envie de le crier au monde entier.

33

Salem

Il est près de 22 heures quand je monte dans ma voiture après un cours particulier d'éducation canine chez une cliente en difficulté avec son chien agressif.

Ce sont plutôt les dresseurs peu scrupuleux qui vendent des chiens de travail comme animaux de compagnie que je devrais éduquer, mais ce n'est malheureusement pas ce qu'on me demande. Certes, ma cliente aurait pu se renseigner un minimum avant de faire l'acquisition de son chien, mais au moins, elle n'a pas attendu qu'il soit trop tard pour me contacter. Parfois, ce sont les refuges qui m'appellent parce que je suis leur dernier recours avant que l'animal ne se fasse euthanasier.

Je pousse un grand soupir et me frotte le visage. Je suis épuisée et, très honnêtement, j'aurais préféré passer la soirée avec Jericho, qui a demain sa première garde depuis le mariage. Toutefois, je ne pouvais pas me permettre de refuser. Ces consultations particulières paient plutôt bien, et le sanctuaire a toujours besoin d'argent.

Au moins, travailler m'aura servi de distraction. Pendant quelques heures, je ne me suis plus posé la question qui ne cesse de tourner en rond dans ma tête. La question qui ne concerne personne d'autre que l'homme vivant actuellement chez moi, et que je n'ai aucune envie de voir partir.

Que sommes-nous ?

Ces trois mots virevoltent sans fin dans mon esprit depuis le mariage de Boston et Nate.

Que sommes-nous ?

Plus que des amis, c'est une certitude.

Mais pas encore des amants.

Des amoureux ?

Nous n'avons plus quinze ans, ni l'un ni l'autre.

Des âmes sœurs ?

Ce n'est pas un concept que j'arrive vraiment à concevoir. Il est trop absolu, trop définitif. Trop effrayant. Il amène d'autres questions auxquelles je n'ai pas plus de réponses. Si j'étais son âme sœur, est-ce que Jericho aurait embrassé Boston, il y a toutes ces années ? Si j'étais son âme sœur, est-ce qu'il serait parti à l'autre bout du monde avec à peine un e-mail pour s'expliquer ?

Je ne peux pas nier que nos âmes se reconnaissent quand elles sont ensemble.

Comment appelle-t-on deux meilleurs amis qui partagent le même lit depuis quatre jours sans rien échanger d'autre que des vérités et des baisers brûlants ? Je l'ignore, et c'est pour ça que, parfois, le travail est salutaire. J'aime m'y réfugier pour ne pas ressasser les mêmes choses encore et encore.

Sur son support, mon téléphone sonne alors que je me trouve à quelques kilomètres de la maison. Je jette un coup d'œil sur l'écran, prête à répondre en pensant que ça ne peut être personne d'autre que Jay. J'interromps mon geste en lisant « numéro inconnu ».

– Merde, juré-je entre mes dents avant d'appuyer sur le bouton pour interrompre l'appel entrant et envoyer mon interlocuteur sur messagerie.

Je sais toutefois qu'il ne laissera pas de message. Depuis que je lui ai dit de trouver un nouvel éducateur canin, Josh n'a pas arrêté d'essayer de me joindre par téléphone, au point que j'ai dû le bloquer une première fois. Seulement, mes coordonnées sont disponibles sur mon site professionnel, et il n'a eu bien sûr aucun mal à me recontacter après avoir changé de numéro. Cette fois, impossible de le bloquer, puisqu'il a masqué ses identifiants d'appel. Je ne peux pas dire que je sois surprise. Son incapacité à entendre et à accepter le mot « non » est la première raison qui m'a fait rompre avec lui.

Je devrais probablement mentionner le problème à la police, mais la moitié des flics de cette ville sont amis avec mon père ou connaissent mon frère. Si je dépose une main courante, il ne faudra pas longtemps pour que ceux-ci soient mis au parfum, et Jericho aussi, par la même occasion. Et s'il a mis son poing dans la figure d'Aleck pour avoir simplement maté ma poitrine d'un peu trop près quand on était au lycée, je n'ose pas imaginer ce qu'il fera à un mec qui me harcèle par téléphone et qui sait où j'habite. Non, le mieux, c'est d'attendre qu'il se lasse. Parce que ça sera probablement le cas quand il comprendra que je ne m'abaisserai jamais à répondre à ses appels incessants.

Je hausse les sourcils en garant la Jeep devant la maison. Au rez-de-chaussée, tout est éteint, et les chiens ne sont plus dehors. J'entre sans faire de bruit. Quand j'ouvre doucement la porte de leur chambre, ils lèvent à peine la tête pour me regarder.

– Bonne nuit, les chiens, chuchoté-je.

Ma surprise s'intensifie. Si Jericho n'a jamais eu de problème avec Medford et Portland, je sais que c'était un peu plus compliqué pour lui d'être à l'aise avec Storm et Faolán. Ce soir, je prends conscience d'à quel point il a dû faire preuve de patience lorsque je passais du temps dans les enclos des autres animaux. Voir les efforts qu'il a fournis pour s'entendre avec mes bêtes fait battre mon cœur un peu plus vite.

Je monte quatre à quatre les marches qui mènent à l'étage, persuadée de le trouver devant la télévision. Mais quand j'arrive à l'entrée de la pièce, les lumières sont éteintes et la télé coupée. Il n'est pas dans ma chambre non plus, mais je remarque immédiatement qu'une lumière brille encore dans sa chambre et que sa porte est entrouverte.

Je pousse davantage le battant et souris en trouvant Jericho au lit, endormi, avec un de mes bouquins ouvert sur le torse. Sans perdre de temps, je me faufile jusqu'à ma salle de bains pour prendre une douche rapide. Une fois de retour, je me dirige sur la pointe des pieds jusqu'à son lit. Je me glisse ensuite sous les couvertures en espérant ne pas le réveiller. Peine perdue. Je ne suis pas certaine qu'être pompier l'aide à avoir un sommeil profond.

– Tu es rentrée depuis longtemps ? murmure-t-il en se tournant vers moi.

Le livre ouvert tombe dans le mouvement et je le ramasse pour le fermer.

– Je viens d'arriver. Merci d'avoir couché les chiens. Tu n'as plus peur de Storm ?

Il me sourit en glissant une mèche de mes cheveux roux derrière mon oreille.

– Elle et moi, on a un deal.

Je ricane et désigne le roman sur le lit entre nous deux.

– Je ne pensais pas que c'était ton style de lecture, me moqué-je gentiment.

Il reprend le livre en le feuilletant pensivement.

– Tu veux dire, une réécriture de *la Belle et la Bête* où la Bête est un tueur à gages qui a tué le père du héros ? Ou tu veux dire un livre avec ce genre d'illustrations à l'intérieur ?

Il ouvre le roman à une page sur laquelle un dessin des deux héros sous la douche, dans une position très explicite, recouvre toute la page. Mes joues doivent être écarlates.

– Les deux, avoué-je en me couvrant le visage des mains.

Il les retire et dépose un doux baiser sur mes lèvres.

– Eh bien, tu n'as pratiquement que ça sur tes étagères, vois-tu, explique-t-il avec sérieux. Celui-là était dédicacé, je me suis dit que tu devais particulièrement l'apprécier.

– L'autrice a fait une tournée de dédicaces quand elle a fait traduire son roman en anglais. Elle est française.

Il désigne la biographie de l'autrice en question sur la couverture.

– Je sais lire, figure-toi.

– J'avais remarqué. Tu as déjà lu la moitié du roman. À moins que tu ne regardes que les images, le taquiné-je en arquant un sourcil. Je veux dire… ils sont torrides, ces dessins.

Dégageant la couverture de son chemin, il se déplace pour s'allonger sur moi.

– Rien n'est aussi torride que toi, Sal.

Ses lèvres s'emparent des miennes, me dévorent. Elles annihilent tous mes doutes. Sa langue joue avec la mienne et je ne peux pas m'empêcher de gémir contre sa bouche. Son érection frotte contre mon clitoris. Immédiatement, comme si cela avait déclenché un signal d'alarme dans sa tête, il s'écarte de moi avant de se laisser tomber sur le dos. Il est aussi essoufflé que je le suis, et sans aucun doute aussi frustré.

Une partie de moi a envie de se vexer qu'il ne veuille pas aller plus loin, mais une autre partie, bien plus grande, comprend qu'il veut juste attendre de faire les choses correctement. Même après cinq ans sans se voir, il cherche toujours à me protéger, et ça ne fait que renforcer les sentiments que j'ai pour lui. Je me pelotonne contre son torse et souris diaboliquement quand mon avant-bras effleure « malencontreusement » son érection. Le contact furtif le fait grogner, et mon sourire s'agrandit.

– C'est ta punition pour me torturer toutes les nuits, lâché-je avant de me couler un peu plus dans son étreinte.

Il marmonne quelque chose que je ne comprends pas et que je suis bien trop fatiguée pour essayer de déchiffrer.

✦ ✦ ✦

Ce sont des baisers sur mon front, mes joues puis mes lèvres qui finissent par me réveiller. Il fait encore sombre dehors, mais je suis sûre qu'il n'est pas si tôt, parce que Jericho est déjà habillé et porte son sac en bandoulière.

– Tu aurais dû me réveiller avant, protesté-je. J'aurais bu un café avec toi.

– Tu dormais trop bien. Et puis, je n'ai pas bu de café, j'ai profité de rester contre toi jusqu'à la dernière minute.

Je lui souris avant de poser ma paume sur sa joue.

– Sois prudent.

– Toujours.

Un dernier baiser sage, et le voilà parti. Et moi, je me retrouve seule avec mes questions sans réponses, dans un lit qui sent le parfum de Jericho.

Que sommes-nous ?

34

Jericho

J'ignore depuis combien de temps a sonné la fin de notre garde, mais, pendant la dernière heure, nous avons été appelés sur un accident de la route qui s'est transformé en carambolage. Les choses n'ont pas été aussi simples qu'on aurait pu l'espérer.

Peu après notre arrivée, alors que nous évacuions les personnes capables de quitter leurs voitures à pied et que nous désincarcérions celles qui en avaient besoin, deux des véhicules impliqués dans l'accident ont pris feu. L'un était vide. L'autre ne l'était pas.

Boston et moi étions les plus proches de la seconde voiture. Nous avons fait tout notre possible pour maîtriser l'incendie afin de pouvoir en sortir la victime. Malheureusement, les ambulanciers n'ont pas pu la réanimer. Son corps avait subi trop de dommages à cause du feu, et elle avait sans doute inhalé trop de fumée.

Au moment où nous rentrons à la caserne, je me rends compte que ma garde est terminée depuis plus d'une heure. Avant même d'aller prendre une douche, j'envoie un message à Salem qui, j'en suis persuadé, doit être maintenant très inquiète. D'ailleurs, ses messages en témoignent.

Sal : J'ai entendu les sirènes peu avant 8 heures.
Sal : J'imagine que c'est pour ça que tu n'es pas encore rentré.
Sal : Donne-moi des nouvelles quand tu peux.

Un gros accident de la route. On a fini plus tard que prévu.

Je n'attends pas sa réponse. Le principal, c'est qu'elle soit rassurée. Je prends donc une douche rapide et trottine jusqu'à ma voiture en lisant son nouveau message sur mon téléphone.

Sal : Grave ?

Je tape rapidement un autre SMS tout en me glissant derrière le volant de la Charger. La semaine dernière, j'ai rendu le SUV de location sous la pression de Salem, qui trouvait ridicule que je me ruine de cette façon alors que ma voiture qu'elle n'utilise presque jamais prend la poussière devant chez elle.

Assez.

Je ne m'appesantis pas. Quand les interventions ne se déroulent pas comme je l'espère, j'ai pris l'habitude, depuis que j'ai commencé à travailler, de ne pas les ressasser. J'ai compris que ruminer ne sert à rien. Ça ne change jamais le résultat, de toute façon.

Bien sûr, le département a des psychologues auxquels nous pouvons parler en cas de besoin et qui interviennent directement auprès de nous quand nous faisons face à de grosses catastrophes avec beaucoup de victimes.

Toutefois, je sais qu'avec Salem, je n'ai pas besoin de lui expliquer en détail. Après tout, son père était pompier à New York en septembre 2001. Et elle sait que ça le hante encore aujourd'hui. Dans ce job, il y a des tragédies dont on ne se remet jamais vraiment.

Alors que j'arrive à un feu tricolore, je prends conscience que, si je veux avancer avec Salem, il faut que j'abatte les derniers obstacles qui me retiennent encore. Ma tragédie à moi, celle qui m'a fait prendre la fuite en Irlande loin des gens qui m'aimaient vraiment.

Lorsque je gare la Charger devant la maison, Salem sort de l'enclos des loups. Elle est couverte de boue. Je ris en la voyant approcher. Quand elle arrive devant moi, j'essuie une trace de terre qui remonte sous son œil.

– Je ne savais pas que tu prenais des bains de boue, là-dedans, plaisanté-je.

Elle écarte les bras pour inspecter l'ampleur des dégâts.

– Si tu me trouves sale, imagine dans quel état est la meute…

Elle fronce les sourcils en m'observant en silence.

– Ça va ? questionne-t-elle.

Je hausse les épaules.

– Ça va. Je me demandais si tu voudrais aller prendre un petit-déjeuner quelque part ?

Je jette un coup d'œil à ma montre et grimace en voyant l'heure.

– Enfin, tu as sûrement déjà mangé…

Elle secoue la tête.

– Pas eu le temps. Je vais me doucher vite fait et on y va, si tu veux.

Je hoche la tête et la regarde monter l'escalier en courant. J'en profite pour sortir mon sac de la voiture et aller le ranger dans ma chambre. Je me regarde rapidement dans le miroir de la salle de bains avant de redescendre pour attendre Salem.

Mon téléphone vibre dans la poche de mon jean, et je l'en extrais pour y trouver un message de Boston.

Boston : Apparemment, mon mari et ma sœur ont organisé Thanksgiving chez vous.

Je secoue la tête, amusé. Thanksgiving tombe le lendemain d'une garde, et Salem voulait probablement laisser les nouveaux mariés souffler après la visite prolongée de la mère de Nate.

Je réponds alors que Salem descend l'escalier pour me rejoindre.

Ce n'est pas « chez nous ». Mais pas de souci pour moi. J'essaierai d'aller faire les courses mardi pour qu'elle ne se tape pas tout le boulot toute seule.

– Prête ? demandé-je à Sal.

– Yep. On va où ?

Je réfléchis rapidement.

– La sœur de Nick tient un super restau. Il paraît qu'ils font des brunchs de dingue. Si Nick a menti, je pourrai au moins le charrier à la prochaine garde.

Elle hoche la tête, et nous nous dirigeons tous les deux jusqu'à la Charger. Je mets le GPS pour me repérer, et nous arrivons au restaurant en une quinzaine de minutes.

Une fois descendu, je fais le tour de la voiture pour rejoindre Sal sur le trottoir et j'entrelace mes doigts aux siens. Je lève sa main jusqu'à ma bouche pour y déposer un baiser avant de lui tenir ouverte la porte du petit établissement.

Une fois nos commandes passées – je pense que Nick n'a pas menti –, je récupère la main de Salem que j'avais lâchée pour consulter le menu.

– Je voudrais commencer à vider la maison, dis-je sans préambule.

Les yeux de Salem s'écarquillent légèrement, mais elle se reprend rapidement. Je sais que mon annonce l'a surtout surprise parce que je n'aime pas aborder le sujet.

– Tu penses que tu peux me donner un coup de main ? demandé-je d'une petite voix.

Sa main se resserre autour de la mienne. Elle plonge son regard dans le mien et, pendant quelques minutes, elle ne répond rien. Le monde n'existe plus vraiment en dehors de ses iris émeraude qui me disent tout ce que j'ai besoin de savoir.

– Quand est-ce que tu vas comprendre que je serai toujours là pour toi, Jericho ?

Je hausse les épaules. Je n'ai aucune raison de douter d'elle. C'est en moi que je n'ai pas confiance. J'ai tellement peur de lui faire du mal que, parfois, ça me paralyse. C'est pour ça que je dois aller de l'avant et mettre derrière moi ce qui s'est passé il y a cinq ans. Même si je n'oublierai jamais Maman, il est temps de me souvenir d'elle de manière saine. Et je sais que je ne pourrai pas faire ça tant que la maison dans laquelle nous avons vécu ressemble à un mausolée.

– J'ai dit que je serais là quand tu serais prêt, insiste-t-elle.

– On peut commencer aujourd'hui ?

Elle hoche la tête.

– Je n'ai pas de cours cet après-midi. La semaine de Thanksgiving, je n'ai jamais personne, alors je préfère reporter. Il faudra sûrement plusieurs journées de toute façon.

Une fois notre brunch terminé, je fais un arrêt dans un entrepôt de stockage pour acheter des cartons, et nous prenons ensuite la direction de cette maison dans laquelle je n'ai pas mis un pied depuis cinq ans.

C'est comme ça que je me retrouve exactement au même endroit qu'il y a un mois. Cette fois, je mets moins de temps à déverrouiller la porte et je suis certain que la présence de Salem à mes côtés y est pour beaucoup.

La porte enfin ouverte, je me fige, assailli par cette même odeur de poussière et de moisi qui sature l'air. Une main se pose sur ma joue. Sal me pousse à tourner la tête dans sa direction.

– Je comprends que c'est dur. Mais tu sais qu'elle est encore avec toi, non ? Je ne crois pas à grand-chose, mais je sais que, de là où elle est, Erin veille sur toi. Elle n'aimerait pas que tu restes prisonnier du passé.

Je ferme les yeux, submergé par la justesse de ses paroles. Ses lèvres se posent sur les miennes, puis ses doigts s'entrecroisent aux miens. Je la regarde en comprenant enfin ce qu'elle veut dire par « je serai toujours là pour toi ». Pour Salem, ce ne sont pas que des paroles. Elle me le montre aujourd'hui. Alors, le cœur encore lourd, mais l'esprit un peu plus clair, j'entre dans la maison.

– Et si on commençait par la cuisine ? propose la voix de Sally derrière moi.

Je prends une grande inspiration. Elle sait instinctivement quel endroit sera le moins difficile pour moi.

Comment pourrais-je la mériter un jour ?

Je hoche la tête et Sal s'active à déplier des cartons avant d'écrire « à garder » et « à donner » sur deux d'entre eux. Je commence à ouvrir les placards et prends rapidement conscience qu'elle avait raison. C'est sans doute plus facile de débuter le tri par cette pièce, plus fonctionnelle qu'autre chose.

En tout cas, c'est ce que je me dis une fois les placards vidés. Jusqu'à ce que j'ouvre un tiroir. Là, dans cette cuisine, mon corps se fige, mes muscles se crispent. J'avais oublié ce *putain* de tiroir. Celui dans lequel Maman rangeait tous les petits mots qu'elle m'a laissés au fil des années. Ceux qu'elle griffonnait avant de partir au boulot, ceux pour me souvenir de ranger ma chambre ou de mettre en route une machine à laver, ceux qu'elle a commencé à écrire quand elle est tombée malade. Presque au ralenti, je soulève le premier de la pile.

Mon grand, n'oublie jamais que je t'aime et que je suis fière de toi.

Je ne sais pas combien de temps je reste à fixer du regard sa belle écriture cursive que je pensais avoir oubliée. Une main se pose dans mon dos, une autre s'empare du papier que je tiens encore et le remet dans le tiroir avant de le refermer. C'est la vue de Salem qui remplace celle du petit morceau de papier vert. Elle essuie les larmes que je n'avais pas eu conscience de verser.

Ses lèvres se posent sur les miennes, me redonnent le souffle que je retenais depuis que j'ai retrouvé les mots de

Maman. Ses bras s'accrochent autour de ma nuque et je plonge le nez dans son cou.

– Et si on s'arrêtait là pour aujourd'hui ? On reviendra un autre jour, OK ?

Je hoche la tête sans la retirer de l'endroit d'où elle se trouve.

– On pourrait aller s'enfouir sous un gros plaid, regarder des conneries à la télé et commander au Burger Shack plus tard.

Je hoche à nouveau la tête. Je ne sais pas ce que je ferais sans Salem, et cette pensée est aussi terrifiante que réconfortante.

35

Salem

Il n'est que 7 h 30 quand j'ouvre les yeux le matin de Thanksgiving. Jericho est de garde et, comme à chaque fois qu'il n'est pas là, mon sommeil a été entrecoupé de rêves dont je n'ai aucun souvenir et de réveils en sursaut au moindre bruit. J'ai passé des années seule dans cette maison, et il n'aura fallu que deux semaines pour me rendre accro à la présence de Jay dans mon lit.

Je m'assieds au bord du matelas et attrape mon téléphone sur la table de chevet. Apparemment, la nuit de Jericho a été plus calme que la mienne. J'ouvre ses messages, un léger sourire aux lèvres.

Jericho : Je devrais être là vers 8 h 30.
PS : Je te déconseille d'utiliser
un couteau électrique pour découper
la dinde. Ça tranche très bien les doigts.

Je grimace face à l'image qui s'impose à moi.

Beurk.

J'affronte tous les matins une meute de loups sans sourciller, mais parler de doigts coupés me donne la nausée. Clairement, le job de Jericho et de mon frère, ce n'est pas pour moi. Celui de Nate non plus, quand j'y pense. En me dirigeant vers ma salle de bains, je tape rapidement une réponse.

Je compte bien t'attendre pour couper la dinde. Tu feras ça à la main du coup, hors de question que tu te coupes le doigt sur mes beaux comptoirs en quartz.

Une fois habillée, je descends dans la cuisine pour mettre la cafetière en route. Je m'applique ensuite à préparer le repas de mes chiens, qui me collent depuis que je leur ai ouvert. À les voir, on pourrait croire que j'ai l'habitude de les affamer.

Il est déjà 8 heures lorsque je me rends dans l'abri de jardin, juste à côté de la maison. C'est ici que je conserve tous les fruits et légumes frais pour les animaux du sanctuaire. Il y a aussi un congélateur et un réfrigérateur avec la viande et le poisson, et leurs compléments, rangés sur une étagère. Je me mets rapidement au travail, puis distribue leur ration à tous les animaux. Je ne traîne pas ce matin, il me reste bien trop de choses à faire en cuisine pour m'attarder.

Je ne suis pas surprise de voir la Charger devant la maison quand je sors de l'enclos des loups. Sans pouvoir m'empêcher de sourire comme une idiote, je me précipite à l'intérieur. Je retrouve Jericho dans la cuisine, déjà en train d'éplucher les patates douces.

– Eh !

Je ne lui laisse pas le temps de répondre avant de lui prendre l'éplucheur des mains et de me glisser dans ses bras.

– Salut, répond-il.

Mes bras s'enroulent autour de sa taille avec force, tandis que les siens m'enveloppent complètement. Je pose mon oreille contre son torse et reste un moment à me laisser bercer par le rythme régulier de son cœur. Le son avec lequel j'ai pris l'habitude de m'endormir.

– Tu m'as manqué, commenté-je en relevant la tête pour plonger mon regard dans le sien.

– Tu m'as manqué aussi, répond-il en posant sa bouche sur la mienne pendant quelques secondes bien trop courtes.

Je recule d'un pas, sans vraiment arrêter de le toucher pour autant.

– Je vais aller prendre une douche, expliqué-je. J'imagine que Boston et Nate ne vont pas trop tarder, mon frère m'a dit qu'ils viendraient aider à préparer le repas.

Il hoche la tête en reprenant son éplucheur.

– Oui, je crois qu'il repassait juste chez eux pour prendre Nate et ce qu'ils ont acheté pour faire le dessert. Tes parents sont bien arrivés ?

Ils sont repartis, en avion cette fois, pour raccompagner mes grands-parents.

– Oui, affirmé-je en me servant une tasse de café pour l'emmener.

Dans la salle de bains, je ne traîne pas. Hors de question que Jericho cuisine tout le repas après une nuit de garde. Je me douche et enfile des bas et une robe pull qui m'arrive au-dessus du genou. Je me maquille légèrement et redescends juste au moment où Boston pousse la porte d'entrée les bras chargés d'ingrédients en tout genre.

– Salut, p'tite sœur ! chantonne-t-il.

Je croise les bras sur la poitrine en lui jetant un regard noir.

– Tu te souviens qu'on a le même âge, hein ?

Il agite un doigt devant mon visage avant de me faire un câlin d'un seul bras.

– Non. J'ai huit mois de plus que toi.

Je lève les yeux au ciel avant de le pousser sans ménagement vers la cuisine d'où son pote ricane. J'enlace ensuite Nate avant de lui prendre un sac des mains.

– C'est super de vous voir tous les deux.

– Pour une fois qu'on a tous un moment libre en même temps, commente-t-il.

Il a raison. Entre les gardes de Jericho et Boston, ses propres gardes aux urgences, mon boulot au sanctuaire et les cours d'éducation canine, on ne s'est pas vus depuis leur mariage.

C'est vraiment agréable d'être là, tous les quatre, dans cette maison que j'adore. C'est un peu comme au bon vieux temps, même si je dois reconnaître que les choses ont changé. Je crois que c'est pour le mieux. Surtout quand Jericho m'effleure discrètement à chaque fois qu'il passe à côté de moi. Ou quand sa main frôle ma cuisse et se promène à la lisière de mes bas, alors que je suis en train de préparer la sauce aux canneberges.

Le repas est plaisant, et nous parlons de tout et de rien. De la dernière garde de Jericho et Boston (qui ne peuvent pas s'empêcher de remettre cette histoire de couteau électrique sur le tapis), des horreurs des urgences de Nate qui me font davantage grimacer, ou encore du sanctuaire et des quelques écoles de la région qui vont bientôt venir le visiter.

– Et sinon, pas de voyage de noces ? questionne Jericho en se tournant vers les jeunes mariés.

Nate hausse les épaules.

– On a prévu un week-end avant Noël, mais je n'aurai pas plus de congés que ça tant que je n'aurai pas terminé mon internat. Donc, le vrai voyage, ça sera pour l'année prochaine.

– Vous allez où en week-end ?

– À Cancún, répond Boston. Trois jours, c'est un peu court, mais un peu de soleil, ça fera du bien quand même. D'autant plus que la saison des feux risque de commencer prématurément cette année.

Je fronce les sourcils. Je n'aime pas savoir qu'il va passer plus de temps à se tuer à la tâche ce printemps et cet été, mais je sais qu'il a raison. Cet automne est particulièrement sec et les prévisions pour l'hiver ne sont pas très encourageantes. Les feux risquent d'être plus nombreux. Plus dévastateurs. Je frissonne.

– Le match va bientôt commencer, lâche Jericho.

Son changement de sujet est le bienvenu, et je sais qu'il n'est pas anodin. Je reprends mes esprits en regardant ma montre.

– On devrait aller manger le dessert devant la télé, proposé-je avant de me tourner vers Jay. Ça ne te dérange pas d'aller chercher du bois ? Il fait un peu frais là-haut.

Il hoche la tête avant de se lever.

– Je vais t'aider, lance Nate en se levant à son tour.

– Frangine, tu es coincée avec moi et mes deux mains gauches en matière de cuisine.

Je ricane.

– Est-ce que tes deux mains gauches vont être capables de débarrasser la table ? Je me chargerai de couper des parts de tarte.

Sans rechigner, il s'exécute et je commence à partager la tarte aux noix de pécan dont je dépose des parts sur de petites assiettes.

– Alors ? La vie d'homme marié ? demandé-je à Boston tandis qu'il remplit le lave-vaisselle.

– La même que ma vie d'avant, réplique-t-il en riant. C'est-à-dire : parfaite.

– Alors, pourquoi se marier ? questionné-je.

Je suis sincèrement curieuse d'avoir sa réponse. Le mariage ne m'a jamais fait rêver. Je ne me suis jamais imaginée déguisée en grosse meringue en train de remonter l'allée d'une chapelle. Boston ferme le lave-vaisselle avant de se tourner vers moi. Il s'appuie contre l'îlot central, où je suis en train de couper la tarte.

– C'est symbolique, explique-t-il enfin. Une manière de crier au monde entier « Regardez ! C'est l'amour de ma vie ! ».

Je hoche la tête, la gorge serrée, bien plus troublée par ses mots que je ne l'aurais voulu. Ignorant mon malaise et les pensées qui se bousculent dans ma tête, mon frère continue.

– Et toi alors ? Comment se passe la vie… euh, comment dire ça ? Avec ton meilleur ami ou avec l'homme de ta vie ? J'hésite un peu, à vrai dire.

Il hausse un sourcil. Me met au défi de répondre. Je n'ai pas à le faire, parce que Jericho et Nate reviennent avec le bois pour la cheminée. Mais je comprends son questionnement. Jericho et moi n'avons rien laissé transparaître à notre sujet aujourd'hui. Ce n'est pas par honte ou par timidité, mais plutôt par un accord tacite de garder secret ce qui se passe entre nous. Je crois que nous voulons tous les deux que ça reste encore un peu « à nous », sans que personne d'autre ne s'en mêle.

Toutefois, en m'installant dans le canapé à l'étage, je me laisse instinctivement tomber près de Jericho. Nous sommes si proches que nos cuisses se touchent et qu'il passe machinalement un bras sur mes épaules. Boston, qui s'est assis dans le gros fauteuil à côté, Nate au sol entre ses jambes, n'en rate pas une miette. Il me fait un clin d'œil et je comprends alors que, même si je ne sais pas encore vraiment ce que nous sommes l'un pour l'autre, quoi que ce soit, ça ne restera plus privé bien longtemps.

36

Jericho

En pénétrant dans la petite maison familière, je prends une grande inspiration. L'odeur de renfermé a plus ou moins disparu grâce à Salem, qui a eu la présence d'esprit lors de notre deuxième visite d'ouvrir les fenêtres et d'aérer toutes les pièces.

Aujourd'hui encore, elle est à mes côtés, sa main fermement enroulée autour de la mienne. Je me demande souvent ces derniers jours si elle ne va pas finir par se lasser de mes conneries. Je n'arrive toujours pas à lâcher prise à cent pour cent avec elle, à me donner sans me poser de questions sur l'avenir et sur ce « nous » que je voudrais construire avec elle. Est-ce que je devrais brûler des étapes, de peur qu'un jour elle en ait marre ?

Comme si c'était le genre de Salem ! Souviens-toi, Jericho, le lâche, c'est toi, pas elle…

– Tu veux qu'on commence par quoi ? demande-t-elle, sans en avoir conscience de mes pensées qui partent en vrille.

La dernière fois que nous sommes venus, nous avons terminé la cuisine et les salles de bains. Il ne reste que le salon, ma chambre et celle de ma mère.

– Tu peux t'occuper de trier le salon ? Il ne doit pas y avoir grand-chose. Je vais débarrasser ma chambre.

Je jette un coup d'œil au canapé comme si je pouvais encore y voir Sal et Boston, assis là pour me soutenir, le jour où ma mère est décédée. Je n'arrive pas à raviver les bons souvenirs pour chasser ceux de ce jour fatidique. Même si le lit médicalisé n'est plus là depuis longtemps, l'image de ma mère si frêle, inconsciente de ce qui se passait autour d'elle, me hantera probablement jusqu'à la fin de mes jours. Je n'ai pas envie de m'y confronter davantage. Je sais que ça ne m'apportera rien de bon.

– Bien sûr.

Elle se hisse sur la pointe des pieds pour déposer un baiser rapide sur mes lèvres, et la voilà partie avec ses cartons sous le bras.

De mon côté, je monte les marches pour regagner l'étage et me dirige droit vers ma chambre. Les cartons sont déjà étiquetés « à garder » et « à donner ». Je me rends rapidement compte que je ne vais pas conserver grand-chose dans la pièce. Cette chambre était celle d'un adolescent que je ne suis plus depuis longtemps.

Je mets dans le « à donner » tous mes livres d'école qui prennent la poussière et la plupart de mes vêtements. Je ne garde que deux hoodies, floqués à l'effigie de notre lycée. Je ne peux me remémorer cette période qu'avec douceur. Entouré de mes deux meilleurs amis. Insouciants. Jusqu'à ce que ma mère tombe malade.

Mon regard s'attarde sur le petit bureau que je viens de vider. Je me revois, le jour de l'enterrement de Maman, en train de prendre mon billet d'avion pour l'Irlande et d'écrire les e-mails pour Sal et Boston. Je voudrais revenir en arrière et secouer ce type qui allait prendre la plus mauvaise décision de son existence, celle qui a modifié le cours de sa vie et de celles des personnes qui comptent le plus pour lui.

– Ça va ? demande une voix dans mon dos.

Je hoche la tête sans me retourner, le regard toujours fixé sur mon bureau. Salem passe à côté de moi pour venir se laisser tomber sur le lit. Je pivote alors sur moi-même pour la regarder. Ses yeux parcourent la pièce, qu'elle n'a pas revue depuis ce jour à la symbolique incertaine. Elle semble un peu perdue, elle aussi. Alors, je m'assieds à ses côtés et attrape doucement l'une de ses mains, qu'elle a glissées entre ses cuisses.

Pour elle aussi, cette chambre doit faire remonter des souvenirs. Elle pose sa tête sur mon épaule et nous restons silencieux un très long moment. Je ne m'excuse pas encore de l'avoir laissée seule dans ce lit, cinq ans plus tôt. Elle sait que je regrette. Désormais, il n'est plus question de mots, mais d'actions. Il est temps de lui montrer que je suis digne de la confiance qu'elle m'a accordée en me pardonnant.

En essayant de ne pas trop réfléchir, je me mets debout et l'entraîne dans mon mouvement. Sans un mot, je sors de ma chambre, prends quelques cartons dans le couloir et me dirige vers la chambre de Maman.

Une boule se loge dans ma gorge quand je commence à ouvrir les commodes et l'armoire. Elle ne me quitte pas, alors que je remplis carton après carton. Je ne verse toutefois pas une seule larme en chargeant les boîtes des vêtements et des souvenirs de toute une vie. Je crois que c'est parce que j'essaie de ne pas réfléchir à ce que je suis en train de faire. J'accomplis ces gestes machinalement, sans vraiment voir ces objets qui ont un jour eu de l'importance pour ma mère.

J'ignore combien de temps nous passons dans cette chambre. Je fonctionne dans une espèce de brouillard, et il aurait pu se passer deux heures comme dix minutes. Après avoir fermé le dernier carton avec du ruban adhésif, je recule d'un pas. Je contemple les boîtes, tout ce qui reste de la vie de ma mère. Je me sens vide, et cette sensation me met à terre.

Contre le lit, je me laisse tomber au sol avec l'impression qu'on vient de me piétiner le cœur. Salem s'assied à côté de moi et m'attire dans son étreinte. Comme bien des années auparavant, ma tête vient se poser sur ses cuisses. Elle enfouit ses doigts dans mes cheveux. Je ne sais pas si c'est ce geste anodin ou simplement l'aboutissement de ces trois journées passées à vider la maison, mais mes larmes commencent enfin à déborder et à glisser lentement sur mes joues, puis sur les jambes de Sally. Mes côtes me font mal, ma gorge me brûle.

– Je m'étais promis de rester fort, soufflé-je d'une voix rendue rauque par mes larmes.

– Tu l'étais, murmure Salem. Tu l'es toujours.

Ses caresses continuent dans mes cheveux, mais je secoue tout de même la tête.

– Pas assez. Je n'ai rien pu faire, Sal. J'ai échoué.

Elle essuie l'eau sur mes joues.

– C'est une maladie horrible, tu n'avais aucun contrôle. Même les médecins étaient impuissants. Elle n'est pas partie parce que tu n'as pas fait les choses bien. Elle est partie parce que son corps était trop fatigué, parce que la maladie l'a emportée.

Les larmes coulent de plus en plus vite, de plus en plus fort, au point que j'ai l'impression de m'étouffer. La peine est trop forte, trop vive.

– J'aurais pu… J'aurais dû…

Je bredouille, je n'arrive plus vraiment à penser de façon cohérente.

– Ce n'est pas ta faute, Jericho.

Quelque chose explose dans ma cage thoracique, et je ne parviens plus à retenir les sanglots qui me déchirent la gorge.

Je prends conscience que je ne lui ai jamais dit au revoir, que je ne voulais pas que ça soit si définitif. Mais ça n'a jamais été *ma* décision. Maman est partie, et je n'ai pas le choix aujourd'hui de lui dire adieu. Alors je laisse les larmes couler, les pleurs me déchirer de l'intérieur, bercé par les caresses de Salem et par ses « ce n'est pas ta faute », qu'elle répète encore et encore.

Quand je me calme enfin, le soleil s'est couché depuis longtemps, et il fait complètement noir. La main dans mes cheveux s'est immobilisée, mais je sais que Salem ne dort pas, parce que les doigts de son autre main tracent inlassablement les traits du tatouage sur mon avant-bras. Je repense au sien, à son « *Nothing Lasts Forever* ». Aucun mot n'a jamais été aussi juste à cet instant.

Le vide que j'ai pu ressentir a été remplacé par une sensation d'apaisement que je n'ai pas éprouvée depuis l'instant où Maman m'a appris qu'elle était malade. Et je sais que je le dois en grande partie à Salem, à sa peau contre la mienne et à ses mots qui m'ont empêché de sombrer. Désormais, c'est sur elle que je dois me concentrer, sur nous. Et pour ça, je sais que je vais devoir apprendre à me faire confiance à nouveau.

37

Salem

Après avoir installé la dernière bougie, je me laisse tomber dans le canapé de mon jardin d'hiver. Je suis à peu près certaine que c'était une serre quand la maison a été construite, mais avec Papa, nous avons renforcé l'isolation et refait le parquet. Je n'y fais rien pousser, même si c'est l'endroit où j'ai rentré mes citronniers pour l'hiver. L'ensoleillement y est optimal grâce aux murs entièrement constitués de panneaux de verre, tout comme le plafond en coupole.

Je renverse la tête contre le dossier, mon regard levé vers les étoiles. C'était peut-être la pièce idéale pour faire pousser des fruits et des légumes, mais j'ai choisi de l'utiliser comme observatoire de la Voie lactée. C'est en partie pour ça que je cache cette pièce à Jericho depuis qu'il est ici. C'est sans doute un peu ridicule, mais je veux qu'il ne la voie que quand elle sera complètement décorée. Parce que, s'il y a bien une phrase qui m'a marquée dans son premier e-mail, celui qu'il a envoyé pour m'expliquer son départ, c'est celle où il me promettait de toujours penser à moi en regardant les étoiles. Ces mots sont restés en moi, gravés comme un tatouage sur mon cœur. Quand j'ai visité cette maison pour la première fois, malgré ma colère à son encontre, c'est à lui que j'ai pensé en levant le regard vers le plafond en verre de cette pièce.

Je souris avant de me relever. J'ai hâte qu'il voie le résultat, mais en attendant, il est de garde et il faut quand même que je mange un morceau. Je me rends dans la cuisine, fais chauffer un bol de soupe, et le monte jusqu'à mon petit salon. Je lance *Les Ensorceleuses*, même si je l'ai sans doute déjà vu un million de fois.

Je ne suis pas loin de m'endormir quand des coups résonnent contre ma porte d'entrée. Les chiens sont tous avec moi, et leurs oreilles se dressent. Je lève les yeux au ciel. Mon père avait mentionné qu'il passerait peut-être pour réparer une petite fuite sous l'évier de ma cuisine, mais à une heure aussi tardive, je pensais qu'il ne viendrait plus. Cela dit, ça ne me surprend pas trop de sa part. Il a toujours été un oiseau de nuit, et je suis persuadée qu'il n'a pris conscience de l'heure qu'au moment de frapper à ma porte.

Sans prendre le temps de mettre un sweat-shirt sur mon débardeur, je dévale les marches jusqu'à la porte d'entrée. Je tourne la poignée sans même regarder qui se trouve derrière.

– J'aurais pu être endormie, Pa…

Je m'arrête net, car ce n'est pas mon père qui se tient sur mon porche, mais Josh. Un léger sourire flotte sur ses lèvres, et un frisson glacé me parcourt instantanément. Soudain, je me demande à quel point j'ai pu être naïve pour ignorer cette sensation de malaise qu'il m'inspire depuis le début. Storm se met immédiatement à grogner en montrant les crocs et les trois autres l'imitent, même Faolán, qui adopte pourtant rarement l'attitude d'un chien de garde.

Je n'aime pas que Josh se permette – encore une fois – de débarquer chez moi comme si tout lui était dû, mais je ne veux pas non plus que mes chiens l'attaquent sans motif.

Je suis persuadée que c'est le genre de mec très procédurier, en plus d'être un abruti.

– Coucher ! aboyé-je pour les calmer.

Ils obtempèrent et s'allongent juste derrière moi. Je leur jette un coup d'œil, satisfaite de constater qu'ils restent alertes malgré mon ordre.

– Je peux savoir ce que tu fous là ? questionné-je sèchement. Je pensais pourtant avoir été claire la dernière fois.

Il ricane, et, de nouveau, un frisson glacé me traverse. Quand le pote de Nate me l'a présenté à cette soirée, malgré ma première impression de malaise, j'ai perçu Josh comme un homme sûr de lui et de son charme. Mais au fil du temps et des rencards, j'ai vite compris qu'il n'était rien de plus qu'un manipulateur misogyne, incapable de supporter qu'une femme avec qui il sort soit indépendante.

Quand je l'ai quitté, il a eu des paroles menaçantes que je n'ai pas vraiment prises au sérieux. Son ego en prenait un coup, mais, pour moi, ce n'était que du vent. Ce soir, je me demande si je n'avais pas tort.

– Enfin, Salem… On sait tous les deux que tu as dit ça parce que tu n'étais pas seule la dernière fois. Ne t'inquiète pas, ça sera notre petit secret à tous les deux. Ton mec n'a pas besoin de savoir qu'on se voit derrière son dos.

Hein ?

Non seulement il débarque chez moi en pleine nuit, mais en plus, il divague complètement. Le nœud dans mon estomac se resserre.

– Josh, je pense que je me suis suffisamment montrée claire quand je t'ai dit que je ne voulais plus te voir… Tu devrais partir avant que j'appelle la police.

Il fait un pas en avant. C'est subtil, mais ce mouvement le rapproche de moi. Plus que je ne le voudrais. Il n'a pas l'air spécialement menaçant, juste un peu dingue. Il lève les mains en l'air comme pour se défendre.

– Je veux juste prendre un verre avec toi, discuter un peu. Rien de méchant. Tu n'as pas besoin d'être sur la défensive comme ça.

Je secoue la tête. Certains types – dont Josh fait partie – n'arrivent vraiment pas à comprendre le sens du mot « non ». Ce n'est pas un langage codé, *bordel* ! Je ne parle pourtant pas dans une langue étrangère, mais je vois dans son regard qu'il ne considère pas ma requête comme digne de son attention.

– Et moi, je n'en ai pas envie ! insisté-je fermement. Je ne suis plus célibataire et, même si c'était le cas, ton comportement de merde ne me donnerait pas envie de retenter ma chance. Tu n'as rien à faire ici.

Il m'agrippe le poignet, me faisant trébucher sous le porche où il se tient toujours. Sa prise est ferme sur mon bras, tandis que, de l'autre main, il effleure ma peau d'un geste troublant. La nausée me saisit.

– Lâche-moi !

Je sens que Medford s'est levé derrière moi, mais Josh ne lui laisse pas le temps d'intervenir et pivote pour fermer la porte d'entrée entre moi et mes chiens. Maintenant, je suis seule face à ce type qui me semble plus instable que jamais.

– Allez, Salem… reprend-il. Tu ne peux pas ouvrir les cuisses pour toute la caserne et jouer les saintes-nitouches quand je te propose le même genre d'arrangement.

Je dégage vivement mon poignet et le gifle instinctivement. Je n'aurais peut-être pas dû, mais hors de question de me laisser insulter sans réagir. Il pose sa main sur sa joue en me lançant un regard noir.

Sans que j'aie le temps de le voir venir, il m'assène un coup du revers de la main qui me brouille la vision. Il me pousse, et je perds l'équilibre, encore une fois, sans avoir le temps de réagir. Il s'abat sur moi, ses jambes encerclant mon bassin comme un étau. Un autre coup me frappe à la tempe, et, cette fois, je n'ai aucun doute : c'est son poing. La douleur explose dans mon crâne, brouillant mes réflexes et affaiblissant ma capacité à me défendre. Je ne peux pas l'empêcher de déchirer le haut de mon débardeur. C'est l'air sur ma poitrine qui me fait recouvrer suffisamment de conscience pour entendre mes chiens aboyer de l'autre côté de la porte. Ils grattent le panneau de bois avec acharnement, comme s'ils essayaient de se frayer un chemin à travers.

Je suis incapable de retenir un hoquet de dégoût quand Josh commence à me toucher. Je me débats, mais il est bien plus fort que moi. Ce qui m'attend me semble inéluctable jusqu'à ce que, du coin de l'œil, je voie la porte s'ouvrir et comprenne, malgré mes pensées embrouillées, que Faolán a dû réussir à appuyer sur la poignée. Je ne perds pas une seconde :

– Medford, Portland, Storm ! Attaque ! croassé-je.

Storm s'empare d'une des jambes de Josh, tandis que les malinois le mordent au bras. Je suis bien placée pour savoir qu'ils pourraient lui arracher un morceau de chair s'ils le voulaient. Mais je les ai suffisamment bien dressés pour qu'au lieu de ça, ils ne fassent que l'immobiliser pour que je puisse m'extraire de son emprise. Quand je réussis enfin à me dégager, Faolán vient peser de tout son poids sur son dos pour que les trois autres puissent relâcher un tant soit peu leur prise.

Mon téléphone est à l'arrière de mon legging et je l'en extrais rapidement. Mes mains tremblent, et une goutte de sang tombe sur l'écran alors que je compose les trois chiffres des services d'urgence.

– Bonsoir, quelle est votre urgence ?

– Un homme m'a attaquée chez moi. Il m'a frappée et a essayé de… déchirer mes vêtements.

– Quelle est votre adresse, Madame ?

– 6699 Magnolia Street. C'est la dernière maison de la rue.

– J'ai envoyé une patrouille. Est-ce que je peux avoir votre nom ?

– Salem O'Connell.

– Et où se trouve le suspect désormais ?

– Mes chiens le maintiennent immobile.

– La police arrive.

Je hoche la tête, même si je sais qu'elle ne me voit pas. Je me laisse tomber au sol contre le mur de la maison, soudain prise de vertige.

– Salem ! Laisse-moi partir ! gémit Josh.

Je fais semblant de ne pas l'entendre. Mon regard est fixé sur la route et je pousse un soupir de soulagement quand j'aperçois les lumières de la voiture de patrouille se refléter sur les sapins qui bordent ma rue.

Je place mes mains en évidence pour qu'ils comprennent rapidement que je suis celle qui a demandé de l'aide et j'attends que les agents aient leurs armes pointées sur Josh pour rappeler mes chiens.

– Storm, Portland, Medford, Faolán ! Au pied.

Ils obtempèrent immédiatement et viennent se placer devant moi. Je n'ai jamais été aussi reconnaissante que ce soir de les avoir dans ma vie.

L'autre cinglé vocifère qu'il est blessé et que mes chiens ont probablement la rage, mais les deux policiers le poussent à l'arrière de leur voiture de patrouille sans ménagement. La policière revient ensuite vers moi. Elle regarde les chiens sans savoir si elle peut approcher.

– Coucher, les chiens. Vous avez bien bossé ce soir.

Une fois le chemin libre, elle s'approche doucement.

– On devrait rentrer, il ne fait pas très chaud.

Je hoche la tête, et elle m'aide à me remettre debout. Ma tempe et les coupures sur ma pommette m'élancent. Je grimace. L'agente m'aide à m'installer sur une chaise dans la cuisine.

– On a appelé les pompiers et une ambulance. Ils ne vont pas tarder.

Je la regarde avec effroi.

– C'était obligé ?

– Vous allez porter plainte, non ?

Je hoche la tête.

– Alors, c'est le protocole.

– Vous devriez peut-être appeler des renforts, dans ce cas. Mon petit ami est pompier et il va probablement mal réagir en voyant Josh.

Elle sourit.

– On fera attention. Est-ce que vous pourriez m'expliquer, en attendant les secours ? Qui est cet homme et que s'est-il passé exactement ?

38

Jericho

Je suis allongé sur ma couchette avec un bouquin quand la sirène se déclenche. Je saute rapidement sur mes pieds et cours avec les autres jusqu'au camion. Je suis déjà installé à ma place à l'arrière avec Aleck, Nick et le type qui remplace Boston pendant son week-end de lune de miel, quand le capitaine prend place à côté du chauffeur. Il fronce les sourcils avant de demander à la radio :

– Central, pourquoi on se déplace sur une violation de domicile avec agression ?

Depuis l'arrière, avec le moteur qui tourne, je ne peux pas entendre la réponse du central, mais un nœud se forme dans mon estomac quand je vois le visage du capitaine se fermer davantage avant de se retourner vers moi.

– McKenna ! crie-t-il. 6699 Magnolia Street, c'est pas l'adresse de la sœur d'O'Connell ?

Le sang se glace dans mes veines. Nick et Aleck me fixent du regard, et je sais que leurs expressions, la peur et l'horreur dans leurs yeux, ne traduisent pas un centième de ce que je ressens. Une seule certitude m'envahit : s'il est arrivé quelque chose à Salem, je ne m'en remettrai pas.

Le capitaine hoche la tête avant de se tourner vers le chauffeur.

– Mets les gaz ! Toutes sirènes hurlantes !

Le sang qui bat mes tempes m'empêche de comprendre les paroles de mon capitaine. Il doit probablement être en communication avec les ambulanciers qui roulent juste devant nous, car ces derniers activent également leur gyrophare, alors que les rues de Roseborough sont plutôt désertes à cette heure.

Le trajet se passe dans une espèce de brouillard. Les minutes me paraissent des heures, et pour autant, je ne vois rien des bâtiments devant lesquels nous passons ni des rues que nous traversons. Alors que nous arrivons devant la maison, je me sens agité et anxieux. Je sauterais du camion en marche si je le pouvais, et en même temps, la peur de l'état dans lequel je vais retrouver Sal me paralyse.

En attendant que le véhicule s'immobilise, je vois les ambulanciers trottiner jusqu'à la maison. Ils n'ont pas pris de brancard, c'est plutôt bon signe.

Non ?

Aleck descend devant moi et je saute de l'habitacle juste derrière lui. Je fronce les sourcils en passant devant la voiture de patrouille. Ma surprise s'amplifie en reconnaissant l'homme menotté sur la banquette arrière. C'est l'ex de Salem, celui qui a débarqué sans y avoir été invité le soir d'Halloween.

Le capitaine discute avec le policier en me regardant bizarrement. Et brusquement, ses paroles me reviennent en tête.

Violation de domicile avec agression.

La rage me submerge. Je ne réfléchis plus. Le monde qui m'entoure devient flou, et j'ignore le « McKenna » d'avertissement lancé par le capitaine Clark. Je m'avance vers la voiture à grandes enjambées, même si je n'ai aucune idée de ce que je vais faire. Le connard recule sur son siège alors que la carrosserie de la voiture nous sépare toujours. Ça n'a pas d'importance. Il ne peut pas s'en sortir comme ça après avoir fait du mal à Sally.

Des bras musclés m'arrêtent avant que je n'aie pu atteindre mon objectif. Je me débats un instant, mais ils sont deux et je ne fais manifestement pas le poids.

– Je te comprends, crois-moi, mec, chuchote Aleck à mon oreille. Je n'ai déjà jamais pu blairer Porter, alors là… Mais il ne vaut pas la peine de perdre ton job, OK ?

Ce connard ? Non. Mais Salem, si.

– Salem est à l'intérieur, Jay, ajoute Nick. Tu devrais aller la voir, elle a besoin de toi.

Je ne sais pas du tout comment ils ont pu deviner ce qui se passe entre Sal et moi. Toujours est-il qu'ils ont raison. Elle a besoin de moi à cet instant, et Josh a été arrêté, de toute façon. Je prends une grande inspiration, la colère toujours brûlante dans mes tripes. Je hoche la tête. Ils me lâchent tous les deux et Nick me tape sur l'épaule.

– Ça va aller, McKenna ? questionne le capitaine.

– Pardon, Cap. Ça va, maintenant.

– Très bien.

Sans attendre une seule seconde de plus, je me précipite vers la maison. Quand j'arrive à l'intérieur, des voix me parviennent de la cuisine, et je me dirige dans leur direction.

Salem a les yeux fermés alors qu'un des ambulanciers désinfecte une vilaine coupure sur sa joue droite. Je serre les doigts pour me retenir d'aller tuer cet enfoiré et me laisse tomber à genoux devant elle. Elle ouvre les yeux et me sourit doucement en grimaçant, comme si le mouvement lui faisait mal.

C'est probablement le cas. Je la scrute en détail. Un bleu est apparu sous la coupure, un autre orne sa tempe gauche, et elle a une griffure sous la clavicule où elle tient son débardeur, manifestement déchiré. La voir dans cet état me brise un peu. Mais ce qui me détruit le plus, c'est d'imaginer ce qui aurait pu se passer si…

Sa main se pose sur ma joue, me sort de ma transe.

– Eh… Je vais bien, OK ?

Je secoue la tête. Comment peut-elle dire ça ? C'est évident qu'elle ne va pas bien. Je me tourne vers l'ambulancier qui est en train de ranger son matériel. Il comprend immédiatement ma question silencieuse.

– On va l'emmener à l'hôpital. Les fonctions vitales et neurologiques sont bonnes, mais un scanner permettra d'écarter l'hypothèse de la commotion cérébrale.

– McKenna, va avec eux.

Le ton du capitaine est sans appel. Je n'avais même pas remarqué qu'il m'avait suivi dans la maison.

– Merci, Cap, réponds-je.

J'évite le regard de Salem parce que je ne veux pas qu'elle voie à quel point je suis secoué. Je l'aide à se relever et attrape son grand gilet de laine posé sur un tabouret de l'îlot central. Je le lui pose sur les épaules avant de la guider jusqu'à l'ambulance, un bras autour de sa taille.

Nick et Aleck sont sur le porche et ils paraissent tour à tour soulagés de la voir debout et fous de rage de constater les traces que Josh a laissées sur son corps.

– Tu veux qu'on prévienne Boston ? questionne Nick.

Elle secoue la tête avec véhémence.

– Surtout pas. J'ai assez d'un pompier furax.

Elle me désigne du pouce et ça fait ricaner mes deux collègues. Je grogne en leur lançant un regard noir.

– Tu pourrais mettre les chiens dans leur pièce ? demande-t-elle ensuite à Aleck. Et donne-leur une friandise, ils m'ont sauvé la mise ce soir.

Je me retourne vers elle, surpris.

– Ce sont les chiens qui t'ont défendue ?

– Ah, tu n'as pas perdu ta langue, finalement, se moque-t-elle. J'ai eu peur pendant un moment.

Je secoue la tête.

– C'est moi qui ai eu peur en comprenant qu'on venait ici.

Elle grimpe dans l'ambulance et s'assied sur le brancard avant d'attraper ma main.

– Je sais. Je ne voulais pas qu'ils vous appellent, mais elle m'a dit que l'ambulance, c'était protocolaire, et d'après ce que j'ai compris, elle connaît bien Boston, donc le central vous a envoyés aussi. J'aurais préféré que tu ne me voies pas dans cet état.

Je secoue de nouveau la tête. Elle ne doit avoir aucune idée de ce que je ressens pour elle si elle s'imagine que je préférerais rester dans l'ignorance.

Comment pourrait-elle savoir ? Tu ne lui as rien dit.

C'est vrai. Je n'ai rien dit, parce que comprendre que je suis peut-être digne de son affection, finalement, prend du temps. Bien que je ne sois pas encore capable de le lui dire avec des mots, je m'assieds juste à côté de ses jambes sur le brancard. Mes paumes se posent sur ses joues, mon pouce effleure doucement sa coupure en prenant soin de ne pas appuyer dessus.

– Je ne voudrais être nulle part ailleurs qu'avec toi, Sal. Je sais que j'ai du mal à exprimer mes émotions, mais je veux que tu saches que ma place, quand tu es malade ou blessée comme ce soir, elle est avec toi. Tu m'as un jour promis que tu serais toujours là pour moi, et si je suis parti, ce n'est pas parce que je ne te croyais pas, c'est parce que j'avais peur de ne pas savoir comment te montrer l'ampleur de mes sentiments. Parce que je craignais de te blesser encore et encore. Je sais aujourd'hui que mes doutes étaient infondés. Moi aussi, je serai toujours là pour toi.

Elle déglutit et je me penche pour déposer un léger baiser sur ses lèvres. Je me décale ensuite pour laisser place à l'ambulancier qui ferme les portes et tape contre le toit pour signifier à son collègue de démarrer.

Et c'est dans cette ambulance, baignant de bleu la maison que j'ai appris à aimer, que je comprends qu'aucune barrière ne me retient plus. Ces murs que j'avais construits autour de moi après la perte de Maman se sont effrités, pierre après pierre, et je sais que c'est Salem qui tient le marteau et le burin. Je me sens libre pour la première fois depuis mon retour, libre de l'aimer comme elle le mérite et de le lui prouver chaque jour passé à ses côtés.

39

Salem

Depuis notre arrivée à l'hôpital, l'anxiété s'échappe de Jericho comme un nuage de vapeur néfaste. J'ai beau lui répéter que je vais bien, c'est évident qu'il ne parvient pas à se détendre. Je lui dis pourtant la vérité. Si j'ai eu peur et que l'attaque de Josh m'a choquée, je me suis sentie en sécurité à partir du moment où les policiers sont arrivés. Quand j'ai vu Jericho à genoux devant moi, j'ai compris qu'il ne m'arriverait plus rien. Ma joue et ma tempe me lancent un peu, mais ce n'est rien à côté de la douleur muette que je lis dans les yeux de Jericho à chaque fois qu'il me regarde.

Je viens de revenir du scanner et j'espère qu'il ne me verra plus comme une petite chose fragile quand on aura les résultats qui, j'en suis certaine, seront bons. C'est la dixième fois qu'il retape l'oreiller dans mon dos, et je suis à deux doigts de me mettre à hurler.

– Tu as besoin de quelque chose ? questionne-t-il.

Je lève les yeux au ciel.

– Non. Pour la millième fois.

– Mlle O'Connell ? lance le médecin en passant le rideau de mon box.

– Oui ?

Sur le plateau à côté de moi, il pose une tablette numérique sur laquelle s'affichent des clichés.

– Tout va bien, Mlle O'Connell. Pas de commotion cérébrale. Les ecchymoses devraient s'estomper dans une semaine, peut-être une dizaine de jours.

Je lui souris.

– Génial. Je peux sortir, alors ?

Il hoche la tête en récupérant sa tablette.

– Bien sûr. Juste le temps de remplir la paperasse.

– Vous êtes sûr que c'est prudent ? demande Jericho. Elle devrait peut-être rester en observation.

Le médecin le regarde, puis se retourne à nouveau vers moi comme si Jay n'avait rien dit. Il a sans doute été mis au courant par toutes les infirmières et les médecins qui sont passés dans mon box avant lui. Comme s'ils ne savaient pas faire leur job correctement.

– L'infirmière vous donnera vos papiers de sortie dès qu'ils seront prêts.

Il s'éclipse ensuite avant que Jericho puisse lui poser une énième question.

– Tu peux arrêter, s'il te plaît ?

Il se retourne vers moi et se passe une main dans les cheveux. Il les a tellement malmenés depuis qu'il m'a rejointe à la maison qu'ils partent dans tous les sens.

– Je n'étais pas là pour te défendre, il faut bien que je m'assure que tu ailles bien.

Cette fois, c'est la goutte de trop.

– Mais tu vas m'écouter, bordel ? Je vais bien ! Je me sens bien, et mes scans sont bons ! Tu me rends dingue à tourner en rond comme un lion en cage.

Il se laisse tomber sur le lit juste à côté de moi et soupire.

– Désolé. J'ai eu trop peur.

Me prenant une fois de plus par surprise, il pose sa tête contre ma clavicule, puis tourne le visage pour enfouir son nez dans mon cou. Je n'arrive pas vraiment à cerner ce qui a changé dans l'attitude de Jay. Il n'hésite plus à afficher ce que nous partageons aux autres autour de nous. Et il le prouve encore une fois en restant immobile quand quelqu'un se racle la gorge pour attirer notre attention. Je relève la tête que j'avais posée sur la sienne pour apercevoir Aleck et Nick dans l'entrée de mon box. Je ne sais pas ce qu'ils savaient à notre sujet ou ce qu'ils avaient deviné, mais, vu la position de Jericho, qui ne bouge toujours pas, et la manière dont il enroule ses bras autour de ma taille, je pense que le doute n'est plus vraiment possible dans leurs esprits. J'espère juste qu'ils ne joueront pas les pipelettes et que je pourrai parler à Boston avant qu'ils ne lui disent quoi que ce soit.

– Eh ! les salué-je en leur faisant signe d'avancer.

– On t'a ramené ta voiture et tes affaires, mec, lance Nick à l'attention de Jericho, qui finit par se redresser.

– Merci, répond-il en prenant ses clés des mains d'Aleck.

– Tu vas bien ? me demande ce dernier.

– Je vais très bien. J'attends mes papiers pour sortir. Rien de grave.

Je plonge mon regard dans celui de Jericho, au cas où il n'aurait pas entendu ou compris. Il m'offre un faible sourire, et je sais qu'il va falloir un moment, accompagné d'une tonne d'arguments persuasifs, pour le rassurer.

Une fois Aleck et Nick repartis, une infirmière vient me donner mon dossier médical avec quelques instructions, et nous nous retrouvons rapidement sur le parking de l'hôpital, main dans la main alors que nous marchons jusqu'à la voiture. Je serre mon grand gilet en laine sur ma poitrine pour que personne ne puisse profiter de la vue sur le décolleté plongeant de mon débardeur déchiré.

– Pas trop fatiguée ? m'interroge Jericho.

Je réfléchis un instant. Il est presque neuf heures du matin, et à part les quelques minutes à somnoler quand j'attendais de passer mes examens, je n'ai pas fermé l'œil de la nuit.

– Bizarrement, non, affirmé-je honnêtement. Et toi ? Tu n'as pas plus dormi que moi.

Il hausse les épaules en démarrant le moteur de la Charger.

– Non, mais je devais être de garde de toute façon.

Je ricane.

– C'est une garde dont tu te souviendras.

Il me jette un regard noir en engageant la voiture sur la route en direction de la maison.

– Ce n'est pas drôle, me fustige-t-il.

– Je ne vais pas pleurer non plus, contré-je.

Je ne sais pas si je me leurre ou si le contrecoup arrivera plus tard, mais je reconnais ne pas être trop traumatisée. Josh est derrière des barreaux pour le moment. S'il n'y reste pas, je sais qu'une patrouille passera régulièrement vers la maison. Surtout, j'ai conscience que j'aurais dû prévenir plus tôt la police qu'il me harcelait par téléphone. Détail que je ne compte pas révéler à Jericho. En tout cas, pas ce matin.

En arrivant à la maison, je laisse sortir les chiens qui m'accueillent comme à leur habitude et dirige Jay pour qu'il m'aide à leur donner rapidement à manger. Je les installe dehors avec leurs gamelles et monte à l'étage pour rejoindre Jericho, qui est allé y poser ses affaires.

Quand j'arrive dans ma chambre, il est assis sur mon lit en train de retirer ses chaussures. Il porte toujours son uniforme. J'apprécie de le voir dans son t-shirt à manches longues réglementaire qui moule ses muscles comme une seconde peau. Mon gilet toujours serré sur ma poitrine, je vais me placer entre ses jambes. Je relève son menton pour qu'il me regarde, et il cale sa joue contre ma paume.

– Pourquoi tu n'as pas sorti ton arme quand il a frappé à la porte ? questionne-t-il.

Il n'y a pas de reproche dans le ton de sa voix. Seulement de la curiosité.

– Je croyais que c'était mon père, expliqué-je. Il m'avait dit qu'il viendrait peut-être réparer la fuite sous l'évier. Il était tard, mais honnêtement, je ne me suis pas posé de question avant d'ouvrir.

Il hoche la tête en embrassant le creux de ma paume. Des frissons remontent le long de mon bras. Mon autre main se perd dans ses cheveux, tandis que ses bras s'enroulent autour de ma taille pour m'approcher davantage de lui. Une fois de plus, j'ai la sensation que Jericho a fait tomber cette armure derrière laquelle il se protégeait depuis le décès de sa mère. C'est peut-être subtil, impossible à déceler pour quelqu'un qui ne le connaît pas bien. Mais Jericho est mon meilleur ami depuis nos dix ans. Ça fait près d'un mois et demi qu'il vit avec moi. Ces changements, je les ressens jusqu'au fond de mon âme.

– Je vais aller prendre une douche, murmuré-je près de son oreille.

Il inspire vivement. Sa prise se raffermit légèrement sur ma taille.

– Je vais t'attendre là, répond-il.

Je secoue la tête en reculant de quelques pas. Ses bras cherchent encore le contact avec ma peau, comme s'il ne voulait pas me laisser partir.

– Non. Tu vas venir prendre une douche avec moi, plutôt.

J'attrape ses mains qui frôlent toujours mes cuisses et l'attire à moi pour qu'il se mette debout.

– Tu es fatiguée, Sal.

En continuant de reculer en direction de la salle de bains, je laisse glisser à terre mon gilet en laine. Ses yeux tombent sur mon débardeur déchiré qui dévoile le haut de ma poitrine. Son regard s'assombrit, mais je ne lui laisse pas le temps de ressasser ce qui s'est passé la nuit dernière.

Je ne veux pas lui offrir l'occasion de réfléchir, alors je lève les bras au-dessus de ma tête avec un petit sourire.

– Tu m'aides ?

Je vois le moment où il lâche prise, le moment où il décide d'arrêter de penser qu'il n'est pas digne de moi. Je ne sais pas pourquoi il s'imagine ça, mais ce matin, la lueur d'autodénigrement qui est souvent présente dans ses iris noisette a disparu.

Il me rejoint, alors que j'attends encore les bras en l'air. Le bout de ses doigts remonte le long de mes hanches jusqu'à trouver l'ourlet de mon t-shirt. Il verrouille son regard au mien comme s'il voulait s'assurer de n'y trouver aucun doute. Quand ce n'est pas le cas, il remonte doucement le tissu de mon haut. Ses doigts effleurent mes côtes, puis le côté de mes seins. Son contact me coupe le souffle et, une fois que je me suis débarrassée de mon débardeur, je continue à reculer vers la salle de bains.

À mon tour, je lui retire son t-shirt. Mes mains glissent sur ses pectoraux, parcourent ses abdos fermes et dessinés. Je m'attaque au bouton de son pantalon au moment même où ses lèvres capturent les miennes. Un gémissement m'échappe tandis que je lutte avec sa fermeture éclair. Il ose ricaner contre ma bouche, et je m'écarte de lui, le pointant du doigt.

– Te fous pas de moi. Pantalon, ordonné-je avant de me pencher pour allumer l'eau de la douche à l'italienne.

Je le regarde s'exécuter avec un petit sourire en coin. Je l'imite en me débarrassant à la hâte de mon legging et en descendant mon sous-vêtement dans le même mouvement. Son regard parcourt mon corps avec un désir qui ne fait que refléter le mien. Je me place sous l'eau qui coule en cascade le long de ma peau. Mes yeux se posent sur son érection qui tend le tissu de son boxer. Depuis le mariage de mon frère, nous partageons le même lit. Je l'ai souvent senti dur contre moi, mais le voir, sans la barrière des couvertures, c'est autre chose.

– Tu comptes me rejoindre un jour ? demandé-je en haussant un sourcil.

Ses pouces disparaissent sous l'élastique de son caleçon qu'il repousse jusqu'à ce qu'il soit nu. J'aimerais avoir le temps de l'admirer, de me délecter de la beauté de cet homme dans son plus simple appareil, mais j'ai trop envie de lui pour ça.

J'attrape son poignet pour l'attirer avec moi sous le jet d'eau chaude. Ses lèvres retrouvent les miennes, nos langues se cherchent, entament un long ballet sensuel qui me laisse essoufflée. Ses mains caressent mes fesses, puis déclenchent un brasier sur mes seins. Lorsque sa bouche quitte la mienne pour descendre le long de mon cou, je saisis la bouteille de gel douche à tâtons. J'en verse une bonne dose dans ma main avant de masser chacun de ses muscles. Je frotte ses épaules, son torse, son dos, avant d'enrouler mes doigts autour de son sexe coincé entre nos corps.

Mes caresses le font grogner, et je gémis quand ses lèvres happent un de mes mamelons. Ma paume coulisse le long de son membre, alors que ses doigts se glissent dans les plis de mon intimité. Je frissonne malgré la température de l'eau.

– Tu me tues, Sal, gronde-t-il contre mes seins. Tu le sais, ça ?

– Qu'est-ce que tu crois que tu me fais, à moi ? rétorqué-je.

Il capture à nouveau mes lèvres, et je suis contrainte de le lâcher lorsqu'il me serre contre lui avant de glisser ses mains sous mes cuisses pour me soulever.

– Je n'ai pas de capotes, murmure-t-il brusquement.

Je me retiens de rire devant l'expression de son visage.

– Moi non plus, mais j'ai un implant. Et j'ai jamais fait ça sans protection avant toi, précisé-je avec sérieux.

Je veux qu'il sache que, même s'il n'est pas le premier, c'est tout de même un peu le cas.

– Moi non plus, répond-il.

Je prends son érection dans mes mains et le guide vers mon entrée.

– Tu es sûre ? insiste-t-il.

Je hoche la tête avec empressement. Je n'ai jamais été plus sûre de quoi que ce soit dans ma vie que de tout ce qui touche à Jericho.

Quand il me pénètre, l'orgasme est déjà proche. Je gémis, submergée par l'intensité de la sensation, les yeux clos et la tête basculée contre le carrelage derrière moi. Je ne le sens plus bouger en moi. J'ouvre les paupières. Son regard se verrouille au mien et il se retire avant de plonger à nouveau en moi avec force. Ses va-et-vient se font plus rapides, plus puissants, et je m'accroche à ses épaules. Lorsque ses lèvres se referment sur mon mamelon tendu, je tombe, submergée par une vague de jouissance que je n'avais jamais ressentie auparavant. Je prononce son prénom encore et encore comme une litanie et il ne tarde pas à me rejoindre, son cri guttural résonnant entre les murs de ma petite salle de bains.

Jamais je ne m'étais sentie aussi connectée à quelqu'un, et je sais avec une certitude absolue que c'est l'amour que je ressens pour Jericho qui transforme les sensations que je viens de vivre.

40

Jericho

Nous sortons des vestiaires à l'instant où l'équipe qui prend le relais part en intervention. Je leur fais signe tout en tenant la porte à Boston, qui me suit de près. La caserne est vide et le sera encore un moment. Je me dis que c'est l'occasion ou jamais.

– On boit un café avant de partir ? proposé-je. Avec la nuit qu'on a eue, je pense qu'on en aura besoin pour tenir toute la journée à table chez tes parents.

Il ricane et me désigne l'escalier qui monte aux cuisines.

– Après toi, l'Irlandais. Tu as raison, ça ne fera pas de mal. Si les gens pouvaient réfléchir avant de jeter des trucs inflammables dans leurs casseroles la veille de Noël, ça serait bien quand même.

Je souris en remplissant deux tasses de café avant d'en refaire pour la relève, qui n'a apparemment pas eu le temps de déjeuner avant de partir.

– Au moins, personne n'a perdu de doigt, aujourd'hui.

Il esquisse une grimace en repensant à sa garde de Thanksgiving.

– M'en parle pas. J'espère que c'était la dernière fois de ma vie où je cherchais une phalange au milieu de gâteaux apéros.

J'éclate de rire en me demandant comment je vais bien pouvoir lui dire, pour Salem et moi. Boston est mon meilleur ami, mais je ne peux pas nier que j'ai été attiré par lui pendant une période très confuse de ma vie. Ce baiser échangé, même si nous n'en avons jamais reparlé, demeure un souvenir que je n'ai aucune envie d'effacer. Évidemment, aujourd'hui, mes sentiments sont clairs, et notre amitié, plus forte que jamais. Ça ne change rien au fait que je redoute de le lui annoncer.

Son téléphone vibre, et il le consulte avant de se mettre à ricaner. Je hausse un sourcil en le regardant, mais il continue de rire et finit par se tenir le ventre.

– Tu vas m'expliquer ou tu vas juste continuer à t'esclaffer comme ça ? C'est super malpoli.

– Je me demandais juste quand tu allais cracher le morceau, explique-t-il en reprenant son sérieux.

Je le fixe du regard un moment sans comprendre.

– De quoi tu parles ? Quel rapport avec ton téléphone ?

Il se racle la gorge en regardant ledit portable.

– Eh bien, ma sœur vient de m'envoyer un message : « Je pense que Jericho va essayer de te parler aujourd'hui. On est ensemble. Sois gentil. N'en fais pas tout un plat. »

Je me pince les lèvres, incertain. Est-ce que je dois être en colère ou soulagé ? Mais, comme je ne peux pas vraiment me fâcher contre Sal pour m'avoir facilité le travail, je me mets à rire à mon tour. Je ne peux pas lui en vouloir.

– Bon, elle a gâché mon petit discours, mais je dois admettre que sa méthode est bien plus efficace. Tu le prends comment ?

Il boit une gorgée de son café en se concentrant sur l'écran de son téléphone. Puis il prend une grande inspiration.

– Je vais être honnête, je ne suis pas sûr que je l'aurais bien pris quand on avait dix-huit ans…

Ses mots résonnent dans la petite pièce, et ma gorge se contracte. Sans le vouloir vraiment, je saisis parfaitement ce qu'il veut dire. C'était une période troublante, pleine de non-dits, tant entre lui et moi qu'entre Sal et moi.

– Mais, je n'ai plus dix-huit ans. Je ne suis plus celui que j'étais à l'époque. Je ne t'en ai jamais voulu d'être parti, Jay, mais je suis quand même devenu un adulte sans toi. Maintenant, j'ai Nate, et je suis vraiment heureux pour vous.

Je fais semblant de ne pas voir ses yeux brillants quand il se lève pour me serrer dans ses bras en me tapant dans le dos. J'ai l'impression de tirer un trait sur quelque chose qui n'a jamais existé. Penser à Sal qui m'attend chez elle me fait me sentir un peu plus léger.

✦ ✦ ✦

Ce sentiment de légèreté ne m'a toujours pas quitté quand je rentre dans cette maison que je ne peux pas m'empêcher de considérer un peu comme mon chez-moi désormais. Je grimpe les marches quatre à quatre et trouve Sal encore couchée dans mon lit. Elle préfère dormir là quand je suis de garde. *Ça sent comme toi, ici,* m'a-t-elle avoué un jour quand je lui ai demandé pourquoi.

Je me débarrasse rapidement de mes chaussures et de mon jean avant de me glisser sous les couvertures pour me lover contre son dos. Mes bras s'enroulent autour de sa taille, et je siffle entre mes dents quand elle se frotte sensuellement contre moi.

– Tu dors ? demandé-je.

Elle secoue la tête. Sa main se pose sur ma cuisse nue et des frissons remontent le long de ma colonne vertébrale. Mon sexe se tend dans mon caleçon, comme toujours quand je me trouve près d'elle. J'ai tout le temps envie de Salem, et mon corps me le rappelle à chaque fois qu'il touche le sien.

– Les loups ont hurlé très tôt ce matin. Je me suis levée vers 5 h 30 pour voir ce qui se passait.

– Rien de grave ?

– Non. Ils voulaient juste me voir apparemment. J'ai donné à manger aux autres animaux et je me suis recouchée. Je me suis pas rendormie et j'en ai profité pour envoyer un SMS à mon frère.

– Je sais, murmuré-je contre son oreille avant d'attraper son lobe entre mes dents.

Elle gémit. Je crois que je devrais enregistrer ce son pour me le repasser quand je suis loin d'elle.

– Traîtresse, ajouté-je, tout bas.

– Je savais que tu aurais besoin d'un coup de main, ricane-t-elle.

Je glisse ma main sous l'élastique de son sous-vêtement pour la caresser. Je ne pourrai jamais me lasser de la façon dont son corps se moule au mien quand je fais ça.

– Est-ce qu'on risque d'être en retard ? demandé-je, essoufflé.

Elle tourne sa tête vers moi.

– On s'en fout, souffle-t-elle contre ma bouche avant de s'emparer de mes lèvres.

✦ ✦ ✦

C'est avec quinze minutes de retard que nous arrivons chez les O'Connell pour le brunch de Noël, les bras chargés de paquets cadeaux. On aurait peut-être pu gérer si Sal ne m'avait pas attiré sous la douche avec elle quand je suis remonté après avoir nourri les chiens. Mais je n'ai aucun regret.

Nous arrivons après Boston et Nate, et les parents de Salem sont plus concentrés sur les photos de leur week-end prolongé à Cancún que sur notre retard.

Si j'appréhendais de parler de nous à Boston, ce n'est rien comparé à ce que je ressens face à Lily et Cian O'Connell. Pendant des années, j'ai passé autant de temps chez eux que chez moi. Ils ont contribué à façonner l'adulte que je suis devenu aujourd'hui.

Sans compter que fêter Noël sans Maman, c'est toujours aussi compliqué pour moi. Quand j'étais en Irlande, je passais généralement la journée à mater des conneries à la télé et à boire comme un trou. Avec Niall en Australie, on ne marquait pas vraiment le coup, ni lui ni moi n'étions très désireux de faire la fête.

Alors que je m'installe à table, un verre de mimosa à la main, je ne me sens pas triste comme je l'aurais imaginé. Ici, on m'accueille comme si je faisais partie de la famille, et c'est ce que je ressens quand je suis avec les O'Connell. Une famille qui m'a toujours accepté comme j'étais. Et même si Maman n'est plus là, elle restera toujours dans mon cœur. Pour la première fois aujourd'hui, je comprends que penser à elle ne fait plus peser une chape de plomb sur ma vie comme avant.

Cian et Lily s'éclipsent dans la cuisine pour finaliser les derniers préparatifs. Je me lève discrètement pour les rejoindre.

– Est-ce que vous avez besoin d'aide ? demandé-je.

Lily me sourit.

– Merci, mon grand. Tu peux prendre ce plateau de charcuterie.

Je m'exécute, sans pour autant repartir en direction de la salle à manger. Je vois dans leur regard que je n'ai même pas besoin de leur expliquer pour Salem et moi. Ils savent, ils ont deviné, comme seuls les parents savent deviner ce genre de choses. J'ai pourtant un autre sujet à aborder. Mes mains deviennent moites.

– Je voulais vous remercier pour tout ce que vous avez fait quand ma mère est décédée, commencé-je, malgré ma gorge serrée. Je me suis sauvé comme un lâche après l'enterrement, sans jamais vous dire à quel point ça avait compté pour moi. Merci d'avoir été là pour Maman et moi.

Cian s'approche de moi et pose une main sur mon épaule. Lily a les larmes aux yeux.

– Quand tu es parti, tu as pris la décision la plus difficile que tu n'avais jamais eue à prendre, lâche Cian. On ne saura jamais si c'était la bonne, mais ce n'était certainement pas celle d'un lâche. Devant moi, j'ai un jeune homme accompli qui prend soin de notre fille, et c'est tout ce qui compte.

C'est ainsi qu'en ce jour de Noël, un nouveau mur s'effondre autour de mon cœur.

41

Salem

Quand je ressors de la salle de bains, prête à commencer les préparatifs pour le réveillon du jour de l'An, je retrouve Jericho endormi dans mon lit. Je sais qu'il a eu une garde épuisante, avec plusieurs débuts d'incendie et des brûlures en tout genre. C'est toujours pareil à l'approche du dernier jour de l'année. Les gens se rendent dans les états voisins pour acheter des feux d'artifice, qui sont illégaux dans l'Oregon, et se blessent quand ils veulent les utiliser. En tant que fille de pompier, je suis allée à bonne école à ce sujet. Jericho et Boston n'ont pas pu fermer l'œil de la nuit.

Il va sans doute râler que je ne le réveille pas, mais je préfère qu'il se repose pour être en forme ce soir. *En plus, il a tenu à m'aider au sanctuaire ce matin en rentrant de la caserne…* Je m'habille et me maquille en silence, avant de sortir de ma chambre sur la pointe des pieds et de fermer la porte sans bruit. Ce n'est pas comme si j'avais un plat très compliqué à préparer, de toute façon.

Je suis en train de couper les mini-bagels pour les garnir de fromage frais à l'aneth et de saumon fumé mariné au citron vert quand la porte d'entrée s'ouvre doucement. Mon cœur s'emballe dans ma poitrine jusqu'à ce que la tête de Nate apparaisse au seuil de la cuisine.

– Ce n'est que moi ! lance-t-il. Désolé, je voulais frapper, mais j'avais les mains prises.

Il me montre du menton les plateaux dans ses mains. Je suis soulagée. J'ai cru un instant que ça pouvait être Josh, qui est pourtant en résidence surveillée en attendant son procès. Ce connard n'avait même pas de chien. Il a emprunté celui de sa voisine pour pouvoir s'inscrire à mes cours d'éducation canine. Ça n'a pas vraiment joué en sa faveur.

– Ne t'inquiète pas. Je pense que je vais sursauter encore pendant longtemps quand quelqu'un passera cette porte.

Il pose ses victuailles sur l'îlot central.

– C'est normal, répond-il en venant m'enlacer. Toujours opposée à l'idée de mettre des caméras et une alarme ?

Je hausse les épaules avec une nonchalance feinte.

– J'y réfléchis sérieusement. En attendant, je vais mettre des clochettes aux gens de confiance, comme ça, je saurai quand je n'ai pas besoin de flipper.

Il éclate de rire en caressant distraitement Faolán venu chercher sa dose d'affection. Quand je vois le gentil géant s'approcher ensuite discrètement des plans de travail de la cuisine, je le repousse. Il n'a pas encore sa taille adulte, mais sa tête atteint déjà facilement le dessus des comptoirs.

– Va voir ton pote dehors, toi !

Je fronce les sourcils en direction de la porte.

– D'ailleurs, où est mon frère ?

Il désigne l'extérieur de la maison du pouce.

– Il s'est endormi en chemin pour venir ici.

– Mais vous habitez à dix minutes !

Il commence à déballer les ingrédients qu'il a apportés pour finaliser les cheese-cakes déstructurés, tandis que je m'occupe de ranger ses miniquiches aux épinards et à la feta.

– Il est crevé depuis qu'ils ont commencé les entraînements avec les Wolf Bay Hotshot, explique-t-il. Ajoute à ça une garde un peu difficile, on avait à peine quitté notre rue qu'il dormait déjà.

Je hoche la tête.

– Jericho s'entraîne avec eux aussi et il s'endort avant même d'avoir posé sa tête sur l'oreiller.

Nate me sourit alors que je continue de préparer notre apéritif dînatoire. Un plateau de charcuterie et de fromages, des falafels avec une sauce au tahini, des toasts à l'avocat, des œufs de caille…

– J'en déduis qu'il fait la sieste, reprend Nate.

J'acquiesce en désignant le plafond.

Nous cuisinons en tandem pendant un moment. C'est tellement agréable de discuter avec Nate que je ne vois pas le temps passer. J'imagine que ça lui fait du bien aussi de pouvoir partager ses angoisses quant à la saison des feux, qui sera là beaucoup plus vite qu'on ne l'imagine.

Quand quelqu'un frappe à la porte, je m'essuie les mains sur mon tablier pour pouvoir l'ouvrir. Nick et Aleck se trouvent sur le porche avec des bouteilles de vin et de champagne.

– On peut savoir pourquoi O'Connell roupille dans sa voiture ? questionne Aleck.

Nick lui met une petite tape derrière la tête.

– Tu serais crevé aussi si tu cumulais tes gardes avec les entraînements des Hotshots, rétorque Nick.

Aleck hausse les épaules et Nate se dirige vers la porte ouverte.

– Je crois que c'est le moment de le réveiller avant qu'il ne se chope une pneumonie, commente-t-il.

Je désigne le réfrigérateur pour que les mecs puissent y ranger les boissons et me débarrasse de mon tablier avant de monter les marches jusqu'à l'étage. Dans ma chambre, Jericho dort toujours. Je m'approche doucement et pose délicatement mes lèvres sur les siennes. Impossible de retenir un cri de surprise quand ses bras m'attrapent et me font basculer sur le lit. Son baiser s'enflamme très rapidement et ma respiration est erratique.

– Ça va se voir si je te retiens un peu plus longtemps dans ce lit ? questionne-t-il contre ma bouche.

Je cligne des yeux dans l'espoir de m'éclaircir les idées embrouillées par mon désir.

– Probablement. Les invités ont faim. Sans compter qu'être discrète, ce n'est pas vraiment dans mes capacités, et que je ne voudrais pas que mon frère m'entende.

Il soupire et se redresse.

Je reconnais que s'il descend avec une érection, ça fera désordre aussi…

Jericho finit par se lever et je l'imite. Il enfile les vêtements qu'il avait sortis avant de prendre sa douche tout à l'heure. Je l'attends patiemment. Je pourrais redescendre, je préfère voir Jay se déshabiller que le contraire. L'admirer reste tout de même une de mes activités favorites.

Lorsque nous redescendons, tout le monde s'est déjà installé dans le jardin d'hiver, et les battements de mon cœur s'accélèrent. C'est la première fois que Jericho va le voir. Je le guide jusque-là. À peine a-t-il passé le seuil de la porte en bois qu'il lève les yeux vers le plafond de verre et les milliers d'étoiles qui scintillent dans le ciel de décembre.

– Waouh, lâche-t-il, figé à l'entrée de la pièce.

Sa main se resserre sur la mienne alors que les autres discutent avec animation, inconscients de ce qui se passe à quelques mètres d'eux.

– Pourquoi tu ne m'avais jamais montré ça ?

Mes yeux me picotent. Jamais je n'aurais pu imaginer sa réaction, même si j'avais essayé.

– C'était un peu une surprise, expliqué-je doucement. Je l'ai terminé la semaine dernière.

Son regard ne quitte pas la Voie lactée qui brille comme des joyaux.

– C'est magnifique.

Il se racle la gorge, ému, et nous rejoignons les autres. Boston me fait un clin d'œil. Il a finalement dû être témoin de notre échange et il sait aussi bien que moi ce que ces étoiles représentent. Il était là quand nous avons commencé à les regarder régulièrement. Dans le jardin de Jericho, à Devil's Creek ou dans le parc de la ville. Je lui souris gentiment et me perds ensuite dans le flot des conversations.

Je suis en train d'expliquer la recette des falafels à Aleck, qui est devenu végétarien l'année dernière, quand Nate demande à Nick :

– Alors ? J'ai appris que tu serais chef d'escouade cette saison ?

Nick hoche la tête, un peu gêné.

– Oui. C'est un honneur, vraiment. Je ne pensais pas qu'on me le proposerait.

Boston secoue la tête.

– Franchement, c'est mérité, mec.

– Quand je pense que je vais encore me retrouver à bosser avec des étrangers, grommelle Aleck.

Les Wolf Bay font partie des rares équipes de Hotshots à être composées de pompiers qui travaillent en caserne en dehors de la saison des feux. Beaucoup de Hotshots font des jobs saisonniers pour joindre les deux bouts hors saison, mais le service des incendies de Roseborough a pris le problème à l'envers : il embauche des types qui bossent comme agents de sécurités incendie dans des stations de ski le reste de l'année pour compenser dans les casernes. Ils voulaient envoyer les meilleurs chez les Hotshots, et c'est une décision qui a fait beaucoup parler d'elle. Seulement, ça fonctionne très bien comme ça.

Aleck désigne Jericho du doigt.

– Tu verras, les mecs sont bons, mais rien à faire, ils ne font pas partie de la famille.

Jericho acquiesce en silence, sans se rendre compte que Boston et Nick font une drôle de tête à côté de lui.

Je donne un coup de pied à Boston non loin de moi.

– Un problème ?

Il se frotte la nuque et c'est Nick qui finit par répondre à ma question.

– On ne pensait pas en parler ce soir, commence-t-il. Mais un type de l'équipe s'est blessé dans un job de bûcheronnage. Il nous manque quelqu'un, et le superintendant a pensé à toi, Jericho, vu que tu t'entraînes déjà avec nous.

À côté de moi, Jericho se fige. Sa main sur ma cuisse se crispe. Je vois bien que la proposition le prend par surprise. De mon côté, je me retiens de poser une main sur mon cœur qui s'est mis à battre la chamade. L'imaginer dans l'enfer des feux de forêt qui dévastent les États-Unis tous les ans me paralyse. Mais je n'ai pas le droit de l'en dissuader. Ce job, c'était son rêve bien avant que lui et moi ne devenions plus que des amis. Et après toutes ces années à croire qu'il avait tout gâché en partant en Irlande, je veux qu'il comprenne que ce n'est pas le cas, et qu'il mérite pleinement cette place chez les Wolf Bay HC.

42

Jericho

Un sac de vingt kilos sur le dos, je suis les autres Wolf Bay HC sur un parcours de cinq kilomètres déterminé par notre superintendant pour la journée. C'est un rituel désormais habituel, que j'ai dû réussir une première fois avant d'intégrer officiellement l'équipe à la fin du mois de janvier.

Pour devenir Hotshot, la première étape est de passer une certification de base en lutte contre les incendies de forêt. Ce module regroupe une formation sur le comportement des feux de forêt, un cours de leadership en situation de feu et une introduction au système de commandement des incidents. Une chance pour moi, j'ai déjà passé cette certification quand j'avais dix-huit ans et que j'étais jeune pompier volontaire avec Boston. À part le test pour évaluer ma condition physique – qui n'a pas posé de problème étant donné que je m'entraînais avec les Wolf Bay depuis un moment –, j'ai dû suivre des formations spécialisées pour les pompiers de terrain. Sur l'utilisation des outils manuels et des tronçonneuses, notamment. Le job de Hotshot est différent de celui de la caserne. Pas d'équipement lourd sur le dos ni de masque pour nous protéger des émanations de fumées, mais des tronçonneuses, des haches et des torches d'égouttement. Comme le dit le superintendant, on ne combat pas un incendie de forêt comme un incendie structurel. Sur ce terrain, les règles ne sont pas les mêmes et, bizarrement, notre principal outil pour combattre les grands incendies, c'est le feu lui-même.

L'après-midi, nous nous entraînons à déployer nos abris ignifuges le plus rapidement possible. La manœuvre consiste à creuser un trou peu profond, juste pour dégager un peu de terre fraîche, et à se recouvrir avec l'abri. Et à chaque fois que nous répétons ces gestes, encore et encore, nous comprenons que ces abris ne servent qu'à nous protéger des fumées toxiques et de la chaleur d'un feu à proximité, pas du contact direct des flammes.

Il est plus de vingt-deux heures quand je reprends la route. Je sais que Sal n'est pas inquiète parce que je lui ai dit que je rentrerai tard, mais je culpabilise tout de même de ne pas avoir pu terminer à une heure plus décente. D'autant que j'enchaîne avec une garde demain matin. Tant que la saison des feux n'aura pas officiellement commencé début mars, je serai obligé de cumuler les deux. La fatigue commence à se faire sentir.

Je me demande si Salem n'aurait pas préféré que je refuse la proposition des Wolf Bay HC. Bien sûr, elle n'a rien laissé entendre de la sorte et s'est tout de suite montrée encourageante. Mais elle, comme moi, a été prise de court par Nick et Boston le soir du réveillon.

J'ai du mal à garder les yeux ouverts quand je gare la Charger devant la maison, et je ne suis pas surpris que tout soit éteint au rez-de-chaussée et que les chiens soient déjà couchés. Je déverrouille la porte avec la clé que Salem m'a confiée, puis grimpe les marches en essayant de faire le moins de bruit possible.

Sally ne dort pas quand j'entre dans sa chambre. J'ai pris une douche dans nos locaux, je me déshabille donc rapidement avant de me glisser sous les draps à ses côtés. Elle pose le livre qu'elle était en train de lire avant de se tourner vers moi dans le lit.

– Ça va ? demande-t-elle.

– Juste un peu fatigué.

Elle fronce les sourcils. Ce n'est pas comme si je pouvais embobiner Sal avec mes « juste un peu », alors qu'elle me connaît mieux que personne. Elle voit que je suis exténué.

– Comment s'est passée ta journée ? questionné-je pour changer de sujet.

– Comme un jour normal au sanctuaire.

Elle se rapproche pour se blottir contre moi alors que je me tourne sur le dos pour lui ouvrir les bras. Elle pose sa tête sur mon torse et commence à me raconter les péripéties de Red, la petite renarde, qui s'est coincé une patte dans son enclos.

Je ferme les yeux en l'écoutant, et me laisse bercer par le son de sa voix et la chaleur du feu qui crépite dans l'âtre.

Lorsque je rouvre les yeux, je suis seul dans le lit. Je cligne des paupières sans comprendre.

Bordel… Je me suis endormi pendant que Salem me racontait sa journée. Bravo, Jericho.

Je me lève et m'habille rapidement avant de trottiner jusqu'au rez-de-chaussée. Il n'est pas très tard et je ne sais pas si Sal sera déjà partie faire le tour des enclos, mais il faut que j'essaie de l'intercepter avant pour pouvoir lui parler.

Je la retrouve dans la cuisine en train de préparer le petit-déjeuner. Elle remue des œufs brouillés dans une poêle, et l'odeur de bacon grillé embaume la pièce. Je m'approche d'elle sans un mot et l'enlace, pressant doucement mon torse contre son dos.

– Salut !

Son ton est complètement normal, elle n'a pas l'air spécialement fâchée.

– Salut. Je suis désolé.

Elle coupe le feu sous sa poêle avant de se retourner vers moi, les sourcils froncés. Elle pose un doux baiser sur mes lèvres.

– Pourquoi ?

Ses bras s'enroulent autour de ma taille. L'expression de son visage ne reflète rien de plus que la curiosité.

– Je me suis endormi hier alors que tu me parlais…

Elle rit en me repoussant pour que j'aille m'asseoir sur un tabouret de l'îlot central.

– Comment je pourrais t'en vouloir ? Ça veut juste dire que j'ai une belle voix envoûtante, réplique-t-elle en me faisant un clin d'œil.

Elle remplit mon assiette avant de s'asseoir en face de moi. Malgré le ton léger de sa voix, une lueur d'inquiétude persiste dans ses yeux, comme une ombre qui ne s'estompe pas depuis que j'ai accepté la place chez les Wolf Bay HC. Je ne sais pas encore comment apaiser ses craintes. Je pose mes couverts et plonge mon regard dans le sien.

– Je ne veux pas te perdre, avoué-je.

Elle secoue la tête avant de reposer sa tasse devant elle.

– Pourquoi tu penses que tu pourrais me perdre ?

– Je me dis que je n'aurais peut-être pas dû prendre ce job. Que c'était trop tôt. Ça fait si peu de temps que tous les deux…

Elle prend ma main dans la sienne.

– Ne pas prendre ce job, ça aurait été renoncer à celui que tu es au fond de toi. Celui pour lequel j'ai des sentiments depuis des années. Et jamais je n'aurais voulu ça.

Sal et moi n'avons pas encore prononcé ces trois mots, même si je suis convaincu que nous les pensons tous les deux. Je crois que c'est la peur qui nous retient encore. Une part de moi redoute toujours de la blesser, de ne pas être à la hauteur. Je me dis, un peu naïvement, que si je ne lui dis pas que je l'aime, ça sera peut-être moins difficile pour elle quand je finirai par tout gâcher.

Complètement idiot comme raisonnement, on est d'accord.

J'ignore pourquoi Sal se retient. Peut-être qu'elle aimerait que je le dise en premier. Peut-être que la peur l'en empêche, elle aussi. Je n'ai pas besoin de ces mots pour savoir ce qu'elle ressent pour moi, elle me le prouve tous les jours. Ce matin encore.

– Toi et moi, Jericho, on a surmonté bien plus que des horaires de dingue et la distance. On est bien plus forts que tu ne l'imagines, crois-moi.

Ce sont ces paroles qui me feront tenir pendant tous ces jours où j'essaierai de surmonter la fatigue de cumuler deux emplois. Elles m'aideront à tenir jusqu'au début de la saison des feux.

✦ ✦ ✦

Une sonnerie retentit dans le lointain. Elle me parvient jusque dans mon sommeil et je me demande pendant un moment si ce n'est pas l'alarme que Salem a fini par accepter d'installer.

– Jericho… C'est ton téléphone.

Je me redresse en sursaut. Nous sommes le 2 mars. La saison des feux a commencé hier. J'attrape mon téléphone et décroche avec précipitation avant qu'il ne bascule sur messagerie. Le nom de Nick sur l'écran fait battre mon cœur un peu plus vite.

– Mac ?

Mon nom de code chez les Wolf Bay résonne dans le petit appareil que je tiens contre mon oreille.

– Ouais. Désolé. Je suis là.

– On est appelé en renfort sur le feu de Sierra Verde.

Je prends une grande inspiration, incertain de ce que je ressens en entendant Nick.

Excitation ? Peur ? Appréhension de quitter Sal ?

Un peu de tout ça et tellement plus encore.

Nous avons suivi de près ce feu hier. Il a déjà ravagé des centaines d'hectares de forêt californienne, en très peu de temps.

– OK. Rendez-vous au QG ? demandé-je à Nick.

– Oui. Puis direction l'aérodrome. Des avions nous déposeront au plus près des lieux.

– OK, Chef. Je suis là dans vingt minutes.

Il raccroche juste après, sans doute pour appeler le reste de son escouade. Quand je me retourne vers Sal, elle est déjà parfaitement réveillée. Sans un mot, elle se lève alors que je m'active pour me préparer.

Lorsque je redescends avec mon paquetage, elle m'attend déjà dans l'entrée, le sourire aux lèvres, comme si je n'avais pas un des jobs les plus dangereux au monde. Après avoir posé mon sac au sol, je lui ouvre mes bras et elle s'y réfugie. Sa tête vient s'appuyer sur ma cage thoracique, son oreille contre mon cœur, comme pour se rassurer.

– J'essaierai de t'envoyer des messages si j'ai du réseau, mais ce n'est pas une garantie.

– Je sais, murmure-t-elle contre mon torse. Du moment que tu reviens entier, ça n'a pas d'importance.

Je ne promets rien. Mes paumes sur ses joues, je relève son visage. Je veux qu'elle lise dans mon regard que je n'ai pas envie de la quitter, et que je suis reconnaissant qu'elle me laisse poursuivre mes rêves. Une fois de plus, je ne dis pas *les* mots. Je n'ai pas envie qu'ils sonnent comme un adieu, alors que ça n'en est pas un.

Je l'embrasse comme si demain n'existait pas. Comme si le monde avait cessé d'exister autour de nous. Comme si le brasier de Sierra Verde ne me concernait pas.

– Sois prudent, chuchote-t-elle quand je la relâche.

– Toujours.

43

Jericho

Les avions militaires qui nous transportent de l'Oregon à proximité du feu de Sierra Verde nous font survoler l'incendie. Mon estomac se serre face à cette image.

– Je devrais être habitué, commente Boston d'une voix assez forte pour se faire entendre, mais c'est toujours aussi impressionnant.

Nick, notre chef d'escouade assis juste devant nous, se retourne.

– Le jour où vous serez habitués, les enfants, nous charrie-t-il, c'est le jour où je devrai vraiment me faire du souci.

– « Les enfants », grommelle Boston, sans quitter le paysage dévasté des yeux. Tu ne nous appelais pas « les enfants » quand on t'a empêché de te jeter à poil dans le lac le week-end de mon enterrement de vie de garçon.

Nick croise les bras avec son air de prof en colère.

– N'oublie pas que je suis ton boss, mon petit.

Boston lui fait un doigt d'honneur, et je ris de leur connerie. Si j'ai toujours aimé l'ambiance familiale dans les casernes, ce qui lie ces Hotshots est encore plus fort. Ces types sont comme des frères pour moi et me rappellent tous les jours que sa famille, on se la choisit.

Lorsque nous atterrissons sur le petit tarmac, des véhicules nous attendent et nous transportent ensuite au centre de commandement. Nos affaires sont devenues plus lourdes avec nos outils, mais ce n'est pas un souci pour l'instant.

Au centre, nous restons en retrait, tandis que notre superintendant et ceux des autres HC discutent de la meilleure stratégie à adopter pour chaque équipe avec le commandant des opérations. J'en profite pour envoyer un bref message à Sal et lui dire que je suis sur place, sachant pertinemment que mes moyens de communication seront bientôt limités.

Quand le sup revient vers nous, nous sommes tous concentrés sur ses paroles. Il tient une carte en main qu'il nous présente.

– Des hélicoptères nous déposeront à cet endroit. Ensuite, il y a environ cinq kilomètres pour rejoindre ce point, explique-t-il. C'est là que nous créerons notre première ligne de feu. Wolf Bay, vous êtes prêts ?

Nous crions tous notre enthousiasme, et je suis Boston de près alors que nous nous dirigeons vers les gros hélicoptères de l'armée de l'air. Je sais qu'aujourd'hui, je vais devoir faire mes preuves. Je suis le petit nouveau de cette équipe, même si je ne suis pas le plus jeune, et je n'ai aucun doute que je me dois de leur montrer de quoi je suis capable.

Lorsque les hélicoptères nous déposent, nous comprenons immédiatement que les conditions vont être difficiles. Un vent sec et chaud souffle et la température ressentie est déjà élevée, même s'il est encore assez tôt. Nous savons tous ici que la situation ne fera qu'empirer à mesure que nous nous rapprochons de l'incendie, qui a déjà entraîné dans son sillage l'évacuation d'une ville. Le ton redevient sérieux, alors que nous avançons jusqu'au point déterminé au centre de commandement. Nous sommes tous concentrés sur l'objectif et sur notre job.

Une fois sur place, nous nous séparons en escouade. Boston et moi sommes dans celle de Nick avec trois autres types. Bébé – ça se paie d'être le plus jeune –, Mickey et Mous sont des types en or que j'ai appris à connaître et à apprécier au fur et à mesure des entraînements et des manœuvres.

– En place ! On va créer cette ligne à partir de là, jusqu'à rejoindre celle de l'escouade de Cow-boy.

Et c'est maintenant que notre boulot prend tout son sens. Ici, pas de tuyau pour arrêter les incendies, ça ne serait d'aucun effet sur des feux de forêt aussi gros. Parfois remplacée par un produit retardant, l'eau est larguée par les bombardiers d'eau. En parallèle, nous nous activons comme un seul homme pour dégager une bande de terre de toute sa végétation, en creusant, déracinant et coupant les arbres et arbustes. Ce n'est pas une mince affaire, et à cinq, nous nous relayons régulièrement pour prendre des pauses de quelques minutes et nous hydrater. Une fois le plus gros de la végétation enlevé, nous passons sur la bande avec des torches à égouttement, pour allumer un feu contrôlé et brûler le reste de l'herbe et des fourrés. Cette étape accomplie, nous surveillons notre ligne de feu pour être certains qu'elle tiendra face à l'incendie qui approche. Quand il sera suffisamment près, il n'aura plus rien à brûler à cet endroit et n'ira pas plus loin dans cette direction.

De son côté, le superintendant contrôle les vents et la température, qui peuvent influencer le comportement du feu. Chacun est concentré sur sa tâche à accomplir.

La coordination de tous est primordiale, car nous savons que nous ne pouvons pas nous permettre la moindre erreur.

Nous retenons tous notre souffle. La fumée âcre est intense, la chaleur presque insupportable et le bruit des flammes, un vrombissement assourdissant.

Alors, quand notre ligne tient et que les bombardiers sont capables de lâcher leur précieuse cargaison sur un feu qui n'a nulle part où aller, nous savons que, même si tout n'est pas terminé, nous avons au moins gagné cette bataille.

Salem

Je n'ai plus aucune notion du temps alors que je prends mon café, assise sous le porche de la maison. Ma main dans la fourrure de Storm, le regard perdu dans la forêt environnante toujours plongée dans la pénombre, j'essaie de m'appliquer à prendre de grandes inspirations.

Comme souvent ces trois dernières nuits, mon sommeil a été entrecoupé de réveils en sursaut et de sueurs nocturnes. Je ne saurais pas exactement décrire ce qui me tire des bras de Morphée si violemment, nuit après nuit. Ça a évidemment un rapport avec Jericho qui est parti pour la Californie.

Machinalement, je sors mon téléphone de la poche de mon sweat-shirt, où je l'ai glissé en me levant ce matin.

5 h 30.

Eh bien, au moins, il n'est pas 4 heures comme hier, c'est déjà un progrès.

Je regarde s'il y a des nouvelles concernant l'incendie de Sierra Verde et pousse un soupir de soulagement quand je constate qu'ils ont apparemment réussi à le maîtriser.

Les médias ne parlent pas de victime. C'est morbide, j'en ai conscience, mais je ne peux pas m'en empêcher.

En quittant l'application de faits divers, je vais dans mes messages pour en envoyer un à Nate.

Je sais que tu vas bientôt finir ta garde.
J'espère que tout s'est bien passé
à l'hôpital. Courage.

De temps en temps, je prends de ses nouvelles ou passe chez lui pour être sûre qu'il va bien. Machinalement, on a commencé à veiller l'un sur l'autre quand Boston et Jericho sont partis en Californie.

Ma mère me dit souvent que ce qui l'a le plus aidée quand mon père était pompier à New York, c'était la communauté autour de la caserne. Les familles des pompiers, qui s'entraident et se soutiennent mutuellement lorsqu'il y a un problème.

Je sais que la même chose existe avec les Wolf Bay HC et que, quand je connaîtrai les partenaires des autres Hotshots, je me sentirai moins en décalage avec le reste du monde. Nate me l'a confirmé, même si lui n'a jamais vraiment le temps de sociabiliser, trop occupé avec son travail. En attendant, je continue ma vie comme si de rien n'était. Ou plutôt, j'essaie. Ce n'est pas toujours simple quand toutes mes pensées sont tournées vers un seul homme.

Je suis en train de sortir de l'enclos des loups, quand mon téléphone sonne dans ma poche. Je l'extrais rapidement et ne peux pas m'empêcher de ressentir de la déception quand je lis le prénom de ma mère sur l'écran.

– Maman ?

– Ça va, ma chérie ?

Je pose les seaux qui me servent à donner à manger aux loups avant de lui répondre.

– Oui, ça va et toi ?

– Je vais partir au travail, je me demandais si tu avais des nouvelles.

Mon cœur se serre. Quand Boston et Nate se sont mariés, ce dernier est devenu la « personne à contacter en cas d'urgence » de mon frère, à la place de mes parents. Depuis que Jericho et Boston sont partis, ma mère n'a pas laissé passer un seul jour sans m'appeler. Elle pense sûrement que personne ne la préviendrait si quelque chose arrivait à son fils.

– Pas encore, Maman. Mais j'ai lu que l'incendie avait été maîtrisé.

– Oui, c'est ce que j'ai lu aussi. Ils vont bientôt retrouver une couverture réseau.

– Oui. Ne t'inquiète pas, OK ? Dès que j'ai des nouvelles, je t'envoie un message.

Après avoir raccroché, je prends conscience d'à quel point c'est hypocrite de lui dire de ne pas s'inquiéter alors que, de mon côté, je ne dors plus.

Je suis sur le point de partir pour mon cours d'éducation canine lorsqu'un message fait vibrer mon téléphone dans ma main. Je manque de le lâcher en le lisant.

Jericho : On va monter dans l'avion
pour rentrer. Tu m'as tellement manqué,
j'ai hâte de te serrer dans mes bras.

Je suis tellement soulagée que mes jambes en tremblent. Une larme roule sur ma joue. Je l'essuie en levant la tête vers le ciel pour remercier l'univers de me ramener Jericho entier.

44

Jericho

Le soleil est couché depuis longtemps quand j'arrête le moteur de la Charger devant la maison. Le trajet depuis l'Arizona, où nous avons été appelés sur un incendie massif, a été plus long que prévu parce que nous avons dû attendre que des avions militaires soient affrétés. J'ai tenu Salem au courant tout au long du chemin, mais je ne m'attends pas à ce qu'elle soit encore debout à cette heure. Je me frotte les yeux, tellement exténué et à fleur de peau que je ne serai probablement pas capable de m'endormir tout de suite.

C'est comme ça après chaque retour de mission, et je crois que le fait de passer des nuits à la belle étoile, bercé par les lueurs et le grondement lointain des flammes, y est pour beaucoup. Le silence qui suit me paraît presque assourdissant, rendant le sommeil difficile à trouver. Je dois aussi admettre que j'aime passer du temps à observer Sal dormir, ce qui n'arrange rien.

Les chiens ne sont pas dehors, Salem est donc déjà endormie. Je sors mon sac de la voiture et monte les marches du porche d'un pas lourd. À peine ai-je passé le seuil qu'une silhouette me saute dessus. J'ai tout juste le temps de faire un pas en arrière pour me stabiliser et ne pas tomber.

Les lèvres de Sal s'emparent des miennes. *Elle m'a tellement manqué.* J'en ai le souffle coupé. Je recule encore pour appuyer mon dos contre la porte que je viens de fermer. Je laisse ma tête aller contre le battant en interrompant notre baiser, parce que j'ai besoin de voir son visage pour me convaincre que je ne rêve pas et que je suis bien rentré. Ce feu nous a sans aucun doute donné du fil à retordre, et j'ai eu peur plus d'une fois pour ma sécurité et celle de Boston.

– Je croyais que tu serais couchée, commencé-je.

Elle secoue la tête avec énergie.

– Comme si j'allais être capable de m'endormir paisiblement en sachant que tu étais sur le point de rentrer.

Mes bras la remontent un peu plus contre moi pour l'empêcher de glisser. Je fronce les sourcils en baissant le regard sur mon sweat-shirt qu'elle a enfilé.

– Salem ?

– Hum ? souffle-t-elle en parsemant mon cou de baisers.

– C'est moi ou tu ne portes rien sous ce sweat-shirt ?

Elle redresse la tête pour planter son regard dans le mien.

– Joyeux anniversaire, lâche-t-elle avec un grand sourire.

Ma confusion s'accentue, même si la retrouver tous les jours dans cette tenue ne me dérangerait pas.

– Ce n'est pas mon anniversaire…

Elle hausse les épaules comme si c'était un détail.

– Tu n'étais pas là pour le fêter, et, quand tu es rentré la dernière fois, je voulais qu'on aille au Burger Shack, mais tu es reparti tout de suite.

Je grimace, écrasé par un sentiment de culpabilité. En mars, j'ai travaillé 27 jours sur les 31 du mois. Salem poursuit, inconsciente de la tempête qui gronde en moi.

– Cette fois, j'ai décidé de ne pas perdre de temps.

Elle recommence à m'embrasser partout et j'ai beaucoup de mal à réfléchir clairement.

– Sally… Je suis répugnant. Je devrais prendre une douche avant…

Elle secoue la tête sans s'arrêter.

– Je m'en fiche…

Je suis sur le point d'insister, mais, si elle dit que ça n'a pas d'importance pour elle, je peux au moins lui faire confiance sur ce point. Salem sait ce qu'elle veut. Alors, la tenant fermement contre moi pour qu'elle ne glisse pas, je monte l'escalier jusqu'à l'étage.

Je rentre dans la première chambre sur mon chemin – la mienne – et me dirige jusqu'au lit. J'y dépose Sal en m'allongeant sur elle dans un même mouvement. Je glisse mes mains sous l'unique vêtement qui recouvre son corps et le lui retire. Je veux pouvoir l'admirer sans aucune barrière.

Elle attire mon visage jusqu'au sien, mais je ne fais que frôler ses lèvres avant de descendre un peu plus bas. J'embrasse la courbe de sa poitrine, aspire son mamelon entre mes lèvres. Après les vrombissements de l'incendie, ses gémissements résonnent entre les murs de la chambre comme une douce mélodie.

Je continue à l'embrasser, descendant plus bas, toujours plus bas. Ses cris étranglés me font sourire contre la peau douce de ses cuisses. Quand je pose ma bouche sur son intimité, elle attrape une poignée de mes cheveux pour me maintenir contre son clitoris. Je n'ai jamais été aussi dur, mais je pourrais subir cette torture éternellement pour la voir se cambrer sur le lit sous les caresses de ma langue. C'est elle qui en décide autrement en tirant mes cheveux pour m'attirer à elle.

– S'il te plaît… gémit-elle avant de lécher mes lèvres pour se goûter.

Je défais à la hâte le bouton de mon jean et le descends le long de mes jambes avec mon boxer. Mon t-shirt à manches longues disparaît tout aussi vite. Je m'allonge à nouveau sur elle, en appuie sur mes avant-bras pour pouvoir l'admirer alors que mon sexe glisse en elle.

L'image qu'elle me renvoie, la bouche entrouverte, son regard planté dans le mien, me fait perdre la tête. Mes mouvements deviennent anarchiques, ses cris plus puissants. Je sais qu'elle est proche de la jouissance, et je glisse une main entre nos corps pour la caresser comme je sais qu'elle aime que je le fasse.

Son orgasme me prend par surprise et déclenche le mien. L'intensité de nos ébats me fait tourner la tête. Je me laisse tomber sur elle, le visage dans le creux de son cou. Nous sommes à bout de souffle, et j'aimerais pouvoir rester comme ça pour toujours.

Brusquement, je ne peux plus retenir dans un petit cocon ce que je ressens depuis des mois. Je me redresse pour qu'elle puisse lire la sincérité dans mon regard.

– Je t'aime, Sal.

Je déglutis avant de continuer.

– Je suis désolé d'avoir attendu si longtemps pour te le dire… Je n'étais d'abord pas prêt, puis à chacun de mes départs j'avais peur que ça sonne comme quelque chose de trop définitif. À mes retours, je…

Elle pose ses doigts sur mes lèvres pour m'empêcher de poursuivre.

– Ça n'a aucune importance. Je t'aime, Jericho.

Je prends conscience, en l'entendant prononcer ces mots, d'à quel point j'en avais besoin. Et d'à quel point cela me libère qu'elle connaisse enfin mes sentiments pour elle, même si, au fond, elle l'a probablement toujours su.

Nous sommes en train de manger les fameuses pizzas de Nate chez les jeunes mariés quand le téléphone de Boston sonne. Nous nous figeons tous, conscients de ce que ça peut impliquer.

– Allo ? lance Boston en décrochant, son regard fixé sur moi.

Il hoche la tête.

– Mac est avec moi, explique-t-il.

Nouveau hochement de tête. Nate, Sal et moi sommes accrochés à ses lèvres.

– OK, Nick. On sera là dans une vingtaine de minutes.

Il raccroche et soupire. À peine vingt-quatre heures, et nous voilà déjà de retour sur le terrain.

– Je t'emmène ? demande Boston. Tu as besoin d'aller chercher tes affaires ?

Je secoue la tête en attrapant la main de Salem dans la mienne. Je la serre, comme si ça pouvait être suffisant.

– Non, mon sac est dans le coffre de la Charger. C'est où ?

Boston déglutit.

– Camas Moutain.

Jusqu'à présent, nous n'avons jamais affronté un feu dans l'Oregon, et celui-ci est à trente minutes de chez nous.

– OK.

Je me tourne vers Salem, alors que Boston part chercher ses affaires et que Nate le suit. Je l'attire sur mes genoux. Elle entoure ses bras autour de ma nuque pour se rapprocher davantage.

– Je suis désolé.

Elle secoue la tête.

– Ne le sois pas. Je suis fière de toi.

Je m'empare de ses lèvres pour lui faire comprendre à quel point ça compte pour moi.

Lorsque nous sommes prêts à partir, je l'enlace à nouveau.

– Sois prudent, chuchote-t-elle contre mon oreille.

– Toujours, réponds-je. Je t'aime.

– Je t'aime.

Cet incendie est en train de nous botter le cul. Cela fait trois jours que nous sommes sur place, à affronter le pire feu que j'aie vu depuis mon arrivée chez les Wolf Bay HC. Nous faisons tout notre possible, mais les vents, qui ne cessent de changer de direction, compliquent considérablement notre travail. Nous sommes épuisés, mais il est hors de question de le laisser gagner du terrain. Toutefois, pour la première fois depuis que j'ai rejoint les Wolf Bay HC, je doute.

Et si tout ce qu'on faisait n'était pas suffisant ?

Ce feu a dévasté plusieurs centaines d'hectares, réduit une ville en cendres et forcé des milliers de personnes à quitter leurs maisons, sans certitude de pouvoir y retourner un jour. De notre côté, on a beau changer sans cesse de tactiques, créer des lignes de feu avec acharnement, on a l'impression angoissante de ne rien maîtriser de la situation catastrophique.

Notre état de fatigue commence à être critique, et j'espère qu'une autre équipe ne tardera pas à nous relayer. Le manque de sommeil, la déshydratation et les douleurs musculaires s'ajoutent au fardeau que nous portons déjà.

Nick revient vers son escouade de l'endroit où il était en train de se concerter avec le sup et son adjoint.

– Mass ! crie-t-il, utilisant le nom de code de Boston.

– Ouais, Chef ?

– On aurait besoin de quelqu'un en observation. Tu vois ce gros rocher en promontoire, là-bas ?

Nick pointe une roche qui dépasse de la végétation à une centaine de mètres.

– Il faudrait que tu nous fasses des rapports réguliers des vents et de la température. C'est Mous qui fait ça d'habitude, mais avec sa cheville…

Je grimace en repensant à la chute de Mous dans une descente ce matin. Même s'il refuse de se plaindre, nous avons tous été témoins de l'angle anormal qu'a pris son pied quand il s'est réceptionné… C'est aussi ça, être Hotshot. Continuer ce job qui peut sauver des milliers de vies en dépit des petites blessures que nous pouvons nous infliger.

– Ouais ! Pas de souci, Chef.

Alors qu'il commence à marcher d'un grand pas vers l'endroit qu'on lui a désigné, je me retourne.

– Eh, mec !

Il me regarde.

– Fais gaffe à toi ! lui crié-je.

Il hoche la tête.

– Bien sûr ! répond-il avec sincérité avant de reprendre sa progression.

Je me remets au boulot, concentré à dégager la végétation de la ligne de feu que nous sommes en train de créer. Ma radio grésille parfois avec les comptes rendus de Boston. Alors que je poursuis ma tâche, une exclamation me fige sur place.

– Oh putain, Sup ! Le vent a tourné, ce fils de pute arrive droit sur moi !

Le temps semble suspendu. Tous les regards se tournent vers le promontoire où se trouve Boston, tandis que les flammes engloutissent tout sur leur passage dans sa direction. Un instant, je me demande si je respire encore. Je n'ai jamais vu un feu se propager aussi rapidement, et voir mon pote si proche du brasier me paralyse.

– Mass ! Reviens vers nous ! lui crie le superintendant.

La radio grésille, et nous ne comprenons pas ce que dit Boston.

– Mass ! lui crie Nick à son tour.

Mon cœur bat la chamade.

– Trop tard, Chef. Je sors mon abri et je vais essayer de me planquer côté sud du rocher, les flammes sont en train de tourner pour passer au nord.

Tous les Wolf Bay HC se sont arrêtés de creuser et de dégager le terrain, leurs regards fixés sur la silhouette de Boston qui disparaît au pied du promontoire.

– Boston ? hurlé-je dans ma radio.

Seuls des grésillements me répondent. Le sang qui bat mes tempes me fait l'effet d'un écho, amplifié par le grondement des flammes au loin. Lorsque le feu s'éloigne à l'opposé du promontoire, je lâche ma hache et me mets à courir.

Ce sont les bras de Nick qui m'empêchent d'aller plus loin.

– Jericho ! C'est trop dangereux ! L'incendie pourrait tourner à nouveau.

Je me dégage de son emprise. Pourtant, il a raison. Depuis le début, ce feu n'arrête pas de défier toutes les statistiques. Seulement, c'est de Boston qu'il s'agit. Je ne peux pas rester là à ne rien faire, même si je me mets en danger aussi.

– Si tu penses pouvoir m'arrêter d'aller aider mon meilleur ami, tu me connais mal !

Je continue mon chemin pendant un moment avant de comprendre que Nick m'a suivi. Je trottine quand le terrain le permet, mais j'ai la sensation de mettre trop de temps à rejoindre la position de Boston.

Je me fige en le voyant à moitié sous la roche sur laquelle il s'était installé pour observer. Son abri ignifuge n'est pas hermétiquement placé autour de lui, et, pendant un instant, je reste paralysé, incapable d'avancer. Je devance tout de même Nick et me précipite vers mon meilleur ami, en adressant une prière silencieuse à un dieu auquel je ne crois plus vraiment depuis qu'il m'a enlevé ma mère. Peu importe à quel point ça semble hypocrite, il ne me reste plus que ça.

Pas Boston, s'il vous plaît. Pas lui. Prenez-moi à la place.

Je le dégage de son abri. La chaleur du matériau me brûle les mains, mais je ne sens même pas la douleur. Délicatement, je retourne mon meilleur ami sur le dos. Sa peau est rougie à cause de la chaleur des flammes qui ne sont pas passées loin. Sa respiration est sifflante et difficile. Ses yeux s'entrouvrent, et il me sourit avant de se mettre à tousser. Il essaie de parler, mais je secoue la tête.

– Ne parle pas. Garde ton oxygène.

Je sais en l'entendant respirer qu'il a dû inhaler beaucoup de fumée et que ses voies respiratoires sont en train de se fermer.

À côté de moi, Nick est déjà en train de parler dans sa radio pour faire venir un hélico. Je connais déjà la réponse du central.

– Mac ! Il faut l'emmener un peu plus haut. L'hélico ne peut pas se poser là.

Je hoche la tête et attrape Boston pour le hisser sur le haut de mon dos, comme je l'ai déjà fait avec des centaines de victimes dans le cadre de mon job. Jamais je n'aurais imaginé devoir faire ça un jour pour lui.

Sans me soucier de la charge qui fait trembler mes jambes déjà épuisées, je commence à grimper derrière Nick, qui parle toujours dans sa radio. Je ne sais même pas combien de temps nous devrons marcher pour atteindre ce putain d'hélico, mais il est hors de question que je baisse les bras. Alors, j'avance. L'adrénaline dans mes veines a chassé la fatigue et la douleur.

Une main tapote mon bras, et je comprends que Boston a besoin de faire une pause. Je fais un signe à Nick, qui vocifère dans sa radio pour essayer de trouver un point d'extraction au plus près.

Je repose délicatement Boston au sol. Il attrape ma main dans la sienne et me fait signe de m'approcher.

– Je tiendrai pas, Jay.

Je secoue la tête avec véhémence.

– Bien sûr que si.

– L'hélico… trop loin. Je peux… plus… respirer.

– Alors garde ton oxygène, me fâché-je. Arrête de parler.

Il tousse et je fais semblant de ne pas voir le sang qui s'échappe de ses lèvres.

– Je voulais… dire… que…

Il déglutit avec difficulté. Plus le temps passe, plus sa respiration s'alourdit.

– Ce baiser, Jericho. Ce… c'était pas… rien.

Les larmes dévalent le long de mes joues, mais je ne fais rien pour les arrêter.

Ça ne peut pas arriver.

– Pour moi non plus, assuré-je en sanglotant. Je ne l'aurais pas fait, sinon. Mais tu dois te battre, bordel ! Pense à Nate.

Sa respiration ralentit et j'ai l'impression qu'on me plante un poignard dans la cage thoracique. *Encore. Et encore.*

– Dis… lui… dis-lui que… je l'aime.

Je secoue la tête.

– Tu lui diras toi-même.

Je le charge à nouveau sur mes épaules et rejoins Nick un peu plus haut, sur une colline dégagée où l'hélico est sur le point de se poser. Ce n'est pas un hélico médicalisé, et je sais que ça ne changera rien. Je le sais, parce que je ne sens plus la respiration laborieuse de Boston contre mon dos.

Quand je le pose dans l'hélico, il ne respire déjà plus. Je tente de le réanimer, mais sa gorge est tellement gonflée que ça ne sert à rien. Je n'ai ni les moyens matériels ni les connaissances pour faire plus.

Boston, mon meilleur ami, est parti. Et il n'y a rien que nous pouvons faire pour changer ça. Un cri parvient à mes oreilles, et je prends conscience qu'il sort de ma bouche.

✦ ✦ ✦

Lorsque nous regagnons le QG, je ne sais absolument pas depuis combien de temps nous sommes partis. Devant mes yeux danse l'image du corps sans vie de Boston. Je crois que je suis un peu mort avec lui.

En avançant dans le parking, je me brise un peu plus en voyant son SUV, celui avec lequel nous sommes venus tous les deux. Mes jambes cèdent sous mon poids, et je perçois plus que je ne vois Nick qui tape maladroitement sur mon dos. J'entends ses pleurs qui font écho aux miens.

De plus petits bras le remplacent.

– Jay… S'il te plaît. Viens avec moi.

Je ne sais pas pourquoi Salem est ici au lieu d'attendre avec sa famille le corps de son frère, rapatrié par ambulance jusqu'à Roseborough. Je sais juste que sa voix est celle qui m'aide à me remettre debout. Je voudrais pouvoir lui rendre son frère, échanger ma place avec la sienne. Je fais face à son visage barbouillé de larmes et lui ouvre mes bras pour qu'elle puisse s'y réfugier.

45

Salem

Nick m'aide à installer Jericho sur le siège passager de la Charger, et je ravale les sanglots qui m'obstruent la gorge. Je fronce les sourcils en voyant ses mains bandées, mais ne dis rien et ferme la portière sur un Jericho hagard. Il n'a pas encore prononcé un seul mot.

Nick me serre dans ses bras, et je dois me retenir pour ne pas me mettre à sangloter de nouveau, comme je n'arrête pas de le faire depuis le coup de fil de Nate.

– Ses mains ? questionné-je.

Il passe une main sur son visage, les yeux brillants.

– Il s'est brûlé en dégageant Boston de son abri.

Je plaque une paume sur ma bouche pour m'empêcher de hurler. La situation me paraît irréelle. Peut-être que je cauchemarde et que je vais me réveiller dans mon lit.

J'ai bien trop mal pour être encore en train de dormir.

– N'hésite pas à m'appeler si vous avez besoin de quoi que ce soit, lâche Nick en ouvrant la portière côté conducteur pour que je me glisse derrière le volant. Moi ou Aleck, peu importe.

Je hoche la tête, reconnaissante d'avoir de tels amis.

– Merci.

Il hausse les épaules, l'air défait, et je n'ose pas m'imaginer ce qui doit se passer dans sa tête, alors qu'il était le chef d'escouade de mon frère et un de ses meilleurs amis. Je ne trouverais pas les mots de toute façon, alors je préfère me taire et fermer ma porte.

Je démarre et monte le chauffage. Hier, j'étais en train de débarrasser le terrain de toutes les feuilles mortes quand la nouvelle est tombée. Et après une nuit sans sommeil, je ne parviens toujours pas à me réchauffer. Mes doigts sont engourdis par le froid, j'ai des frissons qui remontent le long de ma colonne vertébrale. Je me sens nauséeuse et tous mes muscles me font mal.

Je n'arrive toujours pas à y croire. Depuis hier, la réalité ne s'est pas encore ancrée dans mon cerveau. La tristesse que je ressens en pensant à mon frère m'empêche de respirer, par moments.

Mon Boston, mon presque jumeau…

À ce sentiment qui m'anéantit s'ajoute le soulagement, un soulagement qui se ravive chaque fois que je jette un coup d'œil à Jericho, toujours silencieux depuis que je l'ai trouvé par terre devant le SUV de mon frère.

Est-ce que c'est égoïste de ma part ? D'être contente de le voir, d'avoir envie de le toucher pour m'assurer qu'il est bien là, à côté de moi, dans cette voiture ? Que, lui, est revenu entier ?

La culpabilité d'avoir envie de m'arrêter pour le prendre dans mes bras me coupe le souffle. J'ai l'impression que je vais être malade en pensant à Nate, qui ne pourra plus jamais faire ça, et à mes parents, qui viennent de perdre leur fils.

Je m'oblige à prendre de grandes inspirations pour ne pas vomir sur le tableau de bord.

– Salem ?

Jericho me regarde, et je n'ai jamais vu une telle tristesse sur le visage de quelqu'un.

Il était avec lui quand il a rendu son dernier souffle...

Je secoue la tête pour chasser l'image de mon frère en train de mourir.

– Désolée... je...

Je secoue la tête à nouveau. Pour m'éclaircir l'esprit cette fois.

– On va chez mes parents, expliqué-je en m'arrêtant à un feu rouge, à quelques rues de la maison.

La panique se lit un instant dans son regard et je fronce les sourcils.

– Ils n'ont peut-être pas envie de me voir, lâche-t-il d'une voix rauque que je reconnais à peine.

Je ne comprends pas pourquoi il s'imagine ça. Puis la lumière se fait dans mon esprit.

Il pense que mes parents et Nate vont lui en vouloir.

Je pose une main au-dessus des bandages qui recouvrent ses paumes et serre mes doigts.

– Tu fais partie de la famille. Je pensais que tu le savais, mais si je dois te le répéter jusqu'à ce que ça rentre, je le ferai. Et comme dans toutes les familles, on se réconforte les uns les autres en cas de... coup dur.

Coup dur ?

Ma gorge me brûle sous l'effort fourni pour contenir les sanglots. Si je commence, je sais que je ne pourrai plus m'arrêter. Une larme coule quand même le long de ma joue, et Jericho lève une main pour l'essuyer avant de prendre conscience qu'elle est enfermée dans des pansements.

– Tu veux que je conduise ? propose-t-il.

L'expression de son visage est toujours aussi vide, mais, au moins, il parle maintenant.

– Non. Tu risquerais de te faire mal. Ça va aller, on est presque arrivés.

Il hoche la tête, puis n'ouvre plus la bouche pour le restant du trajet. Quand j'arrête la Charger dans l'allée chez mes parents, il descend en même temps que moi. Je contourne la voiture pour le rejoindre et le retrouve en train de scruter son reflet dans la vitre de sa portière. Il a l'air de quelqu'un qui ne se reconnaît pas, qui ne sait pas qui est ce type avec les cernes violets sous les yeux et les joues zébrées de larmes séchées.

Je pose ma paume sur sa joue pour attirer son attention.

– Tu viens ?

Avec délicatesse, j'attrape sa main pour le guider jusqu'à la maison qu'il a pendant des années considérée comme la sienne.

Est-ce qu'on peut revenir en arrière, à cette époque bénie où je battais Jericho aux jeux vidéo pendant que Boston faisait ses devoirs ?

À peine a-t-on passé la porte d'entrée que Maman se précipite vers nous pour serrer Jay dans ses bras. Elle pleure, ses paroles ne sont pas très compréhensibles, mais sa réaction semble faire sortir Jericho de son état proche de la catatonie.

Il referme ses bras autour de ma mère, qui sanglote désormais contre son épaule. Jericho pleure aussi en lui murmurant des « Je suis désolé » sans fin. Mes propres larmes et ma nausée me submergent, et c'est mon père qui vient au secours de Jay.

– Allez, viens, Lily. Viens t'asseoir, ajoute-t-il avant de se tourner en direction de Jericho. Je suis content que tu ailles bien, mon grand.

Sur un coin du canapé, Nate est assis là, hagard. Je ne suis pas sûre qu'il se soit rendu compte de notre présence. Je vais me laisser tomber à côté de lui avant de poser ma tête sur son épaule. Contre toute attente, Jericho s'installe de l'autre côté de lui, comme pour lui apporter son soutien. Il place un bras autour de ses épaules dans un geste de réconfort. Nate laisse échapper un sanglot avant de secouer la tête, comme si lui non plus n'arrivait pas à savoir si c'est bien la réalité.

✦ ✦ ✦

La journée passe comme un cauchemar éveillé. Nous sommes allés dans la maison de Boston et Nate avec ce dernier pour qu'il puisse récupérer le costume de cérémonie dans lequel il sera inhumé.

Nate est resté longtemps devant leur placard, sanglotant en caressant les vêtements de Boston. J'ai finalement fait signe à Jericho de l'emmener au salon pendant que je récupérais l'uniforme dans sa housse.

Allongée sous la couette dans mon lit d'adolescente, j'entends Jericho couper la douche de la salle de bains attenante et je me redresse lorsqu'il en sort.

– Tu veux que je t'aide pour tes mains ?

Il s'approche et s'assied sur le lit à côté de moi. Ses brûlures sont pires que ce que je pensais. Voir les boursouflures et l'absence de peau par endroits ne fait que me confirmer ce qui s'est passé. Je refais donc ses bandages avec soin. Il ne bronche pas, comme s'il ne ressentait pas la douleur. Je peux comprendre. J'ai la sensation que la mort de mon frère m'a complètement anesthésiée.

Je m'allonge de nouveau, tournée vers la fenêtre par laquelle Jericho est entré il y a toutes ces années. Quand il a appris que sa mère était malade. L'impression d'une roue qui tourne sans fin me donne le vertige. Jericho se glisse contre mon dos. Il colle sa joue à la mienne jusqu'à ce que ses larmes se mêlent aux miennes. Je pleure mon frère que je ne reverrai plus et, pourtant, cette nuit, je ne peux pas exprimer à quel point je suis soulagée que Jericho soit toujours là.

46

Jericho

Devant le miroir accroché à la porte du dressing de Salem, j'enfile mon uniforme en me concentrant sur chaque petite tâche. Glisser ma chemise dans mon pantalon. Boucler ma ceinture. Ajuster ma veste en vérifiant qu'elle n'a pas de plis.

C'est ce que je fais depuis que nous sommes arrivés chez les O'Connell il y a quelques jours – je ne me rappelle plus combien exactement. Je divise toutes mes actions en d'autres plus petites pour ne pas devenir dingue. Parce que, quand Lily s'est mise à sangloter dans mes bras, j'ai compris que je ne pouvais pas flancher. J'ai pris conscience que Salem, Lily, Cian et Nate avaient besoin que je sois fort, de pouvoir compter sur moi. Après tout, je n'ai pas perdu un frère, un fils ou un mari, je n'ai pas le droit de souffrir autant qu'eux.

Quand j'en arrive à l'étape de la cravate, mes mains se mettent à trembler. Nous sommes revenus chez Salem pour nous changer, et elle sort de sa salle de bains vêtue de la petite robe noire qu'elle a choisie pour les funérailles de son frère. Je déglutis en la voyant. Elle est toujours aussi magnifique, même si mon cœur se brise face à la peine qu'elle ressent.

Elle enfile ses chaussures à talons et me regarde, alors que je bataille toujours avec ma cravate. Elle s'approche de moi et pose une main sur les miennes, recouvertes de plus petits pansements désormais.

– Laisse-moi faire, ordonne-t-elle.

Je secoue la tête avec véhémence. La symbolique me terrifie. Ma mère et Boston sont les deux dernières personnes à avoir fait ce geste pour moi. Aujourd'hui, je les ai perdus tous les deux. J'ai beau savoir que ce n'est qu'une coïncidence, je n'arrive pas à accepter l'aide de Salem sans penser qu'elle pourrait être la prochaine. Je grogne en essayant de faire ce putain de nœud. Mes mains tremblent toujours, et je commence à perdre le peu de calme que j'avais fini par retrouver.

– Jericho… prononce-t-elle avec douceur.

Je ferme les yeux. Je ne veux pas être un poids, je finis donc par obtempérer, parce que je sais que je ne pourrai jamais nouer cette cravate sans son aide, de toute façon. Je mords ma lèvre inférieure et ferme les yeux pour contenir les larmes qui menacent de couler. Une boule se forme dans ma gorge, et je prends de grandes inspirations par le nez pour ne pas défaillir.

Reste fort. Tu dois rester fort, Jericho.

Une fois qu'elle a terminé, elle lisse des plis imaginaires sur le devant de ma veste avant de m'aider à la fermer. Je me penche pour poser délicatement mes lèvres sur les siennes et enfile ensuite mes gants blancs.

Je redoute ce moment, mais Salem le redoute sûrement bien plus que moi. Une fois encore, j'essaie de ne rien laisser paraître.

Quand ce sont ses mains qui se mettent à trembler alors qu'elle essaie d'accrocher un collier derrière sa nuque, je me positionne derrière elle et lui prends l'attache des doigts.

Je clos le fermoir et pose ensuite mes mains sur ses épaules. Dans le miroir qui nous reflète tous les deux, elle plonge son regard dans le mien.

– Tu es prête ? demandé-je doucement.

– Pas vraiment, non.

Je hoche la tête. *Peut-on être prêt un jour à enterrer son frère ?*

Je sais que moi, je ne suis pas prêt. Pourtant, je mesure ma chance d'avoir été à ses côtés dans les derniers instants. Sa famille et son mari auraient aimé en dire autant.

Lorsque le corbillard atteint le cimetière, je me tiens aux côtés d'Aleck, de Nick et de trois autres membres des Wolf Bay HC, prêt à porter le cercueil recouvert du drapeau américain, jusqu'à ceux qui attendent pour un ultime adieu. Je marche d'un pas mesuré, le poids du cercueil me rappelant sans cesse celui qui pèse sur mon cœur.

C'est mon meilleur ami là-dedans. Celui qui a même été plus que ça, il y a longtemps.

Alors que je passe devant la garde d'honneur – tous les collègues de la caserne et les Hotshots alignés au garde-à-vous –, les paroles de Boston me reviennent en mémoire. Celles au sujet de ce baiser échangé il y a une éternité. Je me dégoûte d'avoir ces pensées alors que Salem me regarde arriver, les yeux pleins de larmes. Bien sûr, mes sentiments pour elle sont aujourd'hui évidents, brûlants, comme je n'en avais jamais ressenti auparavant. Mais cela ne change rien. À une époque, Boston a compté pour moi autrement que comme un ami, et je n'arrive pas à me dire que je mérite désormais de vivre des jours heureux avec sa sœur alors que lui ne vivra plus du tout.

Nous déposons le cercueil sur les supports prévus. Je vais ensuite prendre ma place aux côtés de Salem. L'officiant commence à parler, mais, comme pendant l'enterrement de Maman, je ne l'entends pas vraiment. Je ne retiens que mon prénom qui résonne sous les arbres du cimetière quand il m'appelle pour dire quelques mots.

Salem attrape ma main, surprise que je ne l'aie pas prévenue. C'était une demande de Lily. Je n'ai pas pu refuser. Alors, les jambes en coton, je marche jusqu'au pupitre et me tourne face au cercueil de Boston.

Je me racle la gorge avant de me lancer. Je n'ai rien écrit, parce que je savais que je ne pourrais pas me relire.

– Il y a treize ans, je n'avais pas d'ami. Un jour, je me suis retrouvé dans la même classe que Boston, et ma vie a changé. Ensemble, nous n'avions qu'un rêve : devenir pompier, puis Hotshot. C'est un rêve que Boston a accompli avec brio. C'était un des meilleurs pompiers que j'ai jamais rencontrés. Un homme admirable, aimé de cette communauté qui a répondu présente en grand nombre aujourd'hui pour lui rendre hommage. Boston était intelligent, gentil, serviable et drôle. C'était un fils aimant, un frère irremplaçable et un mari dévoué. Et c'était mon meilleur ami.

Je baisse mon regard vers le cercueil devant moi, la vue brouillée par mes larmes.

– Mec, tu nous manques un peu plus tous les jours.

Mes jambes ne sont pas loin de flancher quand je m'écarte du pupitre, et c'est Nick qui m'aide à tenir debout en camouflant son geste par une accolade. Je tape dans son dos en soufflant « merci » et retourne m'asseoir à côté de Salem. La main d'Aleck, qui se tient toujours debout derrière moi, se pose sur mon épaule dans un geste réconfortant.

Nick dit quelques mots, et c'est le moment du dernier appel radio. Le superintendant adjoint des Wolf Bay HC simule d'appeler Boston à la radio accroché à son uniforme. Quand des grésillements lui répondent, je ne peux plus retenir mes larmes de couler le long de mes joues, le son me ramenant brutalement à ce jour maudit où j'ai perdu mon meilleur ami.

Deux autres pompiers que je ne reconnais pas plient le drapeau qui recouvrait son cercueil avant de le tendre à Nate, qui s'en saisit comme dans un état second. Quand Boston est descendu en terre, Salem s'effondre sur moi, et j'ai toutes les peines du monde à ne pas sangloter comme un bébé. Un morceau de mon âme est dans ce cercueil avec Boston, et je ne le récupérerai jamais. *Est-ce que Sal saura se contenter d'une âme écorchée comme la mienne ?*

– Jericho ?

– Dans la cuisine ! crié-je à Salem, qui entre dans la maison après sa tournée des enclos.

Je dispose des assiettes sur la table et attends qu'elle me rejoigne. Elle pénètre dans la pièce en se débarrassant de son sweat-shirt pour ne rester qu'en débardeur.

– Il fait déjà chaud.

Je hoche la tête, même si je n'ai pas encore mis le nez dehors. C'est la deuxième nuit que nous dormons la fenêtre ouverte, et nous ne sommes même pas au mois de juin. Mon téléphone sonne, et je coupe la sonnerie sans regarder le nom de mon interlocuteur.

Je sais que ce n'est pas Nick, qui a renoncé à me faire retourner chez les Wolf Bay HC. Le capitaine Clark et

Aleck, eux, ont toujours espoir que j'accepte de revenir à la caserne. Généralement, je finis tout de même par répondre aux appels de ce dernier, avec lequel je parviens plus facilement à communiquer. Aleck comprend. Il comprend que je n'envisage pas encore de reprendre le travail, pas alors que j'ai toujours ce poids sur la poitrine qui m'écrase et m'empêche la plupart du temps de trouver le sommeil. Fidèle à la promesse que je me suis faite à moi-même, je ne montre rien.

Je me demande jusqu'à quand je pourrai faire ça. Jusqu'à quand je serai capable de retenir le cri qui menace à tout moment de s'échapper de mes lèvres. Jusqu'à quand je pourrai faire semblant de ne pas souffrir. La boîte dans laquelle j'ai enfermé ma douleur est en train de se craqueler, et je sais que, quand elle sera complètement brisée, je ne pourrai plus rien maîtriser.

Un mois et demi après le décès de Boston, Sal a repris une vie normale. Elle vit à fond pour faire honneur à son frère. *Moi ?* J'essaie de faire la même chose, mais, en réalité, je ne suis plus que l'ombre de moi-même. Si mes brûlures aux paumes ont guéri, ce n'est pas le cas des blessures qui continuent de saigner à l'intérieur.

Comment expliquer à l'amour de sa vie qu'on ne se remet pas de la mort de son meilleur ami, surtout quand ce dernier était aussi son frère ? *Si elle a réussi à reprendre son souffle, je devrais y arriver aussi, non ? Alors pourquoi ce n'est pas le cas ?*

47

Salem

Il ne fait déjà plus nuit quand j'ouvre les yeux sur le plafond de ma chambre. Et à la luminosité qui éclaire la pièce, je comprends que j'ai encore une fois dormi plus que je ne l'aurais voulu.

Ce n'est pas la première fois que ça m'arrive ces derniers temps. C'est un cercle vicieux. J'ai du mal à trouver le sommeil et je passe de longs moments les yeux fixés sur Jericho, avant de finir par me résigner et de prendre un des somnifères prescrits par le médecin.

« C'est normal après un deuil », m'a affirmé ce dernier. Ce que j'ai soigneusement choisi de ne pas lui mentionner, c'est que mes insomnies ne sont pas apparues juste après la mort de Boston. Ça ne m'aurait pas surprise si ça avait été le cas. Toute ma vie a été chamboulée il y a deux mois, mais mon sommeil n'en a pas pâti. Je n'ai commencé à avoir un problème d'endormissement que quand j'ai compris que Jericho me glissait entre les doigts.

C'était subtil au départ. Même si je l'ai retrouvé en état de choc le lendemain du décès de mon frère, il s'est vite repris et s'est montré fort pour toute ma famille. Puis j'ai remarqué qu'il était là sans vraiment être là. Comme s'il ne nous offrait qu'un substitut du vrai Jericho. Sur le moment, je me suis dit que c'était le contrecoup. Qu'il s'autorisait enfin à faire son deuil. Cette pensée m'a rassurée, surtout en connaissant sa réaction à la mort d'Erin.

Il a commencé à revenir de ses longues sorties de footing avec les jointures des mains en sang, parfois même les paumes. Il n'allait vraiment pas bien. En surface, tout semblait plutôt normal, mais je connais Jericho depuis plus de treize ans et je sais quand il est en train de sombrer. Lorsque j'ai voulu discuter de l'état de ses poings, il m'a simplement expliqué qu'il avait trébuché. Il me sort la même excuse à chaque fois.

J'ai bien sûr essayé de lui en parler, mais il me prend dans ses bras en me murmurant que tout va bien avant de me faire l'amour, comme si ça allait me faire oublier. Et même si ça marche pendant un moment, je m'inquiète tellement que je n'en dors plus la nuit.

Je sais qu'il discute parfois avec Aleck, que c'est d'ailleurs la seule personne qui arrive encore à lui faire décrocher le téléphone. *Pourquoi lui ?* Je l'ignore, mais ça me rassure qu'il communique encore avec quelqu'un, même si ce sentiment ne dure jamais longtemps.

Ce matin, il me suffit de tendre le bras pour savoir qu'il n'est déjà plus à mes côtés. Comme il n'a toujours pas repris le travail, il s'occupe des enclos pour moi quand je n'arrive pas à me lever, en me laissant celui des loups, qui attendent plutôt patiemment en général.

J'enfile un sweat-shirt pour lutter contre la fraîcheur matinale et je descends l'escalier. J'ouvre la porte d'entrée pour voir si je peux le repérer dans un des enclos, mais c'est l'absence de la Charger devant la maison qui m'arrête dans mon élan.

Je jette un coup d'œil à mon portable. Il est déjà 10 heures. Ce n'est pas si surprenant qu'il soit parti faire une course, ça ne serait pas la première fois. Mais normalement, il m'envoie toujours un message pour me prévenir.

J'appuie sur son contact et porte le téléphone à mon oreille. Il sonne dans le vide un instant, avant de basculer sur la messagerie. Je fronce les sourcils. Peut-être qu'il ne peut tout simplement pas répondre, qu'il est au volant ou qu'il a laissé son portable dans la Charger.

Rapidement, je pianote tout de même un message pour Aleck.

Est-ce que Jay est avec toi ?

Sa réponse ne se fait pas attendre.

Aleck : Non, pourquoi ?

Hors de question de l'inquiéter pour rien.

Il est parti faire une course et je me demandais s'il était passé chez toi. Il en avait parlé hier.

Aleck : Je ne l'ai pas vu. Je te préviendrai s'il se pointe.

Je me retiens d'envoyer un message à Nick pour savoir s'il est allé le voir. Si c'est le cas, je préfère que ça soit lui qui me le dise. Si je me suis inquiétée au sujet du retour de Jericho chez les Wolf Bay HC après le décès de Boston, j'ai vite compris que, pour lui, ce n'était pas du tout au programme. Le jour où j'ai évoqué le sujet, j'ai lu sur son visage hanté par le souvenir de mon frère que ce n'était plus envisageable sans ce dernier.

Quant à la caserne, je me suis toujours dit qu'il prenait son temps, en profitant du fait qu'il a été remplacé pour la saison des feux. Peut-être qu'il a décidé de retourner au boulot plus tôt que prévu ? Quoi qu'il en soit, je vais attendre qu'il m'en parle avant de tirer mes propres conclusions.

Avant de retourner dans la maison, j'essaie de l'appeler encore une fois, sans plus de succès. À mes pieds, Storm me regarde d'un air interrogateur. Si Jericho en avait peur au départ, ils ont fini tous les deux par développer une belle relation. Je pense que le fait qu'il l'emmène courir avec lui dans les bois a beaucoup aidé.

– Il va revenir, ne t'inquiète pas, lancé-je à la chienne.

Il va revenir, Sal. Le pressentiment bizarre qui te tord le ventre, c'est simplement parce que tu as mal dormi cette nuit.

En arrivant dans la cuisine pour me faire un café, ce pressentiment se transforme en angoisse, avec une impression de déjà-vu, lorsque je repère le petit mot sur l'îlot central. Mon prénom est inscrit dessus, suffisamment lisible pour que je puisse le voir depuis le pas de la porte. Je n'ose pas m'approcher, paralysée par la peur.

Pas encore, putain.

Mon cœur bat la chamade, le sang résonne dans mes oreilles. Un pas hésitant m'amène vers l'îlot, puis je me précipite sur le papier, le dépliant brusquement.

Sal,

Je ne sais même pas comment expliquer ça. Je veux juste que tu saches que je ne fuis pas. J'ai juste besoin d'un peu de temps, parce que plus les jours passent, plus j'ai l'impression de péter un plomb. Je ne veux pas être ce type-là pour toi. Je prends un peu de distance, mais c'est pour mieux te revenir et être présent à cent pour cent pour toi. Ne m'en veux pas.

Jericho

De rage, je roule le papier dans mon poing, avant de le défroisser pour le lire une deuxième fois. Les larmes roulent sur mes joues, mais c'est de colère, pas de tristesse.

Parce que si, *bordel* ! Bien sûr qu'il fuit, même s'il me jure le contraire. Il n'a toujours pas compris que c'est à deux qu'on doit lutter contre ce que la vie nous balance dans la gueule. Il n'a pas compris que je m'en fous complètement qu'il soit malheureux ou anéanti, que ces émotions, c'est ce qui fait de nous des humains, tout simplement.

Je suis tellement en rogne que j'entends à peine mon téléphone sonner sur le plan de travail derrière moi. Je l'attrape rapidement, vite déçue de ne pas y lire le nom de Jericho.

– Salut, Nate ! lancé-je en essayant de faire passer une légèreté dans ma voix que je suis loin de ressentir.

– Ça va, Salem ?

Nate et moi communiquons régulièrement. Je veux qu'il comprenne qu'il fait toujours partie de la famille, même si Boston n'est plus là.

– Euh, oui. Ça va.

Très convaincant, Sal. Bravo.

– Le psy que je t'ai conseillé t'a prescrit quelque chose ?

Je prends une grande inspiration.

– Des somnifères. Mais quand je les prends, j'ai du mal à me lever le matin. Et toi, comment vas-tu ?

– Ça va. J'essaie de rester occupé. J'ai pris quelques gardes en plus, ça me permet d'éviter de ruminer à la maison.

– Tu sais que j'ai une chambre, si tu veux changer d'air.

Il lâche un petit rire désabusé.

– Je sais, Salem. Comment va, Jericho ?

Je déglutis, puis cligne rapidement des yeux pour repousser les larmes qui menacent à nouveau de couler.

– Je ne l'ai pas trouvé très bien, la dernière fois, continue Nate. Il devrait peut-être voir le même psy que toi…

Je ne peux toujours pas parler. Je n'étais pas la seule à avoir remarqué. Je culpabilise, je n'en ai pas assez fait pour aider Jericho.

– Il est parti, lâché-je brutalement. Il a dit qu'il avait besoin de temps sur un papier qu'il m'a laissé. Tu crois qu'il est si mal qu'il pourrait… se faire du mal ?

Les derniers mots sortent d'une voix étranglée. Nate pousse un profond soupir.

– Je ne pense pas. Il l'aurait fait comprendre dans son mot. Ou il aurait déjà essayé.

L'image de ses jointures ensanglantées me revient en mémoire. Je frissonne.

Il se fait du mal régulièrement, et je n'ai rien fait.

– Il faut que je le retrouve, balbutié-je, complètement paniquée. Mais il m'a pas dit où il allait et il ne répond pas au téléphone.

– La maison de sa mère ? propose Nate.

– Non, c'est le dernier endroit où il irait pour prendre ses distances.

– Le chalet ?

Je fronce les sourcils.

– Comment il aurait pu aller là-bas sans les clés ? demandé-je.

Nate se racle la gorge.

– J'ai demandé à ton père de reprendre le chalet… Parce que je ne peux pas aller là-bas… C'est trop… Tu sais…

Oui. Je sais.

– Cian m'a dit de donner les clés à Jericho. De le partager entre nous quand j'aurai le courage d'y retourner. Je les lui ai données le jour de l'enterrement.

Je secoue la tête. Il ne m'a rien dit. Et je comprends maintenant pourquoi. C'est parce qu'une partie de lui savait qu'il finirait par y aller.

– Je dois y aller, Nate.

– OK. Tiens-moi au courant. N'hésite pas si tu as besoin.

– OK.

Je raccroche et, toujours submergée par un sentiment de panique, j'envoie rapidement un message à John pour qu'il vienne s'occuper des animaux en mon absence. Je charge ensuite les chiens dans ma Jeep avant de prendre la route pour le chalet.

48

Jericho

Je viens de couper le moteur de la Charger quand la sonnerie de mon téléphone résonne dans l'habitacle. À la lecture du nom sur l'écran, je décroche.

– Explique-moi encore pourquoi je dois mentir à Salem si elle m'appelle ?

Je lâche un profond soupir, sans me défaire de cette culpabilité qui fait désormais partie de mon quotidien.

– Parce que j'ai besoin de me remettre les idées en place avant de me montrer digne d'elle.

Sans le voir, je sais qu'il secoue la tête, dépité.

– C'est n'importe quoi, et tu le sais…

– Tu as dit que je pouvais compter sur toi, m'obstiné-je.

– Et je le pensais, mec. Ça ne veut pas dire que j'approuve tes méthodes.

Il reste silencieux pendant un moment et je fais de même.

– Ne fais pas de connerie, OK ? finit-il par reprendre. Sal ne s'en remettrait pas.

– Je sais, acquiescé-je.

Après avoir raccroché, je reste un long moment assis dans l'habitacle. J'ignore pourquoi c'est avec Aleck que j'ai réussi à créer un lien d'amitié au milieu du chaos. Ça ne fait aucun sens et c'est en même temps très logique. Ce n'est pas un Hotshot, et lui non plus n'a aucun lien de parenté avec Boston. Toujours est-il que c'est avec ce type que je ne pouvais pas voir quand j'étais ado que je parviens le plus facilement à communiquer aujourd'hui.

Lorsque je passe la porte du chalet, je n'ai absolument aucune idée de ce qui m'a pris de venir ici. Dans cet endroit empli de souvenirs d'un Boston heureux et en vie. Ça n'a absolument aucun sens. Jusqu'à maintenant, je n'avais pas l'intention d'utiliser les clés que Nate m'a données le jour des funérailles.

Pourtant, j'ai l'impression de pouvoir respirer à nouveau. Je peux laisser ma douleur s'échapper, lui permettre d'exister sans tout garder pour moi, sans risquer d'aviver la peine des autres comme je l'ai fait depuis deux mois.

J'ai tellement refoulé mes émotions ces derniers temps, que j'ai la sensation d'être une bombe sur le point d'exploser. Avant que ça n'arrive, je vais poser mes sacs à l'étage dans la chambre que j'ai occupée la première fois. Je n'ai rien pris d'autre que quelques vêtements. Je sais que les placards sont toujours remplis de nourriture sèche et en conserve, alors je ne me suis pas préoccupé de ça. Je n'ai de toute façon aucun appétit.

En passant devant la chambre qui était celle de Salem quand nous sommes venus avec Boston, mes pensées s'égarent vers celle que j'ai laissée sans rien de plus que quelques mots griffonnés sur un morceau de papier. J'espère qu'elle va comprendre pourquoi je fais ça, comprendre que je ne fuis pas comme la dernière fois. Je n'avais cette fois aucunement l'intention d'aller loin ou de partir longtemps, mais je ne pouvais plus rester là à avoir l'impression que ma vie s'est arrêtée avec celle de mon meilleur ami.

C'est sans doute contre-productif, et je vais probablement avoir besoin de consulter un professionnel quand je reviendrai à la vie « réelle ». Je voulais juste un moment pour me libérer de tout ce que j'ai sur le cœur.

Je redescends les marches rapidement, ouvre la porte de la terrasse de la cuisine, et dévale l'escalier qui mène au ponton. Mon rythme cardiaque est anarchique, et j'ai la sensation qu'une poigne d'acier m'enserre la gorge en essayant de m'étrangler.

Je me fige un instant, assailli par des images de Boston en train de pêcher et de boire de la bière, comme s'il se trouvait juste sous mes yeux. Comme si je ne l'avais pas perdu.

J'arrive au bout du ponton sans me souvenir d'avoir marché jusque-là. Mes idées sont embrouillées, mais ma douleur est aussi vive que si des centaines de lames me transperçaient. J'ignore comment survivre à ça et, pire que tout, j'ignore comment faire comprendre aux gens autour de moi que je n'arrive pas à aller de l'avant. Parce que je n'ai pas le droit d'être dans cet état. D'être si triste et dévasté que je ne parviens plus à retrouver ma joie de vivre. De sombrer alors que ses parents, sa sœur, son mari s'en sortent, surmontent leur peine. Je n'ai pas le droit.

Arrivé près de l'eau, je voudrais presque qu'elle m'engloutisse pour ne plus ressentir ce que je ressens. Mais je ne peux pas faire ça. J'ai promis de ne pas fuir, de ne pas m'échapper. Je ne peux pas infliger plus de douleur à Salem ni renier à ce point le Jericho que j'étais il y a encore quelques mois.

Je me laisse tomber à genoux sur le bois du ponton et hurle ma douleur face à la petite étendue d'eau qui a été témoin de nos rires et de nos joies, il n'y a pas si longtemps. Je hurle comme si ça pouvait me soulager. Je crie jusqu'à ce que ma voix ne devienne plus qu'un vague son rauque qui résonne entre les sapins.

Je reste là essoufflé, la gorge en feu et les joues mouillées de ces millions de larmes que je ne m'étais pas permis de verser avant. Je n'ai plus rien à donner, je ne suis plus qu'une coquille vide et je commence à me demander si c'était finalement une bonne idée de venir ici.

Est-ce que je me sentirai mieux un jour dans un monde sans Boston ?

Le soleil de début juin brûle ma peau, et je ne sais plus vraiment depuis combien de temps je suis à genoux sur ce ponton quand une forme me bouscule avant de me lécher le visage. Je mets un moment à comprendre que c'est Storm qui m'a sauté dessus.

Je fronce les sourcils avant que celle-ci se mette à aboyer en direction de la maison.

Comment a-t-elle bien pu arriver là ? se demande mon cerveau engourdi par la douleur.

– Jericho !!! crie une voix dans mon dos tandis que Storm se couche à mes pieds, comme si elle était satisfaite de sa trouvaille : moi.

– Jericho !

Je me retourne enfin pour voir Salem dévaler les marches jusqu'au ponton, puis courir dans ma direction.

– Ne fais pas ça ! hurle-t-elle en se laissant tomber à côté de moi.

La voir ainsi… Si belle et si triste à la fois, avec ses joues marquées par les larmes séchées… Je me demande comment j'ai pu la quitter.

– Faire quoi ? demandé-je, un peu perdu.

Elle secoue la tête.

– Te faire du mal… Je suis là, moi…

C'est à mon tour de secouer la tête. Je ne comprends toujours pas de quoi elle parle.

– Je… commencé-je.

– Je sais que tu vas mal, me coupe-t-elle. Et je sais aussi que j'aurais dû le voir plus tôt, te laisser plus de place… J'avais trop de peine, et je…

Je pose mes doigts sur sa bouche.

– Je vais être impoli, mais je n'ai foutrement aucune idée de quoi tu parles…

Elle déglutit visiblement.

– Tu sombres… Quand j'ai lu ton mot… j'ai cru que tu allais faire une connerie…

Un poids pèse sur mon estomac quand je comprends enfin ses paroles.

– Jamais, lâché-je précipitamment. Jamais je pourrais te faire ça. Ou même à moi… Je suis trop égoïste.

Je la prends dans mes bras et la serre, comme si je voulais pouvoir lui communiquer ma peine en même temps que tout l'amour que je ressens pour elle.

– Je voulais juste… Je ne sais plus trop, maintenant. Peut-être juste pleurer sans que tu me voies. Hurler en étant sûr que ça ne te fasse pas mal.

Elle se fige dans mes bras.

– Je crois que mes sentiments pour Boston n'étaient pas aussi simples que je le pensais quand… enfin, avant la mort de ma mère. Mais c'était avant. Et je ne voulais pas que tu penses que je l'aimais plus que je ne t'aime toi en le pleurant…

Quand elle se recule, je vois immédiatement à son expression qu'elle est fâchée. Et je redoute tellement de la perdre que ça me couple le souffle, encore plus que la mort de Boston ne l'a fait.

– Je suis tellement en colère ! commence-t-elle.

– Je sais… je…

– Non ! Tu vas te taire et m'écouter.

Elle s'est écartée, mais ses mains restent sur mon torse. Je hoche la tête, perdu à nouveau.

– J'ai toujours su qu'à un moment, pendant notre adolescence, vos sentiments étaient plus qu'amicaux. Je le savais, parce que je vous connaissais tous les deux et que vous n'auriez pas échangé ce baiser s'il n'avait pas compté pour lui comme pour toi. Mais… je ne t'ai pas menti quand je t'ai dit que je t'avais pardonné avant que ton avion décolle. Ça ne comptait pas, ça, parce que je savais que ce qu'on partageait toi et moi, c'était vrai aussi. Tu as le droit d'avoir mal parce que tu as perdu ton meilleur ami, Jericho. Tu as le droit de souffrir pour cet homme que tu as aimé un jour. Tu as le droit de te reposer sur moi autant que je me suis reposé sur toi. Il n'y a pas de règles et, de toute façon, tu n'as pas à te les imposer toi-même. Je t'aime, mais s'il te plaît… ne me fuis plus.

Je ne sais pas quand mes larmes se sont mises à couler de nouveau. J'assimile ses paroles et, avec elles, un poids vient de se soulever de ma cage thoracique.

– Une… commencé-je avant de me racler la gorge. Une petite partie de mon âme est partie avec lui, Sal… Tu es sûre que tu veux de moi en sachant que je ne suis plus tout à fait entier ?

– Tu ne l'as jamais vraiment été, et je l'ai toujours su. Je ne suis pas sûre que tu aies rapporté les morceaux de mon cœur que tu as embarqués en Irlande et en Australie, et pourtant, je t'aime comme une dingue, Jay. Je t'aime plus que la plupart des gens n'aimeront jamais dans toute leur vie. Ne fuis plus.

Je secoue la tête avec véhémence avant de la reprendre dans mes bras et d'enfouir mon nez dans son cou.

Le soleil est couché depuis longtemps et, ce soir, sur ce ponton de bois, avec Sal sur mes genoux, j'ai l'impression de respirer un tout petit peu plus facilement.

Je sais très bien que le chemin sera long et difficile, mais je crois que je comprends enfin qu'elle ne ment pas quand elle me dit qu'elle sera toujours là pour moi. Salem m'accepte comme je suis. Elle fait ça depuis le jour où on s'est rencontrés dans cette cour d'école. Elle n'a jamais une seule fois failli à sa promesse, et j'ai mis tellement longtemps à lui faire confiance – à *me* faire confiance – que je m'en foutrais des baffes.

Je laisse tomber ma tête contre le dossier de la chaise Adirondack sur laquelle j'ai fini par m'asseoir avec Salem dans mes bras. Là-haut, dans l'immensité du ciel nocturne de ce mois de juin, des milliers d'étoiles scintillent.

– Regarde, murmuré-je.

Sal relève la tête de mon cou où elle l'avait nichée. Elle prend une grande inspiration, et je la serre un peu plus contre moi quand je la sens trembler.

– Il s'est passé tellement de choses depuis la première fois dans ton jardin.

Je hoche la tête, silencieux. Me contentant d'admirer la Voie lactée. Salem ne dit plus rien non plus. C'est un moment important, je ne sais pas vraiment pourquoi.

Dans le ciel sombre, deux étoiles filantes font la course, et je ne peux pas m'empêcher d'y voir un clin d'œil de ces deux personnes dont la mort a failli m'anéantir. Je sais que Salem les a vues aussi quand elle se tourne vers moi et qu'elle essuie délicatement les deux larmes qui ont roulé sur mes joues.

Je m'arrache à la contemplation des étoiles et plante mon regard dans celui émeraude de Sal.

– Plus jamais, Sally. Je ne fuirai plus jamais. Je compte bien passer le restant de mes jours à te prouver que, entière ou pas, le restant de mon âme est toute à toi. Je t'aime, Sally.

Épilogue

Salem

18 mois plus tard

Une main secoue mon épaule et, pendant un instant, je ne sais plus vraiment où je me trouve. J'ouvre les yeux sur une route qui s'étire à perte de vue à travers des pâturages.

– On arrive, dit doucement Jericho depuis le siège conducteur.

Après plus de trente heures de trajet, je ne sais pas comment il fait pour être encore suffisamment réveillé pour conduire jusqu'au ranch de son oncle en Australie.

J'ouvre le miroir de courtoisie et pousse un petit cri horrifié.

– Quoi ?

– Oh, rien. Ton oncle va juste avoir peur en me voyant comme ça.

Jericho ricane, alors que j'essaie tant bien que mal de dompter mes cheveux roux et d'effacer les traces de sommeil de mon visage.

– Sal, tu sais, mon oncle passe ses journées avec du bétail. Il ne va pas s'offusquer si tu as une mèche de travers.

Peut-être, mais moi j'aurais bien voulu faire bonne impression. Niall est la seule famille qu'il reste à Jericho – parce que son père inexistant ne compte pas – et je sais que ce voyage a beaucoup de valeur pour lui.

Une fois notre SUV de location garé devant ce qui semble être l'habitation principale de ce ranch gigantesque, je descends. Jericho est déjà dehors, en train d'enlacer un homme qui ressemble étrangement à une version plus âgée de celui dont je suis amoureuse. Et alors que les deux hommes se tapent dans le dos, je ne peux que tomber amoureuse encore un peu plus fort. Tout ce chemin parcouru depuis la mort de Boston… Ces heures de thérapie, qu'il a plus d'une fois failli abandonner, ont fini par payer. Jericho est retourné au travail il y a un an. Il n'imagine pas à quel point je suis fière de lui. Même si, à chaque garde, je perds le sommeil à l'idée de le perdre lui aussi.

– Salem, m'interpelle Jericho. Je voudrais te présenter Niall, mon oncle. Niall, voici Salem.

Je tends la main, qu'il me serre d'une poigne ferme.

– Enchantée. Depuis le temps que Jericho me parle de vous…

Il secoue la tête.

– Ici, tout le monde se dit « tu », me corrige-t-il avec le sourire avant de se tourner vers Jay. Alors, c'est pour elle que tu m'as lâché il y a deux ans ?

Jericho sourit à son tour. Et alors que je m'attends à ce qu'il proteste, il hoche la tête en enroulant son bras autour de ma taille.

– Meilleure décision de ma vie.

Jericho

Il est déjà pas loin de 22 heures, et la chaleur est toujours aussi écrasante. Je bois une gorgée de la bière que Niall vient de me servir. Elle ne restera pas fraîche bien longtemps. À l'autre bout de la table, Sal discute avec Cameron. Elles se sont tout de suite bien entendues.

Du coin de l'œil, je vois bien que Niall me scrute, mais je fais semblant de ne pas le voir. Je pianote sur mon téléphone pour ouvrir les derniers messages d'Aleck.

Aleck : C'est hier chez vous ou c'est déjà demain ?

Je ricane.

Est-ce que ce que tu viens de dire a le moindre sens ?

Aleck : Dans ma tête, oui.

Et ta tête a bu combien de verres ?

Aleck : Aucun. Juste fatigué.

Je fronce les sourcils. Aleck est devenu un de mes amis les plus proches. Jamais il ne remplacera Boston évidemment, mais ce n'est pas ce que je cherchais, de toute façon. Au fil des mois, j'ai compris qu'Aleck n'était pas seulement le type jovial qu'il présentait au reste du monde. Comme en nous tous, il y a des zones d'ombre dans son passé. L'année à la fin du lycée, par exemple, où ses parents l'ont envoyé dans un centre de thérapie au milieu de nulle part, juste parce qu'il n'avait pas les notes qu'ils auraient voulues, et qu'il aimait bien faire la fête comme tous les jeunes de dix-huit ans.

Ça va, mec ?

Aleck : Oui, t'inquiète. Profite de ton voyage et embrasse Salem.

OK.

Je repose finalement mon verre pour affronter le regard de mon oncle que je ne peux pas vraiment éviter éternellement.

– Tu vas finir par me dire pourquoi je n'ai pas eu de nouvelles de toi pendant presque un an ?

Je déglutis pour chasser la boule qui se forme dans ma gorge.

– Je suis désolé.

Il hausse les épaules, comme s'il n'attendait pas d'excuses de ma part.

– J'ai perdu mon meilleur ami dans un feu. J'ai sombré. Et j'ai failli tout perdre, conclus-je en regardant Sal.

Niall me regarde avec une douceur qui ne lui est pas familière.

– Il m'a fallu six mois de thérapie pour comprendre que sa mort m'avait plus impacté que je ne le croyais.

Il s'adosse sur sa chaise et sirote tranquillement sa bière.

– Et maintenant ?

– Je vais mieux. Je remercie Salem tous les jours de m'accepter tel que je suis. Je me suis souvenu de ce que tu m'as dit, le jour où je suis parti.

Il hausse un sourcil, comme s'il ne s'en souvient pas.

– « S'il y a quelque chose qu'on a en commun chez les McKenna, c'est notre difficulté à gérer notre deuil. » Et je me suis aussi rappelé que je n'étais pas totalement un McKenna. Maman et les O'Connell ont eu encore plus d'influence sur moi. J'ai décidé de me battre pour cette vie que je mérite, et qu'elle mérite.

Je sens le regard de Sal sur moi et je tourne la tête pour y lire tout l'amour qu'elle me porte.

La main de Niall s'abat sur mon épaule.

– Je suis fier de toi, *kid.* J'espère que tu vois le chemin parcouru depuis que tu as débarqué chez moi il y a quatre ans…

Je hoche la tête. Je m'en rends compte. Et je prends conscience aussi de tout le chemin qu'il me reste à parcourir. Mais cette fois-ci, je ne serai pas seul.

Remerciements

Je crois qu'une fois n'est pas coutume, je vais d'abord vous remercier, vous, lectrices et lecteurs. Si vous êtes arrivés jusqu'ici, merci. Et même si ce n'est pas le cas d'ailleurs, merci. J'ai conscience que ce roman ne ressemble à rien de ce que j'ai écrit avant, mais je crois que j'aime sortir de ma zone de confort.

Si certains passages vous ont ému ou vous ont fait verser quelques larmes, je m'en excuse du fond du cœur. Sachez une chose, j'en ai versé des litres en l'écrivant (et en le corrigeant aussi). Jericho, Salem et Boston auront toujours une place spéciale dans mon cœur et j'espère que vous les aurez aimés autant que moi.

Merci à mon mari et à mes enfants qui sont toujours d'une patience en or même quand je suis le nez dans ce que j'écris.

Merci à JBL aussi pour faire des casques audios qui isolent si bien des bruits extérieurs (et desdits enfants qui jouent… et crient… tant qu'ils ne mettent pas le feu, ça marche).

Merci à mes parents qui continuent encore et toujours à me soutenir, même quand ils sont obligés de m'attendre le soir du réveillon de Noël parce que je finis mes corrections.

Merci à Fred et désolée de t'avoir spoilé certains passages. Si j'écris ces mots, ça signifie qu'on va bientôt se retrouver pour des moments d'écriture « rock'n roll ».

Merci à Anaïs de m'avoir débloquée dans mes moments de pannes sans même t'en rendre compte. J'espère que ton petit cœur est bien accroché pour celui-là.

Merci à Helena, mon éditrice, c'était vraiment un plaisir de travailler avec toi sur Hotshot.

Et enfin, merci à Hugo pour la confiance renouvelée.

Trigger Warnings

Dépression
Agression sexuelle
Maladie
Deuil

Composition et mise en pages
Nord Compo à Villeneuve-d'Ascq